黄孝阳 著

众生：迷宫

北京出版集团公司
北京十月文艺出版社

目 录

第一部分　　　寻父　／ 001

第二部分　　　迷宫　／ 087

第三部分　　　自我　／ 251

后记　　　　　几句闲话　／ 309

第一部分 ｜ 寻父

1

我出生那个晚上，世界发生了变化，一个国家没有了。

我知道这是为什么。这不是我的错。我出生在子夜。不要问我为什么知道这个一望就知的事实，产房墙壁上悬挂着一块钟。这是神奇之物，它让人挣脱出自然的樊笼，摆脱体内那个"日出而作，日落而息"古老节律的驱使，使时间第一次被精确测量——这是人类文明史上的一个重大转折点。我为自己能诞生在三根指针重叠一处的时刻惊喜万分。

空中出现一道深蓝色的光芒，犹如神瞬息闪现的面容。我急不可耐地挣脱掉那根勒住脖子的脐带，抹掉糊在眼睑上血腥的羊水与胎粪，打算爬到那边去，把这个古怪而有趣的图案撕扯下来装饰在额头中央。那会成为图腾，让众生顶礼膜拜。

我知道。我知道当我这样做的时候，世界一定会因此发生变化。我不清楚我为什么知道。在"知道"与"为什么知道"之间有条巨大的鸿沟，我看见了它，没有理会它，我开始爬，手足并用，气喘吁吁。我喜欢这个"爬"字。哪怕面前是珠穆朗玛峰，我相信我也能爬上去——这是一个迥异于四肢直立的姿势，让人的腹贴紧地面。

细小的涡流出现了。啊，这是人世的风，从虚无中吹出，用奇怪的嗓音叫我停下脚步，并在我眼前展现出一幅关于现实的、由人的脸所构成的连绵不绝的图画。我没有理会它的叫喊，也没去多打量一眼这幅图画。我正爬得兴起，根本就停不下来。

我在有限与无限之间。

我知道。我不知道还有什么能阻拦我奔向这个"三根指针重叠一处的时刻"，哪怕我是爬在一个首尾闭合的莫比乌斯环上。这是一种奇妙而又清晰的领悟，与任何形式的逻辑无关，与任何形态的经验无关。额头皮肤上有滚烫的战栗，一颗颗，好像是在莲叶表面滚动的露水。我把一颗露水咽入嘴里，手脚上就有了使不完的力气。然后……我停了下来，纯属好奇。

在我前行的路上，出现一本书，厚且大，悬浮于空，通体散发青光，书的正中央有四个金色汉字，是隶书，"午夜之子"。

好奇心会害死九条命的猫。

我有点儿懊恼自己所浪费的零点几秒的时间，换了一个方向打算绕过它，我往左爬去，接着又往右爬。可不管我朝哪个方向爬去，它都拦在前方，跟讨厌的山贼一样。这是我爬行史上从未发生过的事。我第一次感受到了什么叫作愤怒，于是便挺身而起，双目圆睁，两手握拳，反复击打胸口。我相信它能听懂我的咆哮。是的，就像人类迟早听懂了那头名叫金刚的丛林之王的吼声。假如它还不肯让路，我必用牙齿把这本书撕碎，让它的每个笔画都在我的唾液里永世不得超生。

奇怪的事发生了。当我把胸脯拍了一千零一次时，关于这本书的一切，瞬间从一个不可名状处涌出。过于湍急繁杂的数据流让大脑有了片刻停滞。一张模糊的人脸渐渐从白色的光中浮现，左眼有说不尽的傲慢，右眼有无尽的嘲讽。

像有一根针刺入头顶部松果腺处，我手足瘫软，跌坐于地。

这是一位戴黑框眼镜、穿西装的大胡子，是这本书的作者。因为其撰写的一本书，他曾被整个穆斯林世界通缉，直接导致基督教与伊斯兰教两种文明发生不愉快的冲突，差点儿引起第三次世界大战。这样一个人来到我脑子里想干什么？

他的步伐异常轻柔、夸张，脸部肌肉却神秘肃穆。

他在小声说话。那些在他嘴唇上滚动的句子让他的样子显得异常滑稽可笑。

我都要以为他的下一个动作是掏出一把枪对着前后左右射击——这就是人与他者的关系，一个像他这样的聪明人迟早要觉察的事实。我不知道自己为什么会这样想，内心还隐隐期待着等他开枪的时候，跳到那些子弹上。

我错了。他的裤兜里没有枪，而是一根彩色的棒棒糖。

他从裤兜里摸出一根棒棒糖，动作飞快，夸张，炫耀。

也许把糖果含在嘴里，让棍子露出嘴唇是一种世界性的时髦。他左脸颊上有一抹鲜红。不清楚那是血、红墨水，还是女人嘴唇上的胭脂，又或者别的什么。他朝我所隐蔽的暗处眨眨眼。他看见了什么？他目光所望处，即有唑唑响声。

我下意识地把身子往更低处伏下，不确信自己是否已经成为暗的一部分。光从他体内涌出，越来越多，让人不敢直视。我看见了他隐藏在身后的左手。那里藏着一个网兜，由透明丝线与不明金属混编而成。几个与我差不多大小的婴儿在网兜里上下翻滚，他们在喊，在交谈、争吵、诅咒，声波频率可能是在人耳所能感受到的范畴之外，更可能是他们的嗓音已被这个奇异的网兜所束缚，没有向外泄露一点。

网兜一下大一下小，犹如活体。

我骇然。

大胡子离我的距离越来越近。那咝咝响声的芯子几乎要舔到我的脸颊。脸颊冰凉。我怀疑自己已趴成一张二维平面。他妈的，我居然在祈祷，祈祷他从我头顶迈过。

"他看不见我，他看不见我。"声浪在胸膛里滚动，越滚越大。

我努力地咽下一口唾沫，好让这声浪小点儿，再小一点儿。眼看他脚下那双意大利尖头皮鞋要从头顶迈过，他停下来，抽抽鼻子，低下头，诡秘一笑。该死的，他看见了我，他居然朝我竖起中指，他是在示意我不要动弹吗？

我想逃。我不再手足并用，我跟一头小兽一样耸起肩膀，迅速后退，狂奔。

他迅速吐出一串句子。是咒语。

神秘之光笼罩了我。

我不能动弹，大脑空白。他缓步踱到我面前，脸上洋溢出诡异的神情，似欢愉，又似叹息。他嘟囔了一句。我想祈求，可牙齿在打战。我眼睁睁地看着他挥起网兜。恐惧攫住我，仿佛是一条来自深海的鲨鱼朝我张开利齿。劫数难逃。我是要死了吗？我才离开母亲的子宫啊。我望着那即将要把我罩进去的网兜，明白了即将来临的命运，同时也第一次品尝到委屈与不甘的滋味——有点儿苦。我下意识地咂咂嘴。网兜边缘的金属线割破脸颊。疼，很奇妙的疼。我往网兜深处掉去，看见那根以为早已挣脱的脐带仍缠在自己脖颈上。

愤怒、委屈与不甘，还有疼，就是我到这世界上走上这样短暂一遭的所有感受吗？

我咧嘴想哭。

一个声音突然往胸腔中央狠狠地击了一下，"不要看他。"声浪滚滚，五脏六腑齐齐翻动。眼前一黑。光消失了。我掉入黑暗中，是绝对的黑与暗。紧接着，耳边传来一声轻轻的、充满狐疑与惊奇的"咦"。

随着这个声音的出现，黑在下沉，为深渊；暗在上升，为青天。在深渊与青天之间，是一片波光粼粼的水面。

我在水面上半浮半沉。这个"咦"在离我迅速远去。身体四周出现无数混沌的气体和纠缠的旋涡。我上下颠倒，被悬置、被挤压、被拉长——左手与右手之间的距离感觉有一光年那样长；被缩小，比一粒中微子还要小 10 的 N 次方。我不知道我是什么，也不知道在我身上正在发生着什么。我在这个奇特的时刻，所唯一能确信的就是：大胡子不见了。

感谢主。

不知道过了多久，可能是一个世纪，可能只是零点几纳秒，视野里的一些物体在变重；另外一些物体在迅速变轻。空气中有了某种变化，是人类尚未能理解的某种神秘的化学反应。光与暗被分开，浮现出一张在梦中反复出现过的脸。

一张女性的脸，尖下颌，没有多少血色的薄唇，略显青白的鼻翼藏着两个小凹，眉宇间的距离比起普通人要宽——现在这张脸上多出一种混合着困惑、狂喜的表情。

我惊疑不定。

胃里有一些词语嗡嗡作响。是我祷告所余。我深吸一口气，吐出它们与嘴里的羊水。这些词语发出一阵青光，一点一点，慢慢缩入我与这张脸之间的某个奇异之点，不见了。没有什么东西拦在我与这张脸中间了。

这张混合着困惑、狂喜等众多表情的脸。

一张年轻女性的脸。

我睁大眼，反复端详，心底深处悄悄浮现出几片青芽绿叶。

"一张"是量词，是一张脸，不是一片脸、一架脸、一台脸、一筒脸、一堆脸、一颗脸、一把脸。每个量词皆有其对应之物，它使事物清晰可辨，可以被归类计算，加减乘除。

"年轻"，能量，生命体的澎湃动力。尚有能力去信仰，也尚有能力去抵抗。大多数情况下，这种能量，犹如盔甲，能保护穿上它的人。这盔甲亦同时是牢笼，有人至死也不能将其解脱。

"女性"，相对于男性而存在。如果说男性是地狱，女性便是天堂。若单纯从物种进化的角度来看，女性此物种完全可以通过自我分裂的单性繁殖，实现一个社会层面的自给自足，根本不需要另一个性别的参与。男性的必要性也许只是作为镜像与隐喻，为女性进出天堂提供方便。

"脸"。这是一个看脸的社会，古今中外，概莫能外。毫无疑问，不管是在东方还是西方的审美体系里，这张脸的颜值都在及格线以上。

是这张脸的主人喊出了"不要看他"四个字吗？这个问题不重要。我朝着她笑，眉开眼笑，笑声短促尖锐。我突然意识到自己已被这张脸的主人抱在手掌里——"突然"，这个令人困惑不已的词，刚才拯救了我，现在又主宰了我。

我不无尴尬地对着这张脸的主人说："妈妈，你好。"

我与她已经相处了十个月零七天，从我还是一个受精卵开始。我了解她的种种，包括那些连她自己也不曾意识到的隐疾，不愿意正视的偏爱与怪癖。我还是没有想到，妈妈的喉咙里"呃"的一声，头颅往左边歪去。我吓着了她，准确说是她吓着了自己。

我赶紧抓住她垂落在被褥边的手掌，以免自己滚落床沿。她滑腻的手掌像一朵白色莲花，有着淡的冷香。我抽抽鼻翼，又小声轻喊"妈妈"。她晕厥了。我心里涌上一股内疚之情。她太虚弱了。在孕育我的日子里，几次三番地晕倒。她的血糖太低，因为营养不良，因为她吃什么就吐什么——说到底，还是因为我作祟。她的颈椎骨也真不好。等我长大了，得每天替她做几遍颈椎保健操。

耳朵里轰隆隆地响。大胡子留下的那些句子的残渣余孽还试图在里面捣乱。这个大胡子其心何其恶毒！我不怕他了，他再也不可能把我逮进网兜。我把手伸向耳朵，抓住这些可恶的句子。我本想把它们拽出来砸在地上，再一脚踩死，就跟踩死臭虫一样。它们却马上融化在我的手掌里，像一条青色小鱼，还沿着经络通向五脏六腑，就好像是一个恶作剧。臭虫，青色小鱼。这是两种截然相反的怪异感受，也只有比喻才可能相对接近它们一点。我捏了捏妈妈的耳垂。柔软的耳垂让我的心踏实了一点儿。

这是我来到人间的第一个夜晚。

病房里只有母亲与我。淡黄色的羊水浸透被褥,四周寂静。竖有铁栅栏的窗户外边,风在拍打着看不清轮廓的灌木丛,如同一个疲惫的消防员在拍打着火场里已经熄灭的火堆。黑乎乎的声音让屋内的寂静变得清晰可闻,乃至可见。

这个十余平方米大的墙壁灰白的房间,即是一个把寂静装起来的塑料杯子。

"塑料"。这个词,像一条浑身散发着诡异气味的拖着舌头的狗,在我头颅盖外坐了下来。

它并非自然之物,是人之创造;人创造它,犹如女娲抟土造人。

这是僭越。至少,这是人对自然的冒犯。

肌肤上生出刺痛、瘙痒,不自在。头顶左前方有一盏圆形吸顶灯,聚丙烯材质,从它体内散发出来的光芒跟刺一样扎过来,一根根刺。不是玫瑰之刺,鱼嘴之刺,刀剑之刺,连牛毛刺也不是,就是刺配的刺,要在我脸上刺字,刺完后就要把我发配流放。

对于这个世界,我有过十个月的幻想,还真没想到它首先是塑料的。这个世界不欢迎我。这是一个显而易见的事实。不仅是这盏吸顶灯,房间里的任何一样东西,都能轻而易举致我于死地,包括墙壁上那面镶咖啡边框的古铜色的钟。它会在某个时刻融化,像《永恒的记忆》里呈现的那样,用一个寂静的噩梦,把我的大脑神经元摧残成黏糊糊的一摊。

这些可怖的别有居心的存在。为什么要存在?

我有点儿透不过气,感觉自己再一次被恐惧抓住了。

对了,就是恐惧。我终于理解了它是什么,这种能导致一系列生理反应的负面情感。若说它与《辞海》里所记载的有什么不同的话,我觉得应该是编纂者为避免引起普遍的恐慌,故意省略了对其尖喙利爪的描述。头晕,那是肾上腺激素急速分泌带来的副作用。我抓住湿滑的脐带,避免摔倒。我得感谢这根在子宫里差点儿把我勒死的脐带。或许,我可以选择与它一起重新回到子宫。或许,我还能回到我还没有来到子宫前的那个地方。

可那里究竟是哪里?

一面♀形梳妆镜吸引了我。它斜搁在母亲枕边,巴掌大小,把手是深黄色的铜。铜能使细菌"窒息",阻止其"进食",破坏它们的DNA。我凝视着铜把手上镶嵌的镜子。这是一个闪闪发光的奇异平面。一些女人在它面前会歇斯底里地叫嚷,"这不是我!"一些女人会在它面前不停地发问,"镜子呀,镜子,天下还有谁比我更美吗?"而绝大多数女人,都会在它面前,不厌其烦地,把自己画成另一张脸。

我笑起来。笑了不到一秒钟。我又意识到另一件事实:

镜面中那个四肢扭动、皮肤褶皱发红的小怪物实在太丑了,模样不会比一条刚从泥潭里钻出来的蜥蜴好多少,脑门处还积有厚厚一层、黄褐色、鱼鳞般的污垢。它是我吗?这简直是对"人"的侮辱。

我没法不悲从中来。我张牙舞爪,开始哭,放声恸哭。

哭声把我惊吓了,我怎么能哭得这么响亮,脸部表情这般丰富?我哭声的强度与脸庞表现力的极限又在哪里？我纠结，困惑。我一次次张大嘴，用力，再用力一点儿。我差点儿要号出自己的肝脏肠胃。就像是一只只萤火虫，哭音不断从肺部生出，钻出喉部，穿过舌苔与牙床，与唾沫、鼻涕、眼泪一起，在我眼前，形成了一个个烟花生灭般的让人目眩神迷的景象。

我一边哭，一边聚精会神地看。

一个瘦妇人匆匆奔进屋。

"怎么就生下来了？"她慌慌张张。下巴快掉地上了。我不喜欢她。十几分钟前，她在门外走廊拐角处打电话，与一个瘪嘴老妇人谈论我的妈妈。

她说话的样子与母蝮蛇差不多。

"十有八九是不知道谁下的种。心里在盘算该叫谁过来当家属呢。你就放心好了，这个胎盘我一定给你好好留着。"

她以为我妈妈听不见，她的恶就可以毫无忌惮。

我听得见。

她的恶有其缘故。去年，她妹，生下过一个头发卷曲、皮肤黝黑的厚唇女婴。这不是基因变异，亦非胰岛素代谢不良造成的后果。最科学合理的解释是：绿帽子理论。她妹夫是凤凰男，与她妹妹打了一架，把那个大胸女人打得头破血流，把她也打得头破血流，还把自己打得头破血流。她妹夫离开守了一晚的医院，准备找个谁也不认识他的地方放声大哭。他真脆弱，在汹涌的人流里，都忍不住泪水。怪不得尼采说懦弱就是最大的恶。

他到了地铁车站。他本来不清楚自己要上哪里，可当一个与他妻子容貌并无一点儿相似的妇人，用很鄙夷的目光瞟了他一眼，他的心动了下。

不是风动，也不是幡动，是心动。

六祖慧能说得真好啊。

列车呼啸驶来，他的心突突动了两下，手鬼使神差地在那妇人腰间一推。

他把自己送入监狱。站台上的视频记录下事件的全过程。他再三声辩自己在那时并不清楚自己做了什么，有律师试图证明他是一个间歇性精神病患者，还是判了五年，民事赔偿五十万。这不公平，至少得死缓。

瘦妇人倒情愿凤凰男被判死刑。她妹出院后把女儿扔给父母跑路了。妇人的丈夫没拿到赔偿款，隔三岔五来她父母家闹事。她抱出女婴给这个脸大如盆的胖男人看。她妹与那个该挨枪子的根本不是真爱。就算要闹，也该去凤凰男的老家找他父母。她把这两句话车轱辘地说了一万遍，没有用。若讲道理有用，她妹夫就不会这样丧心病狂，这个社会也不需要警察与法律。

胖男人威胁要与她全家同归于尽，还从口袋里掏出一纸证明，说自己已经出现伴有暴力倾向的精神疾病症状。"软的怕硬的，硬的怕不要命的，不要命的怕有精神病的。"她被这句顺口溜唬住了。她若有点儿情商，不难从这纸证明中看出胖男人的色厉内荏，看出这是无耻的恫吓。她父母更被吓坏了，跑到监狱去要女婿卖房子。女婿是好同志，二话没说签了字。卖房时又出了麻烦，她妹与凤凰男没有解除婚姻关系，卖房这事还得有她妹签字。中国九百六十万平方公里，这上哪找人啊？

瘦妇人很焦虑，很憔悴。她嘴里拖出的舌头真长。舌苔上有一层灰白。真难看。我理解她。我同情她。但这不是她这样干的理由。恶是种子，会在人心里生根发芽；还会传染，比瘟疫的传播速度更快。我现在就不幸被她感染了。

我说句话都把我妈吓晕了；

我若再在空中翻一个跟斗，岂不是要把她活活吓死？

心中有种难以抑制的冲动。

我低头嗅了下，是冲动，没错，就是这个味。

我抓着脐带，准备荡秋千到窗台那边去。

她突然像活见了鬼，歪头跑出去。她的舌头差点儿把她绊倒。我这连热身动作都没做，她咋吓成这样？屋内还有其他危险生物？

阴影在门背后起伏，如同水面的圈圈涟漪。门敞开着。风扑进屋，有点儿凉，大部分是那些下腹接近透明的鱼类。它们绕着产床来回游动，不时用背鳍挤挤我，挤挤我的手、我的肚子、我的脚。我喜欢它们，喜欢它们带有腥味的湿润鳞甲。我都想跳到一条大鱼发黑的脊背上。不过现在还不是嬉戏的时候，一条鲨鱼也潜进屋。这种在地球上已经存活了四亿多年、称霸海洋的凶猛鱼类，因为其鳍中的一块细丝状软骨，被各地渔民争相捕捞宰杀。

它这是觉得我还是个婴儿好报仇吗？

我反腿一脚踢出，踢在从产床下悄悄浮出的一条鲨鱼的鼻端。它太蠢了，不仅是它，还有它这个物种。

从营养学上来说，吃鱼翅毫无意义，一碗鱼翅的营养价值和一碗粉丝差不多。但人一辈子哪能只懂营养学？社会学、经济学、政治学等，诸多学科及其实践，哪里能少了鱼翅这个消费符号？最起码，这块细丝状软骨意味着成千上万个就业岗位。其实这些可恶的鲨鱼，若能时刻以被驯养为荣，以躲避捕捞为耻；向那些时刻准备着献身于人类饕餮之欲的鸡鸭猪牛看齐，它们就不必去承受渡渡鸟、巴厘虎等物种灭绝的命运。

凡为人食用的动物，其子嗣必定兴旺。

人，高于一切。

服从了人，也就服从了自由——这是一个奇妙的逻辑。所以许多纳粹集中营的入口处都有这样几个字，"劳动带来自由"——这后半句我没说出来。

我耐心地对这条被我一脚踢蒙了的鲨鱼做说服工作。我觉得我是有说服力的，一有学术语言，二有事实证据，三有宣传口号，四有空头支票。它苦着脸看着我。这真是一头不谙世事的蠢鲨鱼，白活这么久了。居然还与我谈《圣经》，说鱼翅这个词的出现，即是我与生俱来的原罪。要谦卑的，是人，不是鲨鱼。说我就是一个被人之命运逮住了的替罪羊。

为什么世界各地都习惯于用"替罪羊"一词，不是"替罪鸡""替罪鸭"？亚伯拉罕是用公羊代替他的儿子杀了做燔祭献给上帝；可两千多年前的齐宣王又没读过《圣经》，为什么在搞祭祀活动时，他会因为不忍心看见牛恐惧战栗的样子，而命下人以羊替换牛？难道羊就不会恐惧战栗，难道说羊的恐惧战栗就不是恐惧战栗？不要只看《圣经》就以为自己是诸葛亮了，好不好？我抓着它成排的利齿，在把自己说得晕头转向的同时，也把它甩得晕头转向。

我累出一身臭汗。

妈妈醒了，靠在床头，盯着我。

我赶紧把鲨鱼甩出屋。我与妈妈面面相觑。瘦妇人又急急忙忙地闯进屋。她的脸，跟煎蛋饼一样，在我眼前不断摊大。

我吃惊了，门咣当一下被关上。瘦妇人身后跟来两个捧着毛巾、香皂、水瓶等护理用品的小护士。她们想干什么？

脐带处被钳夹紧。大脑又有了刹那停滞，但没有大胡子与别的什么。我感到晕眩。笨蛋，你们难道平时都不看《细胞与分子医学杂志》吗？用钳夹关闭脐带的时间不能这样早，最好是等到脐带停止搏动。因为脐带带血。这流进来的不是一般的血液，这实质上是第一次干细胞移植。干细胞的可再生性能可以降低婴儿患许多疾病的风险，包括呼吸窘迫、慢性肺病、脑出血、贫血、脓毒症和眼病。

我忍不住要破口大骂。

瘦妇人的手法太不专业，脐带尚未剪断，她就指挥着剪刘海儿的小护士把我高高抱起，抱得高过母亲——这会增加新生儿贫血的概率！

我撇撇嘴。难言的哀伤溢满胸腔。舌头从嘴里跳出来。我的肉体仿佛一个滞重而又古老的蓝色星球，孤悬于宇宙深处。

我想骂她们是笨蛋。妈妈，我可不可以开口骂她们是笨蛋？

妈妈的脑电波处于极其紊乱的状态。显然，我开口喊妈妈这种事不大吻合她所接受过的常识。她若因为我的喊声，变成精神病患者，这恐怕不大好。我爱她。她真美，在印有山与海图案的棉质衣襟下，那两个鼓鼓囊囊、温热的半球体内，蕴满这世上最香甜的食物。

我滴下口涎。

就算妈妈不把我当怪物，认为我是哪吒再世，而哪吒是要剔肉还骨的，这也太不吉利了。我用牙齿咬住舌头上那个正在逐渐形成的风暴，用灵巧的舌头把它一点点拖回喉咙，使之消散于腹部。我没法不佩服自己敏捷的反应。

腹部一阵剧烈的疼痛。那里有针，还是被火烤得滚烫的针；还有七八十根，不，也许是一千零一根。它们上下运动，左右出击，忽轻忽重，时而快时而慢。我想把这些看不见的长长短短的针全扎在瘦妇人脸上。最好能把她扎成刺猬。我再朝上面踢一脚。

我没法不哭，龇牙咧嘴。

脐带断了。咔嚓一下，带着强劲的杰克逊音乐会上的音乐节奏。几块消毒纱布敷在上面，被换走，又再重新敷上，比他妈的川剧变脸还快。

几秒钟后，妈妈的脸容发生细微变化，眼轮匝肌向里收缩，眼角处形成褶皱，颧大肌非常敬业地把嘴角慢慢地、向两侧、向上拉扯。

无论是微笑还是开怀大笑，都只由两组肌肉主导而成，却是人类最为复杂的一种表情。奸笑、狞笑、微笑、欢笑、大笑、苦笑、狂笑、嘲笑、取笑、暗笑、耻笑、讥笑、搞笑、假笑、淫笑、嗤笑……上帝，我真啰唆，但它们看上去真的差不多，起码得专家学者才能有效鉴别它们之间的区别。噢，我太乐观了。我爸爸，那个常趴在我妈妈肚皮上的男人，就是专家学者。在妈妈的子宫里，我对他的种种恶劣行为，就时常报以耻笑与讥笑，但他没有一点儿感觉，还把脸贴紧我妈妈的肚皮，做出一脸陶醉状。

我拿拳头打他，他还以为我在逗他玩呢。

有经验的人都说怀孕的女人智商基本为零，这话不管人们信不信，反正我是信了。我简直不明白妈妈怎么会相信，昨晚他离开时的那番说辞。我忍着剧痛去看妈妈的脸。妈妈在笑，是在微笑，尽管脸色惨白。真奇怪，妈妈一点儿也不怕痛。

"微笑，是人类最基本的动作。微笑，似蓓蕾初绽。在顺境中，微笑是对成功的嘉奖。在逆境中，微笑是对创伤的理疗。"

一个句子闯进脑海，跟头受了伤的犀牛一样，鼻孔里还喷着咻咻白气。

现在，我是在顺境，还是逆境？

都不是。

瘦妇人拽住我的两条腿，使我头朝下，脚朝天。瘦妇人抡起肥厚的巴掌朝我背部拍打，又把两根肥腻的手指头伸入我的口腔来回掏弄。

这个愚蠢的妇人到底想干什么？难道说那个恶毒的大胡子与那条可恶的鲨鱼已寄魂于她的体内？我的哭声是多么嘹亮，那些在我口腔中的少量残余物，怎么可能导致我的窒息？就算她打算排除不存在的险情，也大可以用嘴含住导管引出秽物，去证明女性的慈悲，以及这份职业的献身精神。

她现在的行为模式只是基于单纯的神经系统的巴甫洛夫反应。

如果瘦妇人像我说的那样做了，剪刘海儿的小护士又能及时用手机拍下这感人的一幕发送至微博微信，而有几位名人大腕看到这条资讯后再添加感言转发，她的人生就可能因为这种正能量的传递得到改变，说不定我还能在《新闻联播》头条看到她。

这是一个唾手可得的，足可改变人生的机会啊。

　　瘦妇人在我背部有节奏的拍打声让我一句话也说不出来。我的诸般念头被这种有节奏的振荡一次次摧毁。我觉得自己快要被她拍打成植物人了。

我不明白这样的愚蠢为什么可以在光天化日下，且就在妈妈眼皮底下，理直气壮地进行。我伸胳膊蹬腿，试图反抗。瘦妇人制止了我的企图。而在这个被反复拍打，再被纸张、酒精清洁的过程中，妈妈始终一言不发，看着我，笑意盈盈。

因为坐姿，妈妈衣襟纽扣处那两个半圆体露出一小块瓷器样的白。

瓷器会被打碎，但白不会。

妈妈，我要开口痛斥瘦妇人了。她所剪断的，不仅是一根脐带。准确说，是我的来处，一个哲学上的认识。妈妈，若你因此再次惊厥，我建议你吃葡萄糖酸钙片加安神补脑液。另外，作为补偿，我还将告诉你爸爸去干什么了。

我吐出一口羊水，气沉丹田，准备唾金吐玉。

妇人乜斜着眼往我双腿中间一瞥，手指在我那个小指甲盖大小、软绵绵的事物上轻轻一弹，"是个男娃。"士可杀不可辱，我差点儿晕了过去，攥紧拳头，就想冲这张长脸上痛击一拳。

"哇，他的样子好萌，超有爱。"

剪刘海儿的小护士凑身过来，用沾着不明液体的棉签，在我两腿中间轻轻拨弄。她的目光很特别，与我妈妈的不一样，也与瘦妇人的不一样，是雌性看雄性的。我的手一下子没了力气。在她的目光里，我觉得我如同云朵在飘。这种飘的感觉只持续了零点几秒，她身后那个梳马尾辫的小护士打断了这一过程。她从瘦妇人手中接过我，动作轻柔。她的手背上有几根细小青筋，皮肤异样地白。不同于我妈妈的白，但也确实是白。顺着这"白"我望过去，她有弯的眉毛，月牙一样的眼睛，脸颊上还有一层淡淡的近乎透明的茸毛。

如果说刘海儿的美是1，这个马尾辫的美就是1后面再加两个零。我在心里给出结论，视线情不自禁地追随着马尾辫的脸庞。我得承认，她的样子符合我对一个美貌少女的所有想象。我为自己一直沉浸于各种负面情绪，未能在第一时间发现她隐藏在白大褂、厚口罩下的美痛心疾首。

我都浪费了多少好时光啊。

很快，我又意识到这种"痛心疾首"也是一种对时间的浪费。

我目不转睛，看着马尾辫小心翼翼地把婴儿抱入蔚蓝色的水盆。婴儿八斤四两，丑了些，还算正常，没缺胳膊少腿也没多胳膊多腿，没肠道梗阻，也没唐氏综合征等诸如此类毛病的困扰——在这个星球上，每年有近六百万个新生儿患有各种出生缺陷、先天残疾。总体来说，他看上去就是一个再正常不过的健康婴儿。

现在，他浮在水面，被马尾辫的左手托住背部。他的面、眼、额、耳、头，先后被洗净，然后是颈、腋、前胸、后背、双臂和手。当他双腿中间那个蚕蛹一样的小东西被清洗时，他咯咯笑出声。

我也笑。马尾辫的脸在水盆上方。

她看着我，好像我是一块正在她口腔里被牙齿轻咬住的糖，眼里竟然有难以言喻的笑意。她从我的瞳仁里看出了什么？我有点儿难为情。水在身体四周起伏晃荡，冲洗着皮肤的褶皱深处。我对这种氢氧化合物的好感油然而生，觉得自己都要融化为它的一部分。我打了一个哈欠，懒洋洋地任她抱起，把我放在一条宽大浴巾上。她用酒精棉棒从中间向外清洗我脐部的时候，我忘掉了不久前的疼痛，也没有去多加理会那个把胎盘装入塑料盒的瘦妇人——她就是一个贼。等到她下晚班的时候，她会踩着碎步，飞快地奔到医院后面的巷子里。鱼嘴巷。巷子最里面有一间阴暗的房间，那里有一个缺了门牙的老妇人。老妇人会用三百块钱买下这块胎盘。数个时辰后，胎盘被熬成一碗又腥又腻的汤，端给一位眉眼俊俏的产妇。产妇叫陈小宝。产妇的丈夫也叫陈小宝……我把目光转到马尾辫脸上。她已经在我身上抹上了一层爽身粉。襁褓装起我。现在我是一个又干净又漂亮的小宝宝。我都想挣脱襁褓，得意扬扬地跳到那面小的♀形梳妆镜前，跳上一曲探戈，把屋子里这些女人吓一跳。

不幸降临了。就在这时。

我猛地睁大了眼，惊骇至极。爸爸要死了。我不知道我为什么就能清清楚楚地看见。在一个隔着我数千米的奇异空间里，父亲歇斯底里地喊了一声，就把一瓶掺入剧毒药物的水倒入喉咙，还恶狠狠地用力咂巴了下嘴。数分钟内，他将死去。他的呼吸会马上急促起来，紧接着，他会感受乏力头痛、呼吸困难、昏迷抽搐，全身肌肉逐渐松弛，最后呼吸衰竭、心跳停止、大脑死亡。

在他身边还站着三个灰暗的男人，一个高，一个胖，一个瘦。真奇怪，我一点儿也看不清他们的面容。他们是用什么屏蔽了我的感知？这个空间里的一切如同云雾一样不真实，似乎有墙壁，又似乎没有。似乎墙壁是花岗岩石，又似乎是一种软体生物的内脏。

"拜托，照顾我的家人。"这是爸爸说的最后一句话，断断续续。

这几个汉字都被痛苦折磨得不像样子。

父亲如同一头被猎枪打碎了下颌的狼，嘴里吐出白沫。这个可怖的过程没有持续多久，这个奥克姆剃刀美学的信徒吐出了最后一口气息，扭曲的脸容逐渐恢复正常。死在父亲脸上凝结出一幅诡异图案，还散出一种让人毛骨悚然的微微蓝光。而他吐出的这口气息穿越了距离，均匀地洒落在我的身体上。手足痉挛。我眼睁睁地看着父亲的死，再也说不出一句话来。

有一个看不见的铁锤子从空而降，要砸碎身体里所有的骨头。

古人言，父子连心。准确地说，这是一种量子纠缠态。

我被抱回母亲枕边。我与母亲的左手腕都套上了同样一块坚硬的塑料牌。上面有一个数字，"7"。塑料与这个数字的神秘如同烙印。我没挣扎。我不知道瘦妇人、马尾辫、刘海儿是什么时候离开的。我沉默地躺着，期盼刚才所见一幕只是幻觉，是我对这个世界最糟糕的想象，又或者是另一个世界发生的事。

寂静像水覆盖了我，隔绝光亮与声响，乃至于我的呼吸与心跳。

也不知过了多久（这世界的一秒钟是彼世界的一万亿个一秒钟），我看见大脑深处出现一间六角形图书馆，还在朝南方向的橡木书架上看到几本书。是关于时空旅行与多重宇宙的。其中一本硬壳图书的封面绘有一张人脑神经解剖图与一张宇宙图，两者有着惊人的相似，也都有点儿像米开朗琪罗画在梵蒂冈西斯廷教堂天花板上那幅名叫《创世记》的壁画。

图书馆是神奇的，不仅有彭罗斯阶梯、不可能的90°花瓶、无限回廊、上帝手中的高维魔方……人类史上所有曾形成文字的，都在这间图书馆里，可能还缺少了某几本特别重要的。这不重要，我都没有去想它们为什么出现在我脑海里，只是急不可耐地翻开书页。

我躺在母亲的肘与手臂间所形成的阴影里，飞速地浏览，提醒自己要有耐心。很快，我被其中几本书所给出的若干结论诱惑了。

如果我能一头扎进空间裂缝，穿越广袤无垠，回到还未出生的日子里，我将没日没夜地在母亲的子宫里叫喊，让母亲意识到即将发生的可怖。但另外几本书又提醒我，就算我能找到这条路，我也没办法回到原来的世界，而是另外一个。我一回去，就会有另一个世界从原先的世界里脱离，分开，平行，永不交集。

愧疚与悲痛一起咀嚼着我。我对这两种"人的基本情感"有了初步理解。

心脏有碎裂声。

我本来是有机会挽回的，比如在父亲拿起水杯前，让他看见我的模样，再叫他一声"爸爸"，他或许会改变心意。我却沉溺于人的傲慢与贪婪，拼命地去嘲笑瘦妇人、鲨鱼，以及去享受马尾辫带来的那份温柔。来到这人世的第一时间，我也大可以推心置腹地与妈妈谈谈，她一定能想出办法。

母亲的手指在我脸颊上一遍遍滑过，在我眼皮、鼻梁、嘴唇、耳朵上轻轻按着，好像它们是琴键，按一下，就会有动听的音乐流淌出来。她忘掉了我对她说的第一句话，也许她认为这是自己体虚出现的幻觉。她笑眯眯地看着我，还拿起那面铜柄镜子，把我与她的影子都照在其中。"乖宝宝，乖宝宝，叫妈妈，叫妈妈。"她的脸白里泛红，样子骄傲而又快乐。

我一声不吭。我怕我一说话，眼泪就要流出来。

她琢磨着我的表情、我嘴唇的形状。"小坏蛋，是饿了吗？饿了就说呀。"

母亲忸怩着，不无羞涩地解开前襟处的纽扣，把胸前圆形的饱满凑近我的嘴唇，"乖宝宝，乖宝宝，叫妈妈，叫妈妈。"

如果说，马尾辫的温柔是 1，妈妈的温柔就是 1 万，1 千万，1 个亿。

母亲的爱散发在空气中，紧紧包裹着我。爱的分子、原子、质子摩擦着我的皮肤，钻进毛孔。我闭上眼，哽咽着吮吸母亲的乳房。我希望她永远不会知道这个刚发生的噩耗。香甜的乳汁流入身体，身体里有瀑布与水声。我暖和起来，开始有力气祈祷。

我不清楚为什么还是选择了祈祷。我把双手小心地挪至胸口摆成一个"十"字。我虔诚地祈祷了整整五分钟。

脑子里有破云乱絮，坍塌的图书馆（一个不断塌陷的波函数），构成圆形废墟的被砍伐的树林、土坡与落日、海面，以及那条鲨鱼阴险的身影。

它贴着玻璃发出连续不断的刺耳笑声。它见我看它，朝我扮鬼脸，沿着树枝的线条，溜到医院大门口，摆了摆尾巴，消失在一个脸色苍白的瘦男人身后。它没咬他。瘦男人手里提着两大桶汽油，像喝醉了酒，走得摇摇晃晃。瘦男人没去敲玻璃窗，叫醒酣睡的保安，径直拐过假山进了大厅，四周望望，冲着贴有先进人物照片墙的宣传栏打了个嗝，嘴里吐出难闻的气息。瘦男人拧开桶盖，把汽油倒在走廊里，又点燃一根烟。汽油味弥漫开来。他眉头紧蹙。他这是想干什么？

我毛骨悚然，尖叫："妈妈，快逃。"

我不怕妈妈说我是怪胎了。

六个月前，瘦男人的妻子与大头儿子死在隔壁产房内。那本来应该是一场医疗事故。事故鉴定专家组所出具的鉴定结论，却认定医院一方不存在任何过错，只建议从人道主义角度给予那瘦男人适当补偿。最早，瘦男人屈服于这张他看不懂的鉴定结论，对那些天书一般的术语他充满敬畏；后来，他接到一个陌生电话，从公用电话亭打出来的，一个嘶哑声音告诉他，这的的确确是一场医疗事故。嘶哑声音还在这个城市的某处给他留下一份材料。

他拿着材料去找院长。院长让他留下材料，说要研究一下，若确属医院方面的过错，必定责无旁贷。院长还起身给他递了一根中华香烟，喊他"大兄弟"。瘦男人不是傻瓜，他留下材料的复印件。这些复印件花费了他一百元。他走在回家路上，筋疲力尽。一个骑摩托车呼啸而过的人，从他肩膀上劈手夺过装有材料的挎包。等到瘦男人重新找到院长，院长一口咬定，从未见过他的这份所谓的材料。

嘶哑声音没再打电话来。瘦男人找到那间公用电话亭，在那里蹲了三天三夜，还像一个警察那样在附近走访排查。又以问诊为名，挂遍该医院里所有男医生的号，不管他们是五官科的，还是内科的，可还是没找出这个嘶哑声音。他闹了起来。他这个"医闹"被几名膀阔腰圆的保安扭住双臂，推出大门。

他知道自己是那个"嘶哑声音"的刀了。

他恨院长，恨那个"嘶哑声音"，尤其是后者——他本来是可以接受那些适当补偿的，可他现在没有办法了。他抱着妻子的骨灰盒放声恸哭。他觉得自己是让妻子死不瞑目的凶手。他的愤怒在他自己的哭声中鼓胀起来，现在是爆炸的时刻。

我的叫喊震动了夜空。瘦男人或许是听见我的喊声，没再犹豫，铁青着脸，把只吸了一口的烟头弹入汽油中。汽油蜿蜒流动，迅速耸起脊背，带着火、悲伤、被损坏的命运、狰狞的面容，闯入每扇门内。

2

我出生那天，父母都死了。

我一直无法判断火灾与我是否存在某种隐秘的联系。我更不明白上帝为什么要安排这样一场可怕的灾难。七十三人在大火中丧生。获救的只有我与剪刘海儿的小护士。我是在三岁那年才与她开口说话的。我尽量像一个普通孩子那样，学着结结巴巴地说话，跌跌撞撞地行走。她来看我，让我喊她"姐姐"，我细声细气地喊，"妈妈。"她笑得喘不过气来，撑着腰说，"笨蛋。我是你姐姐。"我当然知道她不是妈妈，我只是想妈妈了。我喊一声，也许在另一个世界里的妈妈能听见。我只能是这样虔诚祈祷。

万物皆因能量构成。祈祷，是一种被加强了若干倍的能量。心想事成，是能量流动的因果。又或者说，"一切法由心想生"。我只能这样安慰着自己，否则我连一秒钟也不能在这个古怪而又悲伤的星球上再待下去。

我不断地告诉自己：科学与宗教是探求宇宙（上帝）奥秘的途径，但世界终不可知，因为我们即是那奥秘本身。老实说，我不明白这句话究竟是怎样闯入我的脑子里的，又意味着什么。但我重复它，心里就不那么难受——重复具有催眠的效果。所以谎言重复千遍也能成为真理。这不是因为谎言有多么高明巧妙，而根源于人的认知机制。

刘海儿能活下来纯属偶然——这种表面的偶然实为大系统中的必然结果。

她不是动作最敏捷的、最具有逃生自救意识的、最早发现火情的，甚至都不能说最自私的。那天晚上她从产房回值班室，在整理抽屉时发现一包过保质期的凤爪，便津津有味地啃掉了。提着汽油桶的男人来到医院大门口时，她蹲在厕所里咬牙切齿，用最恶毒的话诅咒着自己。在吃凤爪前，她有过片刻犹豫，打算与马尾辫分享。她为自己没有坚持这种分享的理念痛心疾首。也许一人一半，肚子就不会痛。是男厕。女厕要上二楼。因为担心有人闯入，她闩上门梢。厕所里弥漫着极刺鼻的氨味，生锈的铁管还滴着混浊的水，蹲坑两侧的隔板上写满种种污言秽语、潦草的女性生殖器官的简笔画，还有几个卖迷药的电话号码。她想起《猜火车》里的几个镜头，都不敢低头往下看，怕自己一不小心便掉进下水坑——更怕那里会伸出一只毛茸茸的大手把自己揪进去。

她很烦躁，几番提起裤子又不得不再次蹲下。她揉着肚子掏出圆珠笔在隔板上写了一串阿拉伯数字，又在旁边加了几个字——"找小姐"。她写的是马尾辫的手机号。她有点儿怨恨马尾辫为什么没在她吃凤爪时及时回到值班室。她用笔把马尾辫的名字描得更粗了些。她想到马尾辫在接听电话时的吃惊表情，快乐地笑了。

她又继续研究隔板上的图案与文字，在一句"李洪志到此一游"后面加了一句话，"坑太小，游得不爽"。她为自己的幽默颇为得意，几乎都要忘掉肚子的疼。很快，她在隔板的右上端，发现一串熟悉的电话号码，是求一夜情。她的眼眶红了，抖着手，去拨这个电话号码。没人接听，对方已关机。她破口大骂。她小声地依次问候了一个男人的全体家属，男的，以及女的。那是她的男友。"我操你爸。""我操你爷爷。""我操你祖宗十八代。"她骂到这里，手机没握住，摔入蹲坑。是 iPhone 7 Plus，这是她两个月的薪水。她蒙了，好半天才想到自己可以把这个工业时代的艺术品从蹲坑里捡起来。她克制着对身下黄白之物的恶心感，愁眉苦脸，往下张望，嘴里呕出小口酸水。手机落入蹲坑深处，她实在没有勇气把手伸进去。半响，还是屈下膝。手机没捞着，手掌上沾了粪便。得去找一把止血钳，或一双塑胶手套。她系好裤带出了男厕所，看见已经坐回到值班室的瘦妇人与马尾辫。她不想让她们嗅到她身上的臭味。她把脚步放得比猫还轻，转身往后门走去。门枢因为年久有点儿问题，她不想门被风掾出声响，顺手把门锁搭扣插上。她没有想到她这个不经意的动作意味着什么。等到她奔到僻静处，提汽油桶的男人进了大厅。她在门外对着一棵香樟树小声抽泣起来，心中倍感委屈，等眼泪把体内的毒素排泄得差不多的时候，她折下两根细树枝准备回去打捞手机，火焰已蹿出她身后的房子，转眼便犹如一根熊熊燃烧的火炬。

　　这个过程，她说了很多遍，连一些根本不必要说出来的细节，她也反复重复着。她不得不重复。总有人问她，或是好奇，或是别有其心，"你怎么就逃出来了？"或者"怎么你就没烧死？"她很自责，很内疚。她都快成祥林嫂了。若把凤爪分一半给马尾辫，也许马尾辫不会死。她是这样想的。是发自内心地这样想。她不是一个天生邪恶的人，她内心深处并没有一丝隐秘而又不可告人的欢乐——而这个欢乐的声音，我在许多来安慰她的人的心里听到了。

　　我不想安慰她。大火让我失去了许多，除了妈妈，还有脑子里那间六角形的图书馆。许多书被焚毁，纸灰至今还在我脑子里纷纷扬扬。到处都是散落的书籍残页。各种材质的残页，除了纸张、甲骨、竹木、帛等，还有一些已经融化的金银珠玉。时间让它们逐渐凝固，有时我想捡起其中一页，怎么也捡不起来了。不过这也没有什么不好的。起码它们现在不再有彼此之分，而是作为一个近似废墟的整体存在。

　　我看着它们，反反复复地想一个问题：

　　若不是我的投胎为人，妈妈就与这所医院没关系，就不会死，她还会穿着漂亮衣裙，走在这人潮汹涌处。

　　这是否即那条鲨鱼所提到的原罪？

　　所以我要赎罪？

　　"如果要明白，就应当相信；因为除非你们相信，你们才能明白。"

这些日子，一个饶舌的声音常常会在脑子里不请自来，让我厌烦。尽管它的扮相非常不错，时而散发出金属的光泽，时而又显露出木的纹理，有时候干脆直接化成一滴水，一团火，一块土，但我还是厌烦，越来越厌烦。

我才不会"顿觉有一道恬静的光射到中心，驱散了阴霾笼罩的疑云"。

阴霾即尘世，疑云为人心。我不知道自己为什么这样想。也许是若无此"阴霾笼罩的疑云"，"恬静的光"又当如何获得自身形象与意义之类的思辨？又或者说，主爱世人，故赐下阴霾与疑云，使人子在其中挣扎，继而进化获得自由（信仰）之类的臆想？……很多个也许，犹如一个个幻影，"不是存在着，而是自发地生成，又转眼即逝"。

人不是一种寻求幸福的理性存在。

比如现在。

我瞅着眼前这个色彩斑斓的尘世，瞅着在山坡上蹲着笑的刘海儿。我朝着刘海儿笑。

这是秋天的傍晚。树木围绕着我们，圆的海棠、方的女贞、纵横成行的胡杨与水杉……千千万万的乔木与灌木中，唯有这屈指可数的几种，被人，被这种两足无羽生物，保留在他们的日常现实中。

树的下方是草，因为光线的折射，碧绿清新。但因为杀虫剂、除草剂等农药的污染，它们甚至不能拿来喂兔子。

刘海儿用力撕扯下一些青草，去喂笼子里的小家兔。笼子是细铁丝拧的，还刷了紫罗兰色的油漆；兔子红眼、白毛、黑耳，非常可爱，是站在她身边的那个长了一对招风耳的英俊男人花了四十块钱买的。他喜欢她，发自内心。他看她的样子像在地上捡到一个金元宝。前年从药科大学毕业后，他在一家私人医药公司谋到一份医药代表的差事。职业关系，他认识了刘海儿这位地道的省城姑娘。他们的爱情就与书本上写的一样：先加 QQ，互发微信，再吃饭，看电影，去旅馆开房。她不丑，他也不是金城武。他是一个农村出来的外省青年，踏实肯干，也因为她的"帮夫运"与牵线搭桥，他最近成功攻克一家三甲医院，从院长、药房主任，到临床医生。他将摆脱父辈的生活，幸福的日子指日可待。他现在唯一忧虑的是房子。他得说服她动员其父母拿出一笔钱，凑够首付款，她就再也飞不掉了。好吃的鸭子一定是煮熟的。

　　我不讨厌这个英俊的男人。刘海儿与他在一起会幸福的。他们拌嘴，他在承认错误后，居然能主动跪到键盘上去，更让人瞠目结舌的是，他居然能在电脑屏幕上跪出"老婆，我错了"这几个汉字。我打心眼里为刘海儿高兴。她也终于摆脱了困扰她几十个月的梦魇与前男友。我曾去过她的梦境一次。那是根巨大的铁链条，在叮叮当当、周而复始地拖动着。没有海水、鸟类、山川与河流，以及人——哪怕是没有五官的人，只有这根满是铁锈的铁链条在无尽的虚空中拖动着，刺耳的响声咯吱咯吱。偶尔一串火星落在链条上，出现一个诡异的从未见于《辞海》或《康熙字典》的汉字。可还没等我数出这个汉字的笔画，它即已隐没入链条的转动中。我没敢再去第二次。我很佩服她没有发疯。她那个前男友真有点儿禽兽不如。在厕所隔板上写自己的电话号码求一夜情，属于地球人可以理解的，是每个屌丝青年都可能干的蠢事；可问出"怎么你就没烧死"，就有点儿不对；刘海儿在遭遇这种心理创伤后，他没半句温言安慰也就算了，可他还试图说服刘海儿去色诱自己的上司，未免过于极品——他大可以找个小姐去。还是说，在他眼里，刘海儿就是不必付钱的妓女？当刘海儿试图摆脱他的纠缠，这个三十二岁的男人还能够觍颜索要五万块钱的青春损失费。这种事，听起来是狗血剧情的喜剧。砸在自己头上，就是连眼泪也哭不出来的悲剧。

我朝着小白兔笑。风吹着它与英俊男人的耳朵。他一脸喜悦，它一脸懊恼。不可避免的死等着它。因为食入这些青草所导致的腹泻，它会在自己容貌最可爱的时候死去，不必等到被哪个残忍的男孩折磨得只剩下一条腿一只眼，又或者是被人养肥再剥皮炖肉脑袋被加工成深受美食家喜欢的兔头。没有谁会为它的死感到难过，包括刘海儿。英俊男人已经用它表达了心意。她也没有这个耐心每天去清理它的排泄物。久病床前还无孝子。顶多一个星期，就算它不死，她也会把它扔出窗台。它只是一个人拿来表达爱的道具。它能意识到这点吗？我向它问好。它看看我，没说话，继续吃东西，不紧不慢地嚅动着三瓣嘴。它的萌属性比我出生那时要高多了。我很想乐，看了一会儿，又乐不出来了。风吹动着它身上细微的茸毛，形成一种诡异的笔画，如湍流，具有了某种让人不舒服的意义。

我望向英俊男人，继续笑。每个人的欢笑与不幸都牵扯着他人，从子宫到坟墓，人类，作为一个整体，这个系统内部任何细微的变化，都将影响它的历史与未来的流向。我讨厌混沌理论与蝴蝶效应，讨厌因果律，它们让我有无力感。这些年，我被这种感觉折磨了太多次，太多的欲哭无泪。

我保持着笑容，扭转身，跌跌撞撞朝山坡上的一棵樟树走去。傍晚的光线让树叶若黄金。树下，我的十八岁的小姨一直沉默地凝视着公园的大门。她穿着件蓝色碎花的裙子。那是我母亲曾经穿过的，一直压在箱子里，今天被她翻了出来。她的下颌与母亲一样柔滑光洁。但她此刻几乎忘掉了我。我拽动她的衣襟。她没有察觉，仍沉溺于她那个小小的几何形状的世界。她的痛苦看上去是那样微不足道，令人暗自发笑，但确实是痛苦，能把她的眉尖拧蹙。

我浏览过她的那个世界。她曾在纸上写下一个凹。她不知道自己为什么要写下它。也许是因为讲台边投影屏幕上的瓮城堞堞一点儿也没有想象中有趣。这很无聊。而能对付无聊的，只能是无聊本身。一个嘴唇上有茸毛的男孩抢过纸条，在上边画了一个凸。她的脸一下子红了，比晚霞还红；还烫，能烫熟鸡蛋。她为自己的联想力羞愧难当。

男孩在纸上绘出一张铅笔图，绘得与照片一般逼真，是雪地里的一双脚印，"测试：你第一眼看图书中的脚印是凸还是凹？"

纸条来到她手中，被女老师发现了，被没收了。

女老师为此深感忧虑。小姨是好学生。小姨能否考入名牌大学，这不仅是她的荣耀，更直接关系她的奖金、职称评定等。忧虑传染开来，像有几滴墨水滴在水里，有的红，有的蓝，有的黑。小姨迅速消瘦下来。她和那个男生被隔离。隔离的效果不言而喻。那个聪明的男孩很快就弄明白了什么是他应该干的。他的学习成绩突飞猛进，小姨的成绩则江河日下。很快，女老师所要保护的，便是那个行为日渐古怪的男孩了。她把小姨叫到办公室，用不无鄙夷的语气说道，"请你不要影响他。"

"说好的爱呢？说好的我们的世界呢？"

小姨在纸上画了一条弧，又画了两个箭头，再画了三个水滴。

纸条被隐秘地传给男生。脸色灰暗的男生看了会儿，把纸条慢慢撕碎了。他在教室那头面无表情地看着黑板，小姨在教室这头伏桌号啕痛哭。

男孩是不会来的，他不知道他错过的是什么，他也不知道他说过的意味着什么。我的目光落在公园东南角处的长椅上。阳光照着它，像照着一张风景画片。母亲是在长椅边认识的父亲。那是七年前一个春风荡漾的晚上，母亲像小姨一般大的时候，也穿着这件蓝色碎花的裙子。她太贪玩了，常常晚上一个人跑去小剧场看演出；胆子又太大，常穿过公园抄近路回学校。是父亲用电筒赶走那几个小流氓的。母亲俯在父亲背上哭得上气不接下气，哭着哭着，居然睡着了。她真单纯，若不是婚后某位男傧相的多嘴，母亲还真不知道那几个流氓打扮的家伙都是父亲的朋友。母亲生了几分钟的闷气。父亲一手策划的这幕戏实在是恶俗、庸俗、低俗。但，这至少证明他费了心思。

母亲的脑垂体分泌出大量的多巴胺。她发觉在她内心的深处，反而有惊喜源源生出。她觉得自己更爱父亲了。其实父亲大可不必这般煞费苦心，随便在哪里，不管是晴天还是雨天，只要他有勇气上前搭讪，他们就会相识相爱，还爱得生死不渝。父亲大可不必冒着被揭穿的风险来导演这出戏。许多像他这个年纪的男人最喜欢做的就是把宝马车开到女生身边，优雅地打开车门。又或者把宝马车停在校园门口，在车顶放上一瓶矿泉水（喝我水，和我睡，这是一个甚有想象力的接头暗号）。

父亲没那样做。这或许是父亲这种具有恶棍气质的男人让人最着迷的地方。他们总渴望，也多半能，把死水微澜的日常现实变成舞台上的戏剧，让未谙世事的她们认定自己便是主角，是被镁光灯所照射着的，是为台下千千万万双目光所注视着的。

空中有一道蜿蜒流动的、颜色微暗的火。那是晚霞。它照耀世界，犹如照耀着水面的涟漪，同时也照耀着那个目不转睛地看着我的黑女孩——我都以为我脸上长出了花朵。

我在她面前停下脚步。

她把一个皮球狠狠地砸在我脑门上。不疼。她翘起了嘴唇，双手张开，大有一副"要从此路过留下买路钱"的架势。

她像是刚从煤堆里爬出来的，脸上挂着一副欠揍的表情。她是不是知道，此刻，若在我与她所站立之处，打一个长度 12756 千米的深洞下去，就能看到几个朋克青年正在用一桶油漆刷白一个黑女孩的上身？所以她要用她的"黑"反抗我的"黄"——因为"白"是她所够不着的，或者说无力面对的？

她的嘴唇异常厚。小姨把自己最爱吃的台湾烤香肠搁在上面了？

我忍住笑，望了眼仍在痴痴望着公园大门处的小姨。一个句子正出现在小姨的脑海里："你来，或者不来，我都在这里；你走，或者不走，我都不再理你。"

小姨的大脑真是不通畅啊。但有一天，她写的句子也许会像扎西拉姆·多多写的《见与不见》一样，被人当成仓央嘉措的大作，广为流传赞颂。

我笑起来的样子比哭还难看。

一个美貌少妇跑过来，慌慌张张，"你怎么可以拿皮球砸小弟弟呀？"

她在嗔怪黑女孩，又用抱歉的眼神看我。看我没出声，旁边站着的小姨也没有反应，抱歉又收回去了。少妇去牵黑女孩的手。

黑女孩用力甩开，"我在与小弟弟玩。"

这是假话。她不是在与我玩，她是故意拿皮球砸我。她这样做的理由是因为她觉得这样很好玩，而不是发现了我是一个怪胎，又或者说她是一个怪胎。黑女孩两条腿的长度的偏差不会超过一毫米，这不算是一条腿长，一条腿短。

从我头上弹开的皮球，在踉踉跄跄往山坡下滚，越滚越快，滚到刘海儿面前，撞翻那个装了兔子的笼子。笼门打开，兔子跳了出来。它看看我，看看那个仍在继续往下滚动给它带来自由的皮球，看看已经跃在半空中要捕捉它的英俊男人，一转身就消失在灌木丛里。

事故发生了。

几分钟后，少妇与英俊男人战成一团，战得煞是好看，是贴身肉搏前的骂战。他们彼此问候对方的家属，希望能不花钱就与对方的长辈发生肉体关系，偶尔几句"你妈生你时是不是把人扔了把胎盘养大了"。他们平时攒的人品不够，骂得没多少创意。骂人是一种技术活儿。技近于道，是谓艺术。英俊男人的词汇量相对匮乏，也不够潮流时尚，不过他有个好处，学习能力强，能及时复读。他也想把老家的骂人话一股脑儿砸在少妇脸上，我都看到有那么几句跳到他舌头上。可惜他认为这些俚语非得用乡音说出来才够杀伤力，又硬生生地把它们咽了下去。真遗憾。其实，用普通话说，杀伤力更大。刘海儿有点儿不适应这个场面，几次打算伸手拽英俊男人离开。不就是一只跑掉的兔子吗？不就是四十块钱的事吗？这是她的逻辑，不是英俊男人的；这不再是兔子与钱的事，是尊严，一个乡下男人在城市生活所渴望的尊严。

生命诚可贵，爱情价更高，若为尊严故，两者皆可抛。

我望着黑女孩笑。

黑女孩紧盯着她激动的母亲，双手攥成拳头。

我和厚嘴唇的黑女孩并肩坐在草坡上。我们之间的距离有十公分。我拿起她的拳头，掰开，用手指在她黑的、软乎乎的掌心来回比画：

你妈兜里有手机的，你百度搜索一下《骂人宝典》，给你妈做个参考？

她瞪了我一眼，用力拍我的手。

我缩回手。她拍在自己手掌上，啪声清响。

句子碎了，落在草地上，变成词语、书名号与标点符号。我扫了一眼，现在它们是："你妈的你骂人，百度搜索你妈，兜里？给参考一下《做手机有个宝典》。"

前半句所指清晰，后半句不知所云。上帝掷骰子也太潦草了，这几个词语完全可以有很优美的表述。黑女孩起身朝坡下走去。她瘦瘦尖尖的臀部让人有猛踹一脚上去的冲动。

我去看小姨。她的目光越过眼皮底下的人与事，越过树木，在晚风中微微翻动的草、假山与停留在那个趴在公园墙头喘气的红色太阳上。她都不敢再去瞧公园的门口。她眉尖现在不仅仍有痛苦，还多出一点儿惘然。如果她能预知未来，知晓她此刻凝眸苦苦等待的男孩成年以后会成为一个性变态、暴力狂加瘾君子，她还会这般望穿秋水吗？

人最幸福的是，他们不知道明天会发生什么。他们不知道：上帝在掷骰子，不仅掷得潦草，还时常把骰子掷到他找不到的地方去了。

我把散落一地的词语捡回兜里，准备晚上回家把它们拆成各种笔画，看看是否能搭出一个魔方。我喜欢这种有智性的游戏。它让现实不那么乏味与滞重了。若有必要的话，我还可以把这些笔画带入小姨的梦境，让它们成为美丽的蝴蝶，绕着她翩翩起舞，并让几只金斑喙凤蝶歇于她的掌尖，让她要流出来的眼泪滚落于蝶的翅翼上。

我喜欢小姨，她是我有限经验里所见过的不多的美好。

她真美，可她居然一点儿也不知道。小姨慢慢噘起嘴，我也噘起嘴。

眼泪能排出心里的毒素，真好！这种神奇的物质是上帝赐给人的最美好的礼物。我拉住小姨的手，示意她往山坡下看。

不是每个人都有机会看到这一幕的。

黑女孩的步伐比我想象中要慢。她好像是要故意等到少妇挨打才来到她妈面前。她好像是故意等到她妈把她一脚踹开。少妇的长腿踢在她身上，沉闷地响，她一声也不哭，跌倒了，爬起来，还因此获得某种令人畏惧的神奇力量。埋头前冲，跟坦克一样，变身，化身狼崽子，咬住英俊男人的左手，恶狠狠。我都听见她嘴里二十八颗乳牙发出的快活呻吟。男人的眉毛跳起来。不敢用力去搡开她，四周都是眼睛。他还没想明白该咋办，少妇及时跟上，照他脸上就是两耳光。这两记耳光的响亮强度接近八十分贝，有可能致人耳聋。我赞叹不已。在心里把对少妇近身搏击技能的评分提到一个专业水准上。男人流鼻血，伸手擦，擦一下，吃惊了。他很吃惊地看着自己的手。又用一种更奇怪的眼神去看刘海儿——他是在惊讶刘海儿的旁观吗？她不是在旁观，她吓傻了。吓傻了的不只她一个，还有我小姨。他的身体在下坠。他失去重心摔倒在地。黑女孩跳上去，骑住虚弱与眩晕的他，抡起小拳头疯狂地往下击打，打一下叫一下，"妈妈。"

我暗道侥幸。庆幸自己刚才在她掌心戳戳点点时，没被她解读成调戏。

小姨漂亮的眼睛里有迷惑与惊慌。手惊骇地掩在嘴上。我捏了捏她的另一只手，示意她别紧张，好戏还在后头。小姨抱起我，开始跑。她跑得真快，光线也没她跑得快。身边经过的树扭动着身子在跳一种欢快的舞。一眨眼他们变小黑点了。真遗憾。虽然隔得再远我也能看见。毕竟少了一点激动人心的现场感。我皱眉。有个东西在体内拱了下，接着又用力拱了一下。奔跑中的小姨犹如受了惊的雌鹿，脸颊粉红，脚下有一连串的旋涡。我宛若从梦中惊醒。我把头用力朝小姨怀里拱去。我想妈妈了。

我能活着是妈妈给的。

她失足从台阶上摔下的时候应该把我抛出去，可她的意识打败了下意识——这几乎是不可能的事。她的大脑中枢神经系统因为她紧抱着我的姿势有了片刻瘫痪。她的前额撞在大理石台阶上。她晕厥了。她晕厥前的刹那，下意识地为我挡下一块被汽油烧得迸裂的小石块。她是被活活呛死的。混杂着火焰、尘土的烟雾像披头散发的鬼，咯咯怪笑，去敲每一扇门，并把那些没有立刻打开的门变成火。火烧着火，烧出黄色、蓝色、暗红色等种种匪夷所思的颜色。那只鲨鱼也在其中，在气息呛人眼鼻的大块颜色中，犹如阴影一样来去。一群群深海热带鱼顺着它背鳍划出的痕游来游去，眼睑古怪狰狞。它们是有毒的。它们让我喘不过气来。我想跳进妈妈脑子里去。只要用力去抓妈妈前额处那颗松果腺，她就能醒过来。但我进不去，通往她大脑的通道出现一座断崖，岩石里还有纯橘色的火在流动。褐色的土仿佛是一堆堆被烧焦的蚂蚁尸体，散发出刺鼻的焦味。我去不了断崖那边。视线模糊不清。我叫起来。我的声音被几只热带鱼看见。它们扑过来。

我以为我要死了——妈妈把我紧紧地塞入襁褓，让我丝毫动弹不得。我只能眼睁睁地看着，看着从石阶上摔下的一个人用他的身体挡住它们。

这不是一个病人。不是一名医务工作者。是病人的家属。一个因为久病卧床的瞎眼老母亲而徒然耗尽一生的扁脸男人。几分钟前，他母亲恶毒的喊叫几乎要贯穿每个人的耳膜，"你这个不孝子，你这是要把我扛到哪里去。不去，我哪里都不去。死也不去。"老妇人奋力撕扯着她儿子的头发，像一只八爪章鱼挥舞着手臂。等到她感觉到大火的逼近，她换了另一种喊叫，"你这个不孝子，你这是故意放火想烧死你妈，老天没眼，一道雷劈死你这个忤逆子就好了。"

火在舔舐着那只鲨鱼，也被鲨鱼舔舐着。每吞下一只热带鱼，这只鲨鱼的体形就扩大一点，颜色明亮几分。它的腹内已经是一团金黄。

那个放火的瘦男人堵住它身后的大门，左右手还握着两柄菜刀。他的瞳仁里只有死一样的黯淡光芒。血与火的光在他身上跳着。他还戴上了口罩。他可真是用心良苦。他把一只鱼咽下又再吐出。他干脆摘掉口罩，让死从他身体里扑出来。

他的刀劈在保安头上。

他的刀劈在瘦妇人脸上。

马尾辫本来是第一个跑出去的。她千不该万不该，不该听见我哭。她犹豫了，还是回身冲入火海抱起我。等她直起身，瘦男人的刀劈在她额头上。

马尾辫像我母亲一样紧紧地抱着我，没有撒手。她的血滴在我脸上，滚烫。很奇怪，她的血像有一点儿蓝。我说，"救我妈妈。"我不确信她是否听到了。她的眼神迅速黯淡，熄灭。身子沿着绿色的墙裙滑落，很快着起火。她用最后一点力把我从火中推开，脸上的神态颇有点难为情，好像是在说没把我救出去是她的错。我说，"救我妈妈。"没有人听见我这个刚出生的婴儿的呼喊。我滚向已然晕厥的母亲。母亲的脸被火焰映得半明半暗。我被一只脚踢到像一头烤得半熟的困兽啊啊叫着的瘦妇人面前。我以为我会被她踢入火焰。她迟疑片刻，抱起我往大门口冲，边跑边喊，"作孽啊，这是小伢仔。"她的样子像抱着炸药包。她用尽平生之力。刀再次砍进她干瘦的颈窝。她摔倒了，摔倒之前，拼尽全力把襁褓中的我扔出大门。

瘦男人在我身后不紧不慢地砍着，脸上没有绝望也没有希望，像在跳一种古老神秘的舞蹈。几秒钟后，那只金黄色的鲨鱼把他吃掉了，对着我露出残忍而又邪恶的笑容。

它想扑过来吃掉我，已经无能为力了。

我的命不仅是妈妈给的，也是马尾辫给的，还是瘦妇人给的。众生冷漠，而又多情。我躺在星空下，注视着这个广袤荒凉的世界。

我也看见在极遥远的地方，一面旗帜正在缓缓降落。

一个国家消失了。一些人冲上街头挥舞着五色旗帜，敲锣打鼓欢呼他们来之不易的胜利。他们的脚是那么用力，把沥青路面也踩得当当作响。他们的欢呼把整座城市变成了一口沸腾的油锅。这让人惊疑，惊悸，惊慌，惊喜。

一个漂亮的外国女记者朝跟在身后的男摄影师打出手势。这是一个艺术品般的完美手势，让人情不自禁地想起一位名叫克拉拉·莱辛的姑娘，想起她的坚决、有力、美丽朴素，以及她裸露在《自由引导人民》那幅画像上完美的胸。

这是历史性的时刻。

这个想法犹如从黑暗云层深处伸出的龙卷风进入了她的身体。她跟随着龙卷风的旋转跑动起来，喘着气。她要采访他们，聆听他们压抑已久的愤怒与心声。她要以一组极富有煽动力与数据翔实的深入报道，把这个光荣时刻传遍全球。这是她的职业，是责任、荣耀与不可抗拒的使命。她体内的细胞在发生一种很奇妙的核反应，一部分是核聚变，一部分是核裂变。

我看着她，隔着数千公里，隔着云层、山峦、河流与树木。

三十七分钟后，她会被其中几个面目灰黑的男人挟持至暗处，剥去衣裳，蹂躏至死。其中一个男人还会用油漆喷罐在她的赤裸胴体喷上一个彩色的单词，"婊子"。

她的同事，那个一直深爱着她的当地男人，一个身材短小的男人，将因为试图阻止这场暴行，被棍棒打死，倒吊在广场附近一条小巷的灯柱上，且被万人众口一词唾骂为在暗中出卖这个国家的叛徒——尽管他对国家的爱丝毫不亚于对这个女人的爱。

更让人绝望的是：她的死不会激起任何波澜，还不如一颗扔入水面的石头，就仿佛她从未到过这个地球上。没有抗议，没有祭奠，没有哀思。她的国家甚至忘了把她列入失踪人员名册。因为这是一场关于民主的胜利，正义的胜利，自由的胜利。

我闭上眼睛。

摇晃的路逐渐平静下来，细小雨点犹如初绽的梨花在空中飘落。

飘落，不是长河落日圆的落。

我嗅到小姨胸脯上那两朵还没有被男人揉过的蓓蕾的芳香。这种香味与马尾辫抱起我的时候一模一样。我不知道要有什么糟糕的事情发生。也许不是最糟糕的。一只歇在电线上的麻雀懒洋洋地掀动翅膀，不知它是刚刚敛翅落下还是正打算鼓翅飞远。一条褐色土狗趴在电线杆边，漫不经心地嗅着前爪上的粪便。这里本是一幅静态油画。如果把时间比喻成一只鸟，把空间比喻成一只兽。我与小姨的到来打破了这对鸟兽的互相凝视。

四周寂静。

有一种东西在我们头顶嗡嗡悬浮。

小姨停下脚步，目光往电线杆旁边的小巷深处望去。男生的家在巷子里面。窄的门，门上倒贴着"福"字，还有一副被雨水洗得半白的对联，"国泰民安春满人间，福临小院四季平安。"墙缝里长着青苔褐藓。门边月牙状拴马石的下方撒落许多鞭炮碎屑。这是欢庆的痕迹。

那个男孩考上北方的一所重点大学。小姨的身子微微颤抖起来。我知道，她难过了。我也很难过。雨水滴到我脸上，有几滴是温热的。小姨会把我举在头顶当成一把油纸伞走进巷子里吗？噢，小姨真是一个丁香一样结着愁怨的姑娘。

世界是一本书，字词段落都在书里面摆好了。

小姨翻开这页。

小姨不知道的是，往巷子里再走十米，拐过那棵一人合抱粗细的榆树，就是瘦男人的家。那里有过许多欢声笑话，现在只剩下坟墓一样的冰凉与死寂，与两个骷髅一样的老人。他们在灰烬里生活了近七年。时间过去这么久，怨恨与诅咒已经远离他们，他们还是无法摆脱心中的愧疚与自我谴责。那个躺在床上的老妇人，火灾发生的翌日，去了医院，跪在一片瓦砾中，向街道对面不允许她靠近的废墟磕头。她丈夫，一个驼背老者试图把她拉离现场，被她用最严厉的目光制止。这不仅是为了减轻她那已经葬身火海的儿子的罪孽，还根源于自我憎恨。如果手中有刀，我想她那时会毫不迟疑地刺入腹中，再把自己的肠胃与萎缩的子宫都掏出来，晾在青天白日下。

我在月亮升起来的晚上潜入过他们的梦境。每晚入睡后，他们就像尸体一样，一遍遍地把颈脖套在黑色粗大的绞索上；群鸦飞至，啄尽他们的血肉。每片血肉被撕去，就有新的血肉重新长出。这个周而复始的过程一直持续至黎明，他们才会从噩梦中醒来，并以为自己与身边躺着的那位只剩下一副白森森的骨架。我不知道该如何安慰他们。这不是他们的错，他们不应该受到这样的惩罚。但我没有能力改变什么，哪怕是在他们的梦中留了一点儿美好的东西。

这令我不舒服。我说，小姨，我们回家吧。

3

小姨家在成贤街107号。是间大杂院，住着七户人家。小姨的爸，我姥爷，背着双手在逼仄的庭院里来回踱步，穿着一件皱巴巴的花衣裳，像只鸟，自言自语，腔调异常怪异。这个慈眉善目的老头儿在我妈过世后翌年的某日清晨，就穿着这件自己从外贸尾单店淘来的大开领的花衣裳，用了半个小时走到他曾任教的中学，一路上还不断向熟识的人挥手致意。

校工向他打招呼，很诧异这位退休老师时隔半年后居然又回到学校，更诧异这个衣着素来庄重的老人此刻的奇特服饰，开玩笑问他是不是来视察工作。姥爷笑眯眯地喝完校工端来的水，与同样头发斑白的校工唠了几句家常，还念过一句苏轼的"老夫聊发少年狂"，咳嗽几声清过嗓子，便雄赳赳气昂昂在学校大门口一站，兜里掏出一张纸，又不紧不慢地从背包里摸出一个高音喇叭。

"竖子刘昌，沐猴而冠。狗彘鼠虫之辈，不仁不义之徒。乙酉年学堂扩建，本为莘莘学子计，其虚列开支，私揽工程，贪墨索财无度，吮尽脂膏，自肥己橐；丙戌年，更为龌龊之能事，骄奢横蛮，妄为奸淫，强逼良人坠楼而亡……"

开始大家没闹明白。

等到有人附耳小声翻译了下，脸都白了。老校工慌慌张张来掩姥爷的嘴。姥爷一声断喝，"他做得贼，我就骂不得贼吗？戚戚小人，直若豚彘！"

姥爷原本是一个多么谨小慎微的人啊！他在这所中学任教三十余年，就没与谁红过脸。他这是怎么了？地球人都知道刘昌的德行，可人家当校长后也没为难过姥爷这批老职工，姥爷这是替谁出头抱打不平？难道是那个跳楼的叫林玄仪的女老师跑到姥爷梦里哭喊冤情吗？

别人都说姥爷得了失心疯，我知道不完全是。

姥爷只是忘掉了一些事，比如自己的胆小怕事与对刘昌的畏惧；又想起了一些事，比如他对林玄仪的喜欢。不是一个长辈对晚辈的喜欢，是一个男人对女人的喜欢。这种喜欢隐秘而又强烈，真实不虚，它所产生的化学反应让一个花甲老者的灵魂重新回到少年慕艾时期。姥爷一口气填了几十阕的《菩萨蛮》《雨霖铃》《贺新郎》，副题名皆为《致L》，L是林玄仪拼音的第一个字母。可惜一个中学老教师道貌岸然的外壳仍然紧箍在他身上，林玄仪生前也没有机会读到这些滚烫的有着奇妙排列组合的汉字。她只是喜欢与姥爷聊天，听姥爷说他年轻时的故事，浑不知自己托腮凝眸倾听的样子会在这个老者心灵深处激起怎样的巨浪狂澜。姥爷甚至佯作无意摔碎他用了十余年的宜兴紫砂杯，另换一个雀巢奶粉马克杯每日泡茶，只因林玄仪曾用这个杯子喝过水，杯沿曾有她的唇印，杯把曾有她手掌的遗温，杯身曾无限贴近她的脸颊。

一张古典的瓜子脸。

"我看见了你，你若不爱我，我还要这双眼睛干什么？"

姥爷写下的句子多美啊。

我不觉得林玄仪有多美。容貌清秀，中人之姿，眼下还有痣，是滴泪痣。她的颧骨太硬，眼睛偏细，手也薄，关键是她还同时交往着四个男友。现在的女孩子多半是信奉"一个女人至少需要四个男人"的理论——一个满足精神需求，一个满足物质需求，一个满足社会需求，一个满足生理需求。

姥爷满足不了林玄仪的任何一种需求。姥爷对此是心知肚明的。

我很奇怪姥爷心中为何会燃起这样一场大火，也曾试图溜进他梦境深处一窥究竟。这是一趟危险的旅程，不时有山峰崩落，洪水泛滥。等我心惊胆战地蹚过险境，总有一座青灰色的城郭拦住去路。城门内外，有数万万带甲士兵厮杀，旌旗摇动，利刃交击。有次我还捡了一套盔甲，想偷偷摸摸溜到城内，不想一支利箭破空射来，半空中浮现出一个威严的脸庞，眼睛里淌出血丝，嘴里还大喊，"哪来的鼠辈觑窥，拿命来！"还好我跑得快，要不起码得在床上躺三天，吃啥啥不香了。

我知道姥爷年轻时是一个有故事的人。

我不知道这些故事与林玄仪有什么交集。难道仅仅是因为林玄仪长得像他的初恋情人——那个至今仍然健在，经常去跳广场舞的名叫何桂花的老妇人？又或者说，姥爷爱的只是一个有着"古典瓜子脸"的年轻异性的皮囊？这种容貌的女人并不少见，为何姥爷独独对这个林玄仪有这样炽烈的感情？我想不明白，就不想了。

有意思的是，姥爷遗忘了许多事，却开始虚构关于林玄仪的种种记忆。借助于书籍、电影、他人的爱情、历史的细节，这些不存在的记忆犹如种子，自土里长出，长出了一片茂密的森林。他没有与林玄仪握过手。他俩最亲密的接触，就是他用她喝过水的杯子每日泡茶，但他居然能回味起林玄仪嘴唇上的蜜与甘甜，确信某年某月某夜他与林玄仪并肩而行，谈了人生、苦难、幸福的滋味与宇宙的奥秘。他情动之下还吻了林玄仪，林玄仪也迎合了他的热情。那是怎样的一个吻啊，让雨水停歇，月光如雪，整个地球都成了他俩的背影。

也许，在那所城郭的宫殿深处住着一个诗人，不是一个大半辈子循规蹈矩的中学教师。

姥爷骂完刘昌，檄书往兜里一插，神清气爽，朝四周一拱手，说，"明天再来。如果我来不了，断了条腿或突告暴毙，不用说，是刘昌指使人干的。"

众人鸦雀无声。

第二天，姥爷真的来了，还是穿的那件花衣裳。当保安试图驱赶时，姥爷手指着那两个不知所措的小伙子的额头骂道："《宪法》第 35 条规定：中华人民共和国公民有言论的自由。"又一指地，"这是中国，我是中国人，我有权站在这里。"再一指天，"天网恢恢，疏而不漏。如果认为我诽谤，可以让公安来逮我。"

有好事者拍下姥爷戟指怒骂的视频上传网络。一夜之间，姥爷成了网络红人。来看姥爷骂人的市民越来越多。当姥爷步出家门，这个盛大的节日便拉开帷幕。有搭讪者，有辱骂者，有击掌叫好者，有不远千里赶来的采访记者，还有送来锦旗要与姥爷合影者，姥爷一概不理，只管自己阔步前进。九点十五分出门；九点四十五分到学校门口；九点五十分念讨伐刘昌的檄文；十点二十分回家。

姥爷来了七天，风雨无阻。

第八天，姥爷刚到校门口，学校老师列队欢迎，大家拼命鼓掌，把手掌都拍疼了。满面通红的老校工挤入人堆，给姥爷递来茶水杯，说这是他昨天特意从超市买来的上好铁观音，说刘昌被市纪委"双规"了，姥爷是英雄，没想到姥爷一辈子不显山不露水，居然干成这样一件大事。姥爷嘿嘿一笑，接过茶水一饮而尽，咳嗽几声又往校门口一站，大家屏气静息，以为他又要揪出学校里哪位潜伏的不法之徒，也暗暗期盼着，没想到姥爷一字不改，骂的还是刘昌。

大家面面相觑。不知道姥爷葫芦里卖的是啥药。

等到第九天，所有人都明白了，姥爷是病了。

第十一天，去西藏出差的大舅回来了，一脸悲愤地把穿花衣裳的姥爷领回家。姥爷真听话，大舅说啥他就做啥，跟个听话的小孩子一样乖。不过等大舅想把他的花衣裳当洗碗的抹布时，他生气了，一声怒吼"败家子"，大舅就老老实实地把花衣裳重新扔回洗衣机了。

大舅骂小姨，为什么不早点儿把姥爷领回家。这话冤枉小姨。小姨去牵过姥爷的手，姥爷朝她一瞪眼，她就啥话也说不出来。

小姨怯生生分辩，"大家听爸骂人，高兴坏了，一个劲儿地拍巴掌。"

大舅生气了，"大家把爸往坑里推，你也在旁边干站着？"

小姨的眼泪顿时下来了，一眨眼，变成泪水做的。大舅只好叹气，说你要是有你姐一半息就好了。小姨的姐就是我妈。我妈从小就不爱哭，哪怕知道我爸是骗婚的，还咯咯笑咯咯笑。哪怕在把我扔出火场那个生离死别的时刻，她眼里也没有一滴泪水。

小姨、大舅，还有我妈，是三个性格迥异的人，虽然他们的确是同一个爹妈生的。这是人类进化之谜，而不能将其完全推诿于"十根手指头还各有长短"这种不费脑子的说法，又或者后天环境及星座之类的说法。事实上，哪怕是一对同卵双胞胎（他们有相同的基因组，遗传性完全一致），他们的性格也可能天差地别。

龙生九子，九子皆不同。这是果。

九子为何不同？这才是因。

众生畏果，菩萨畏因。

大舅又在给观音菩萨上香了。点燃三支香，面对那尊他花了三千多元从古玩市场请来的一尊木雕的大慈大悲观世音菩萨，举香至额端，躬身敬拜，口中喃喃有词。上香有规矩，得先插中间一炷香，再左，后右。上香讫，还要行三拜三叩礼。小姨牵着我的手，鼻翼间有近乎透明的血管与不屑。小姨踮起脚尖，小心翼翼走入她的卧室。我回头看了一眼大舅。跪拜在蒲团上的大舅是那么虔诚，一点儿也不像个用唯物主义科学发展观武装起来的共产党员。大舅真虚伪。一个虚伪的好人。连他下巴上的那颗痣都透着一股虚伪的劲儿。

我把头在小姨膝盖上放下，我想妈妈了。

尽管大舅语如蚊蚋，我还是能一字不差地听清他所祷告的每个字。他求菩萨保佑我早逝的姥姥与妈妈，保佑舅妈与他的独生子赵守正，保佑姥爷、小姨与我，唯独没有替他自己祷告一声。这几年，大舅的头发白了许多，我们这一家子的日常开支全落在他肩膀上，尤其是自打舅妈陪着赵守正去了百里外的隆山县中寄读后，大舅的压力就更大了，他本来只是一个出版社的普通编辑，现在他不得不从外头接了不少兼职校对的活儿，经常深夜伏案改稿。

四十四岁，按联合国世卫组织的标准，还是青年人。可四十岁出头的大舅，脸上写满卑微与顺从。年轻时的大舅是一个多么桀骜不驯的人啊。就读于北方一所著名大学的他，能拿着红铅笔面对着世界地图思索至凌晨；也能在凌晨洗一把冷水脸，冲向篮球场，连盖系辅导老师数个大帽；还能在课堂上有理有据反驳教授中国近代史学的老先生的观点，一句"不容青史尽成灰"，赢得满堂喝彩。那时崇拜大舅的姑娘们多如过江之鲫，其中一位容貌姝丽，堪称绝色，那姑娘还有一对身居要职的好爸妈。可大舅真傻，出于义气一时冲动，替几位鲁莽的同学扛下严重违纪的责任，被送回他的出生地。爱情没了，事业没了，连他的精气神也全没了。

大舅跟行尸走肉一样活到今天。

大舅去参加过同学会，席间去上洗手间，回来听到几个同学议论，说他活得像根阳痿的鸡巴。大舅强作欢颜进去继续寒暄。那几个同学转移话题，搂着他的肩膀敬酒，又是喊哥又是嚷弟，说没有他当日的义举，就没有他们今天的幸福日子。又说起他爱过的那个绝色姑娘，说留学海外的她如今过得也很不好，据说有人在法国巴黎的红灯区见过她。大舅说，这怎么可能呢，好歹她是受过高等教育的人。就有人马上说出姑娘身体隐秘处的胎记以为佐证，说在法国，妓女是一项合法的职业，她们以博爱的精神为客人提供服务，也受到客人尊重。又有人说，那个女孩在出国头几年就以滥交出名，不做婊子这行还真委屈了人才。

大舅实在听不下去，抢起酒瓶，砸在自己额头上。是茅台飞天的瓶子，很结实，从大舅手中滚出去掉在地上也没有碎。这让大舅的行为跟一个小丑差不多。

大舅走出那间豪华的包厢，一个人在小酒馆喝得酩酊大醉，喝北京二锅头，边喝边掉眼泪，喝到半夜，小酒馆要打烊，服务员来结账，他掏钱包，鬼使神差，还掏出阴茎，给端菜的服务员看，嘴里直嚷，"我，没阳痿。"一个那么大的男人哭得稀里哗啦，也让餐馆老板动了恻隐之心，没把他扭送派出所，只是找几个壮汉抬出去扔街头了事。

大舅的一生是失败的一生。他早早落入生活的圈套，再也无力挣扎。在可以预见的未来，他将变得越来越小，小如衣服上的尘埃，再被一只看不见的大手掸去，最后只剩下那件他常穿的竖条纹灰衬衫，被遗弃，扔入垃圾堆，或在火葬场化为灰烬。

这个命题成立吗？

如果成立，大舅，以及像大舅一样的人，完全有理由提前终止这种失败。自杀对他们来说就不是可耻的，而是对可憎命运的反抗，是人之自由意志的体现。

我不觉得大舅的一生是失败的一生。

他仍然努力扮演好自己的社会角色，敬孝的长子、敦厚的兄长、严厉的父亲、有职业操守的小职员，珍惜眼前人，做好手边事……他不是一个好丈夫，但没关系，他已经做得足够多，足够好了。

那些悲伤的往事，在他内心深处酝酿成一种我所还不能理解的液体，咸涩苦麻。一个人的灵魂也就在这种液体表面显现出来，虽然是一个痛苦的灵魂，但"一个痛苦的灵魂"的质量是要远远大于"一个贫乏的灵魂"与"没有灵魂"。

我说大舅跟行尸走肉一样是不对的。那只是一个世俗价值体系里的表象，一种可怕的误解，一个傲慢者的自以为是。大舅这一生，哪怕此刻即因意外戛然而止，他也未曾虚度过一分一秒。在他的梦境深处，我看见过人迹罕至处的美景，看见从未出现在尘世上的花朵与树木，以及一条青龙。大舅盘膝坐在龙首上，低首引箫；而那个在憎恶中自我放逐的漂亮女孩，骑着一只五彩斑斓的凤，捧笙和之。

他们身上有尘土，他们心里有光荣。

一个个虚假的世界在他们面前不断崩毁瓦解，消融于音乐之中。

我不能说，他们一直都深爱着对方，始终不渝。大舅不是马尔克斯在《霍乱时期的爱情》里描写的弗洛伦蒂诺·阿里萨（这真是一个让渴望相爱的人屏声静息的名字），那个女孩也不是费尔米娜·达萨（她最性感的一面，是她没有在意阿里萨宣称尚为她保持童贞这句话的真伪。她在意的是，他以这种断然、略带颤抖与请求的口吻说出这句话）。

大舅与那个女孩不是某个作家笔下的虚构之物。

我想，就算马尔克斯还活着，就算这位文学大师想把大舅与那个女孩写进他的小说，他每写一个字，离他们的灵魂就远了一点。

总有一些东西是文字所不能触及的。我们顶多能说文字是网，是那些试图凭借手中笔探索宇宙与人类心灵奥秘的写作者日夜辛苦编织成的渔网。网撒入一个人的一生，如撒入河流。它所能捕捉的只是一些鱼，而不是所有的鱼，更不可能捕捉了整条河流。

如果把时间比喻成河流，如果把一个人的一生比喻成网，那么最让人着迷的，不是鱼，不是撒网与拉网，与那个极谙熟水流与鱼性的高明渔夫，而是那些在阳光下闪闪发亮的水珠。无论憧憬多少，收获多少，水珠慢慢拉长，犹如一个泪滴形状的记忆芯片，携带着一个男人或一个女人全部的秘密，缓缓滴落，又重新消失在水里。

大舅与那个女孩或许辜负过对方，但我知道生命的气息从未离开过他们灵魂半刻。

我想很多年后，若他们有机会相遇（这是一定会发生的事），在熙熙攘攘的人流里，他们会一眼认出彼此，会停下脚步用这世上最温柔的眼神，彼此问候，然后各奔东西。

这是他们相爱的方式，是只有上帝知道的爱。

屋外的光线收敛起来。屋外的世界变成一个谜语。

大舅在厨房里炒菜，炒的是我最爱吃的辣椒炒肉。小姨推开窗户，喊，"爸，吃饭了。"小姨问我在想什么。我说赵守正。小姨撇嘴说，他那样欺负你，你还想他呀。小姨把嘴又撇到一边，用手指头敲着我的额头说，"傻瓜，你应该想我，天天想，这样以后你万一走迷路了，也能感应到我在哪。"

小姨拧开台灯，摊开一本书，是贾德的《苏菲的世界》，一本风靡世界的哲学启蒙书。

"生命本来就是悲伤而严肃的。我们来到这个美好的世界里，彼此相逢，彼此问候，并结伴同游一段短暂的时间。然后我们就失去了对方，并且莫名其妙就消失了，就像我们突然莫名其妙地来到这世上一般。"

小姨念了一段，叹口气，看我目不转睛地望着她，又叹了一口气，"你还不懂，等以后你大了，就懂了。"

小姨真可爱。也许哪天我可以伪装成一个神秘的哲学家给她通信，不仅跟她讲西方的哲学史，也说一说伊斯兰文化与中国文化里的圣贤大哲，尤其是后者，那才是她历史的根——就像西方哲学史是苏菲的历史的根一样。

只是，我还能在脑子里，找回那间六角形的被焚毁的图书馆吗？

又或者说，尽管我现在还能只字不差地复述许多书籍上的内容，但我能真正理解它们吗？那些文字后面隐藏着的一张张面容。我的言说并不足以引导小姨成为一个她所渴望成为的人，顶多会让她成为一个我所渴望让她成为的人。这是我对生命的僭越，是对一个人生而自由的冒犯——自由即选择，是知识的专制。

知识是知识分子的发明，是极端危险的发明。这种发明在近代以来，不断地把人类带到濒临灭绝的悬崖。任何一场大屠杀都根源于知识生产体系里的某种学说理论、观念与主义，以及宗教。

令人沮丧的是，这些观念之物的出现，也多半基于一个良好的愿望。没有哪本书不声称自己是真善美的体现。但真善美并不一定兼容，且时有互相为敌。作为知识的载体，书无时无刻都有着践行其理论的强大冲动，人被书本摆弄，就像人摆弄着书本，再把它们分门别类插入书架。

这是读书人的宿命，不可解脱。他们的一生是一页纸，几行字，是他们所信奉的观念与主义的祭品。这也是这个世界的宿命，不可解脱。不管有多少重宇宙，我们所置身的这个世界只是对一小撮人类精英所信仰的观念与主义的践行。

更令人沮丧的是，知识的傲慢比世俗权力的傲慢更糟糕。知识具有原生性，构成人格，构成了一个人的世界观与方法论，具有一种深信不疑的意味，所谓腹有诗书气自华。

知识结构本身，即意味着傲慢与偏见。

小姨上课的教室墙壁上，有一副对联，"书山有路勤为径，学海无涯苦作舟。"勤与苦，皆不难，这是中国人的文化基因。问题是书山有悬崖，学海藏旋涡，读书人几乎不可避免掉落悬崖与卷入旋涡的命运，在山谷洞穴以为那阴暗潮湿处便是世界的一切，而自己所置身的那个旋涡即是万物之奥，是真理的化身，推动人类进程的根本力量。

这是知识的障碍。

这是每个人拿起书开始阅读前要懂得的道理。

小姨懂得这个道理吗？

她还只是单纯地相信，相信她所渴望的爱情，相信种下去的是种子收获的就不会是跳蚤，相信她对应试教育的反抗无比正确，相信大舅就职的出版社不会倒闭，相信人类迟早能够研发出救治姥爷让他恢复清醒的药物——这个相信是对的，但我觉得姥爷还是这样一半糊涂一半清醒的好。

小姨真傻，到现在她都相信自己是姥爷亲生的，与大舅和我妈有着血缘关系。

我打消了假扮一个哲学家与小姨通信的念头。

趴在桌边看书的小姨已经戴上了耳机。耳边的另一端连着一个红米手机。小姨很喜欢听许嵩的歌，一个 1986 年出生模样孱弱的男孩。她在秘密攒钱。她想去听许嵩的音乐会。她能把他写的歌一首不落全唱出来，唱得比许嵩还要好。她在幻想，如果她真的见到了许嵩，是尖叫一声好，还是尖叫三声好。她转过头瞟了我一眼。她想，只要我肯答应替她保密，还有替她用手机拍摄下她尖叫的时刻，她会很乐意带我去参加音乐会。

她的心思没在《苏菲的世界》上，这不再是一个纸质书阅读的时代，也早就不再是一个阅读纸质信件的时代。

我亲了小姨一口，开了客厅的门，去厨房帮着大舅摆好碗筷。再过两秒钟，姥爷要推门进屋了。姥爷样样都好，就有一点不好。特别喜欢拿一些我不高兴吃的硬糖来哄我背诵唐诗。那些多日揣在他裤兜里的硬糖大半融化了。他念上半句，我念下半句；我念出下半句，他喂我吃一颗糖。我若不念，他即直瞪着我，眼泪默默地流，样子委屈极了，似乎觉得我是《全唐诗》，还是未删节本。

在吃糖与眼睁睁看着他委屈流泪的两个选项中，我通常选第一项。但姥爷有时候要我背的唐诗也太过于生僻，比如杜荀鹤的"竹门茅屋带村居，数亩生涯自有馀"之类。杜荀鹤的诗平白爽健，从我嘴里冒出来就不对了。这种"不对"所可能造成的后果要远远大于道德感所带来的内心谴责。倒不是我担忧被有关部门当成异星生物或基因突变物，活体解剖了，而是这必定要扰乱大舅等人的生活。

人类永远不会接受在他们理解能力之外的事物。

我显然是这种让我自己也感到不舒服的事物。

所以当穿着花衣裳的姥爷推门进屋时，我乖乖地冲上前，抱着他的腿，喊了声"姥爷"。

姥爷没理我，气定神闲地往餐桌边一坐，我赶紧盛好米饭，帮他拿好筷子。辣椒炒肉真香。如果大舅懂得用前腿肉、大田里种的本地圆椒，尤其是那种可遇不可求的菜农自种的扯树辣椒，与海天牌酱油来入味，那就真的不要太棒了。

我咽下口水。姥爷开始吃，一个人，旁若无人，风卷残云。

大舅看了眼姥爷，搁下锅铲，到姥爷身边，蹲下，替他拉下卷起的裤管，起身，皱皱眉，说，"爸，你又把手弄破了！"姥爷没理他，继续吃。姥爷的左手食指肚上有几点血迹。我真粗心。这是姥爷在院里侍弄那盆月季时被刺着的。姥爷真有意思，非要把那盆月季称作玫瑰，甚至在一个深夜时，跑到花盆边，在月光下幻想他的林玄仪会从花瓣里钻出来。我赶紧从壁橱里取出邦迪创可贴，大舅帮姥爷裹好伤，又回到灶台边煎蛋。他在金黄色的鸡蛋上撒下碧绿的葱花。

我承认，鸡蛋是一个完美的神迹。

我不爱吃，可大舅偏要每天逼着我吃一个。我嘟着嘴，走进大舅的房间，在柏木床上躺下，继续苦思冥想，想我想了七年的问题。

爸爸死前，那三个与他在一起的男人，到底是谁？

他们是用什么屏蔽了我的感知？

是无意屏蔽，还是有意为之。如果是后者，是否说明他们知道我这种古怪的存在，并且还与爸爸存在某种联系。那么他们为什么不来找我呢，是不是他们一直在暗处隐秘地观察我，我所有的行为皆被数十台摄像机忠实记录后，上传至某个空间——就类似电影《楚门的世界》里，每一秒钟都有上千部摄像机对着的那个可怜的男主角？

我可以肯定，我不是生活在一座巨大的摄影棚里。除非这个摄影棚有着数百亿光年的宇宙尺度。我可以肯定，我在现实世界中，而不是一个被精心营构的超现实世界之中。除非现实的定义被完全推翻。

我为什么会出现在这个地球上？

爸爸为什么会主动赴死呢？

还有医院那场大火，瘦男人固然惨遭不幸，放火是他唯一必然的选择吗？不是的。从概率上说，那场大火发生的概率只有百万分之一。

如果售卖汽油的加油站的员工，不是那个好脾气的小李，而是打牌输了钱的老赵，老赵不会把汽油卖给他，他俩会争吵起来，老赵会把瘦男人打一顿，瘦男人在送医院后，会乘赶来看护的父母不注意，纵身从医院五楼跃下，这场惨案就不会发生。

如果瘦男人拎着汽油与刀，去医院的路上，在途经新模范马路与南瑞路交叉路口时，那个小女孩没有被渣土车撞倒在地，而是跟着他身边喊一声，"叔叔，你手中拿的是什么好喝的饮料啊"，他也不会再继续赶去医院，而会拐去一条偏僻的小巷，在那里号啕痛哭，并扔掉手中的汽油桶与怀里藏着的利刃。

有太多太多的如果，这些"如果"都没有发生。

瘦男人顺利地买到汽油，顺利地来到医院，顺利地弹出手中的烟头。

他太顺利了。这不符合这个概率宇宙对自身的要求。有某种力量替他抹去了这众多的命运交叉线，使之笔直地走到我的面前。会是那三个男人干的吗？

如果是，他们究竟是一种什么样的存在？

如果不是，他们只是普通人，只是一种特殊的存在使我不能看清他们的面容，我也有必要去弄清这种特殊存在的真面目，还有，爸爸为什么会主动赴死？

我叫元庆，我爸叫元贞，我妈叫赵小乙。我们本来应该是地球上幸福的一家人。

我咬住嘴唇，努力不让自己哭出声。

心脏处一阵剧烈疼痛。

一只被光引诱的蛾飞进房间。是鬼脸天蛾。这种蛾的胸部背面有一个骷髅头形状的斑纹。很快，它发现自己来错地方，与印着竖条褐淡灰底纹的窗帘拼命搏斗。它太惊慌了，敞着的窗户就在窗帘帷布边五厘米，那是它飞进来的路。我看着它，看着这个神秘之隐喻——我能理解这种惊慌。大舅枕边有一瓶二两装的红星二锅头。瓶里还有一大半液体。我往喉咙里倒入一小半，不经过口腔，直接咽下。

一头浑身散发出滚烫热量的野兽出现在身体里。我看着它，看着它在五脏六腑里的吼声，看着它冲入会阴丹田处，沿任脉上行，经咽喉，环绕唇舌，又一头扎入督脉龈交穴，再一分为二，一头过人中，沿鼻尖的素髎穴、鼻柱、前额，上至头顶百会穴，复经颈部风府穴，再顺着脊柱下行，至尾骶部的长强穴，又复归于小腹会阴；另一头则从龈交穴直接跳到舌端。

额头泌汗，指尖发烫，我努力咬紧上下腭，不让这只野兽跳出来，是独脚夔——这会是一场灾难。我确信。我用舌尖拖着它，把它拖回喉咙，再咽下。

鬼脸天蛾终于找到正确的方向，飞进茫茫夜色。

世界犹如它的斑斓翅翼，在急速颤动中。

我躺在床上，大汗淋漓，近似于虚脱。半天，握紧拳头，喊了声"妈妈"，又小声喊了声"爸爸"。

爸爸，我需要知道真相。

我可以让自己一分为二，一部分留在这具年幼的肉体里，扮演好一个七岁孩童应该做好的一切；另一部分则从头顶百会穴挣脱逸出，跟这只飞蛾一样从这扇窗户离开。我要知道这众多的"为什么"后面究竟隐藏着什么，知道那个唯一的既包括过去现在与将来，又同时概括了此处与彼岸的词语。爸爸，你听见了我的声音吗？现在到了我去寻求答案的时间。博尔赫斯在一篇小说中曾写道："我想象着时间的第一个早晨，想象着我的神把他的信息委化于豹子生动的皮毛上……"爸爸，也许，我的神已经把他的信息委化于这只鬼脸天蛾身上。

还有妈妈，我真想再次亲亲你的脸颊，告诉你，我有多么多么爱你。

不想了，再想眼泪又要流下。

就这么愉快地决定了。

天快亮的时候，我从那个被小姨搂在怀里的"小小身体"里坐起。小姨睡得真好看，脸颊上有窗外星辰微弱的光。她的脸一半明一半暗，好像有一只蝴蝶在上面慢慢飞，而她即是花蕊本身。我喜欢比喻，比起仅由名词与动词组成的陈述某种事实的句子，这些"隐喻、代喻、转喻、借喻、暗喻"，更可能接近上帝的嘴唇。

事实是什么？是想象所达到的某个深度,这个深度还可以挖掘更深。或者,通往另一个维度。

我喜欢事实,也渴望挣脱事实的束缚。事实是有限的,是瓶中水。要见水中月。

世界这样大。穷极人类所能感知搜集到的事实,也不足以勾勒出其亿万分之一。唯有虚构与想象,才能让世界在某个奇异的时刻就指甲盖大。

我亲了亲小姨的鼻尖,又摸了摸那具"小小身体"的额头。他已经醒了,还在装睡,装作不知道我要走。等我走了后,他会难过好几天,连最喜欢的《猫和老鼠》也不想看。不过没关系,不管我走多远,他都知道我在干什么;也不管我走了多远,我也知道他在想什么。我们之间的联系超过了记忆、直觉、DNA 结构,以及时空。我又依次去了大舅与姥爷的房间,与他们说再见。再见,是为了再次相见;不是再不相见。

姥爷真可爱,又在梦里写了一首诗,还是现代体。我走进他的梦里,把那些词语重新排列组合一下,并把它们从大脑海马区与大脑皮层的临时信息交流区,拖到后脑长久储存深度记忆区。这样姥爷就不会抱怨他老记不住他在梦里写的,那些堪以让李白杜甫也为之拍案称绝的句子了。只是姥爷醒来后,会不会被这首现代诗吓一跳?

我咭咭地笑,想了想,又在姥爷深度记忆区里加了一个反射装置。现在,这些铺金描银的汉字,被绣于锦缎上,其间还缀有玛瑙、珊瑚等众多珠玉宝石,与铺在西藏墨竹工卡县其玛卡村那张覆盖了大半个山坡的唐卡一般大小,而且就飘浮在姥爷梦境深处那所我无法靠近的青灰色城郭的上空。

《致L》

偶尔我会想起你，像想起身上的手指，
当我摘下玫瑰，指肚涌出鲜血。

晨曦涌入河流，蓝色清亮的嗓音。
层层叠叠的青翠如此完美。

想念着你，斑斓之虎跃出心底。
这样一个时间，欲泪而止。

水面说着秘密，微微的刺疼。
飘动的柳絮有将愿望变成现实的力量。

沿着水的堤坝，我走了三千年，
一方面憧憬，一方面害怕。

亲爱的人呀，花在吐出盛夏，
抱膝的少女已快被思念压垮。

把我给她。
把她给蝴蝶吧。

4

沿成贤街往南走二百米，有一个奇怪的公交站。站台旁边有棵一人合抱的香樟树，一个穿短衫草鞋的年轻人与一个穿暗黑色对襟马褂的猴脸老者。他们常年蹲在树下对弈，刮风蹲着，大雨蹲着，哪怕有人从中间经过，他们也不肯起身稍让。看他们下棋真是要累死，几天也不挪动棋子一步。我就不明白他们的聚精会神是从哪来的。

年轻人生于清光绪十二年。猴脸老者生于民国十七年。

我没问过他们的名字，不清楚，也不想知道他们为何要蹲在这里下棋。我相信他们是有故事的人，可我不感兴趣。这世上的故事太多了，若都要往脑子里装，我就是一本《故事会》。不是说《故事会》不好，用其主办者的话来说，它始终在满足人民群众日益增长的精神文化需求，但打创刊号起就是那么几个故事原型，区别只在于时间、地点、人名与服饰道具不同，更恼火的是，几十年它只用了一个腔调来讲故事——它不累，我瞧着累。这不是它的问题，是我的。我得检讨，我没意识到自己是广大人民群众中的一员，当然我也与广大人民群众有着相同的爱好。比如我喜欢那个常从果子巷跑出来看他们下棋的少女。

她长得好看，颜值真高。

我喜欢她拿手托腮的样子，她的脸像从白莲花里长出来的。下雨的时候，她还会带把伞替他们挡雨。她显然有点儿偏心。撑着撑着，伞面不自觉地往年轻人头上倾斜，雨水把猴面老者的肩头打湿大半，把她的肩头也打湿了一小半，可她一点儿也觉察不到。

偶尔她看闷了，也会干一些很无聊的事。比如拿手掌蒙住年轻人的眼睛，还唱歌，唱《我悄悄地蒙住你的眼睛》，年轻人不理她，冥思苦想，好半天才挪一下棋子。少女委屈地噘起嘴，吹起一阵风，把一粒沙子吹入一个路人眼里，一个有着精致妆容的妇人。

妇人手忙脚乱去揉眼睛，手掌在滑腻的手机屏幕上擦过。

三星 Note 4 的触摸屏真是太敏感了。妇人本拟发给某个男人的私房话瞬间群发至十个人。现在糗大了吧。我望着目瞪口呆的妇人，幸灾乐祸的笑声一下子爬到喉咙处，痒得厉害。

少女瞟了眼我，眼里尽是促狭之意。

三星手机叮叮当当响，是杨朗朗唱的《爱就像天边的流星》。有人开始回短信。

妇人红裙下的长腿在空中踢出一个 70 度的角，嘴里冒出一句粗话。她是人，手机不是人。她在挫败感的支配下，居然产生了与手机这种非人物体发生性关系的强烈愿望。

她想把手机摔地上。她还是没把手机摔地上。

粗话在妇人嘴里喷涌而出。但她捧着手机还是像捧着情人的手。她开始回复那些陆续抵达的短信。她的心理素质与她调情的本事一样好。不过……我乐不可支。

少女嘴角有两道弯弯的弧，"小屁孩，小心把下巴笑掉了哦。"

我最讨厌别人叫我小屁孩。我叫元庆。我有名有姓！

我朝少女扔过去两道锐利的目光。

"你才没下巴呢。你把快乐建立在别人的痛苦上。听说过蝴蝶效应没？她的短信本来要发给张局长，现在王秘书长收到了，李部长收到了，陈处长收到了，高主席收到了……天海大酒店2114房，虽然宽敞，也就三十多平方米，明晚七点能同时装下这么多龙行虎步的男人吗？这且不论，她正在向李部长陈处长高主席王秘书长逐一解释，说是打错了一个字，分别是今晚明晚后晚大后晚。王秘书长阴沉多疑，陈处长跋扈易怒，高主席鲁莽专横，李部长尖刻躁急，但他们都不是傻瓜，他们马上会发现这个头顶N多绿帽子的事实，我就不具体解释他们是怎样发现的。尤其是陈处长，他还为这妇人净身出户休了原配，准备娶回家一心一意过日子。我告诉你，明天晚上陈处长就会与张局长打起来，七点三十分零四秒，他还会用一把双立人菜刀砍断张局长的颈动脉。知道张局长是什么人吗？他只是一个副厅级干部，他爹可是大人物，只有他这个独生子。一个前途无量的年轻人因你而死也就罢了，咱们这个国家从来不缺乏半路夭折的年轻人。但，他爹将因为失子失控，性情大变，走上卖国求荣的无耻道路，许多百姓将因为他爹一系列失去理性的决策，倾家荡产，排队上天台自杀。这也就罢了，蚁民之死等于无。国家利益呢，民族利益呢？姓肖的老姑娘，你这罪孽可就大了。"

我数了下，我一口气说了十六个四字短语，其中只有三个成语。这让我满意。我讨厌陈词滥调。我没想到的是少女的眼眶红了，尖叫，"你叫我老姑娘？"

说到最后一个字，少女已在可怖地号叫。

她的指甲疾速生长，转眼即有尺许长，锋利如刃；身后弹出一双黑色的翅膀；眼睛里出现一缕幽幽绿火。还有那个猴脸老者，扭过头，表情似笑非笑。

我不怕他们，我只是失望。

我说的都是即将发生的事实，而且事关人命，是大事。"老姑娘"的称呼是小事，它还是一个多义词，家里最小的姑娘也叫"老姑娘"。她为什么非要理解成嫁不出去的姑娘，为此愤怒，不惜显现出让人望而生畏的原形？雌性，果然是一种匪夷所思的生物。我不敢走进她的脑海，一探究竟。她是女妖，由死不瞑目的美丽女性的怨气凝结。我听过她的故事，最早是一个梁山伯与祝英台的故事；后来梁山伯殉情死了，祝英台没有喝下那瓶掺有氰化钾的矿泉水；再后来祝英台日益憔悴，经历了七次不成功的相亲，委身于一个骗色劫财还谋命的暴戾男人；最后被暴戾男人当作向她父亲敲诈勒索的肉票，被榔头砸死扔入一口废弃的古井。

这是一个让人不愉快的故事。

她犯过错，也严厉惩罚过自己。她不该承受这样悲惨的命运。我不该揭她伤疤。我为不恰当的措辞略感后悔。

我向她道歉。

少女的怒气消了一些。

"你奈何不了他的。"年轻人拍了拍少女的手掌，"明晚张局长死不了。我会去的。"

我明明看见年轻人的右手拍了少女的右手，可他的右手就没离开棋盘上的那颗阴沉木棋子。少女瞪了年轻人一眼，"我才不要你帮忙。"凌空跃过，就想钻进红裙女人体内。她没成功，年轻人抓住她的手，"别进人体，这个规矩不能破。"

年轻人深深地看了我一眼，"元庆，你走吧。"

这个年轻人语速缓慢，说话的腔调是汉阳造步枪射击时独有的那种"砰砰砰"，说出的每个汉字像被擦得锃亮的黄铜子弹。我知道了年轻人生前的故事。他活着的时候人家叫他丙戌子。

我上前鞠躬，"你是一个值得尊敬的人。"丙戌子看着我，"你是一个生而知之的人。这是好事，也是坏事。"我点点头，转身离开。他眼眸深处的悲伤混杂着骄傲与不甘，犹如风暴之海。我可不想迷失在这海洋里，变成风暴的一小部分。

"国族觉醒，总需要一二人鲜血祭奠，非如此不得翻开那历史书页。汉人为满酋之奴隶二百七十余年，多受荼毒，荆榛满目，饿殍遍野。偌大中国，已是人间地狱。今之群言嚣嚣，多言康梁，非愚昧魍魉，即为贪图一己私利之辈。所谓宪政，满汉平等，徒然掩人耳目，实谋其子孙帝王万世基业。此乃明明白白之现实，何以不察？欲想民主共和，只能先破后立。唯望革命力量改天换地，方有汉人顶天立地之日。天华君曰：长梦千年何日醒，睡乡谁遣警钟鸣？余今日刺杀奕劻巨獠，不计成败，只祈秉承先烈之志，头悬菜市，而围睹众人前仆后起，接踵而兴，终脱奴籍。噫，吾以此书与世间永别矣！"

1910年，清宣统二年，丙戌子遗下这封遗书，携汉阳造步枪，欲匿于前门瑞蚨祥绸布店内，伏击庆亲王奕劻，未果。他父亲，瑞蚨祥绸布店的掌柜，出卖了他。

他父亲和现在与他对弈的猴面老者长着一模一样的容貌。

我知道这是为什么。

丙戌子恨了他父亲一百年。我不知道丙戌子什么时候才能解开这个心结。父亲不是不爱他，而是他还要爱其他人。他只是更害怕丙戌子的忤逆之举，将给全家人带来的灭顶之灾——这是一定会发生的。他还有一妻一妾，三个可爱的孩子，最小的常戴着虎皮帽的那个儿子，入塾发蒙不过百日，即已能背诵《龙文鞭影》。一个人的性命与六个人的性命，哪个更重要？他是拨惯算盘的人。更何况这种畏惧早已深入骨髓，成为每个人的集体潜意识——常言说民不与官斗，而今忤逆之子竟然还妄想刺杀朝廷命官，这可是诛九族的大罪。

当他读到那封密藏在银匣子里的绝命书后，大脑便停止工作。

脚把他带到衙门口。

丙戌子被捕后，他老泪纵横，还送了许多银钱给狱卒，希望儿子死前能少受一些折磨。

我回头看了眼仍在棋盘前端坐的丙戌子。

还是那年晚春，一个名叫汪精卫的年轻男人在银锭桥下搁置炸弹。翌年，二十六岁的摄政王载沣赦免了二十六岁的刺客汪精卫，一阕"慷慨歌燕市，从容作楚囚。引刀成一快，不负少年头"传遍九州大地，激起无数青年胸中的热血。

没人知道丙戌子写过的这封绝命书。我猜想他写下它，内心隐秘处，还是渴望他为之献身的民众，能记得历史上曾有过他这样一个人。我不清楚他是否会因此遗憾。我希望他不会。活着的人就是他的碑。

我尊敬他，与他"驱除鞑虏"的思想无关，尽管这四个字曾短暂成为同盟会的行动纲领。我想他若活到民国元年，也会认同孙中山先生重新提出的"五族共和"。任何人，不管是马丁·路德、华盛顿、爱因斯坦、霍金……都不可能超越他置身的时代。我只是尊敬这样一个甘于为民众赴汤蹈火的人。

又或者说，一个愿意为了梦，百死不辞的人。

杜甫说，"尔曹身与名俱灭，不废江河万古流。"在我看来，这种人就是万古流动的江河。

风迎面吹来，是气流。

我停下脚步，有点儿伤感，想了想，把刚才在脑子里出现的句子，写在一个顺风飘来的小纸片上。这张纸片很快就会穿过熙熙攘攘的人流，飘到丙戌子面前，挡住他凝视棋盘的视线。他与他恨的人在棋盘前坐得太久了。我希望他能起身离开，去看下今天的万里江山。还有，肖姑娘是个好姑娘，希望丙戌子能接受她对他的爱慕，带上她同行，至少她会用心照顾他。

对了，还有要紧的一条：丙戌子会在明天六点零十三分弄坏张局长座驾的刹车片，六点零十四分会有一个叫甘玉顺的小学生从巷子里跑出来，要提防他被车撞倒。另外，张局长是贪了点儿，好色了点儿，人品也差了点儿；但如果他死了，继任者只会更坏。张局长只用手中的权力威逼引诱了七个女下属，他可能的继任者，那个叫胡大明的猥琐男人，肯定会用手中的权力威逼引诱所有的女下属，一共二十三个，其中三个女下属会因此分别服毒、上吊、投河。

能看见可能的未来真是一件令人崩溃的事。

强烈的恶心感猛地击中腹部。我弯腰呕吐起来，吐了半天，吐出一点苦胆汁，才把那三张因为服毒、上吊、投河而扭曲变形的女性脸庞，强行从大脑前松腺体的记忆处删除干净。

丙戌子知道我生而知之，丙戌子知道我能看见有限的未来吗——虽然是一大堆互相冲突的碎片？

我不能肯定。我往前走。

我叫元庆，我是一个生而知之的人。

我来到爸爸曾经工作的地方。

我已经是第一千零一次来到这里。每次前来我都至少遇到过一个故事。这些故事皆由命运、建筑墙体、梦境、树篱、幻觉、人的欢笑与眼泪构成，连环相扣、首尾衔接，在强烈的日光与月影的照耀下，形成一个个色彩极丰富且炽烈的戏剧性效果，是迷宫，高低曲折，比忒修斯杀死弥诺陶洛斯的克里特迷宫还要复杂一百倍——我精确测算过两者。

我了解它，比"一个训练有素的外科医生了解他的病人"还要多点。迷宫中央有一片不大的空地，是一个奇异空间，好像有墙壁，又好像没有，偶尔我还能嗅到一丝父亲的气息，但等我抽动鼻翼时，这气息又消失了。我常坐在这块空地中间发呆，想它建造之初的目的、意义、结构及所遵循的美学逻辑；在被建造成后承载的众多"生、老、病、死、爱别离、怨憎会、求不得、五阴炽盛"等。但我始终想不明白的是：第一，为什么会有这块空地的存在，从迷宫的基本设计原理来说，空地多余且累赘，反而会让置身其中的人误以为自身是迷宫的囚徒又或者是这个迷宫的王？第二，为什么它犹如活物？并非是一个单纯二维空间里字与词的排列组合，会有生长，有呼吸，有被雷电击倒的巨树构成的桥梁，也有被洪水冲毁的道路。某种意义上，它跟任何一种有生命意识的存在并无二致。

如果把建筑物比喻成它的躯壳，它已换过三副。

最初这副躯壳是一幢苏式五层建筑，始建于1953年，主楼高耸，左右呈中轴对称，回廊宽缓伸展，有红褐色的墙身、线条冷峻的斗篷式大坡度屋顶、用大理石装饰的勒脚——这是一个很明确的"三段式"结构。

在这幢楼里出没的是一群穿灰色中山装的人。要想把他们中的一个，从他们中区分出来是不容易的事，这不仅鲁莽，也有着某种难以言喻的危险。所以他们之间最常用的一个称呼就是"同志"。他们刚成为这个城市的主人不久，需要这样一种确凿无疑的结构来彰显权威与力量。这个原本孱弱阴柔的城市，因为他们的宏伟蓝图，展现出一种前所未有的阳刚气息与澎湃活力。在刚过去的四年，他们深信自己已相继取得土改、抗美援朝、镇压反革命等各条战线上的伟大胜利。那个大胡子德国人所预言的天堂不仅是可以在这块土地上实现的，更是指日可待的。他们毫不怀疑这点，以至于某些时刻，一些人为此忧心忡忡。

"我们迈步于社会主义的金光大道上。"

"这幢楼就是号角。"

一个面目威严的国字脸男人，拍了拍瘦小警卫员的肩膀，用略带发愁的口吻说道，"到时粮食吃不完，怎么办啊？"警卫员没吭声，表情严肃。国字脸男人陷入深思。阳光把他的影子越拖越长。警卫员结结巴巴地小声说道，"万恶的资本主义，让美国人民生活在水深火热中。我们到时可以分一点吃的给他们吗?"国字脸男人没回答,没点头或摇头。他望了一眼天上的云,往楼内走去。警卫员扇了一下自己的脸,赶紧跟上。他们一前一后,步履敏捷而又匆忙。他们被他们面前的这幢楼一口吞下。

时间漾起涟漪。

1992 年,这幢苏式建筑被拆除,取而代之的是一座钢混结构、玻璃幕墙、汇聚了多种时尚零售业态的商业广场。许多市民从四面八方涌来,在潮水一样涌动的货架前,第一次真正意识到自己的拮据与窘迫。他们为眼前的丰饶景观深感震惊,一些人感到不适,匆匆退出,在灯光所照不到的幽暗角落呕吐,不无悲哀地发现自己已经被这个城市抛弃;另外一些人朝着在货架前露出动人笑容的女售货员走去,用漫不经心的口吻指着那些昂贵之物,说,"这件我要了,还有那件。这一排我都要了。"可惜美好的日子没有持续太久,越来越多的人到这里结束自己的一生。尽管物业公司想尽办法,还用角铁焊死通往楼顶的门,想死的人总能找到登临楼顶的办法。一个二十三岁的美丽女孩,还学着极限运动里的高手,徒手攀上顶层,在朝阳下,像《泰坦尼克号》里的富家女露丝一样张开双臂,展颜一笑,再纵身一跃。这令商业广场的董事长百思不得其解。是啊。一个人既然想死的话,在哪里都可以死,为什么非要这样不怕麻烦跑这死呢?

2010 年的夏天,栀子花开的时候,一个阴雨连绵的上午,爸爸走进这座已经只剩下一座空壳的广场。

遗憾的是,当爸爸推开那扇满是污秽、涂鸦的玻璃旋转门,我的感知出现一个巨大的黑洞。不管我用了什么样的办法,我都无法靠近黑洞,无法靠近那个"一去不返点"。

黑洞是简单的。

黑洞是黑的。

黑洞绝不仅仅是这两种描述。这幢硕大的建筑从人们的记忆里消失了。人们异口同声地说，2010 年的夏天，它被爆破拆除。

我查阅了所有与它有关的网页与储存在有关部门的保密文档。市国土规划建设局的文件显示，这是 2010 年市和平路主干道拓改工程的一部分，有造价、招标书、施工单位、监理单位，等等。网页上也有传言说，这幢已经落魄不堪的商业广场，妨碍了斜对面新落成市政府大楼的风水，言之凿凿，曰：政府大楼坐北朝南，龙脉生旺，唯惜龙爪处被此幢建筑所镇压，难以行云布雨，故而全市经济难有振兴，府中官僚也少有拔擢。故需拆之，以示宽阔，才能龙飞九天，气象万千。

这让我疑惑。难道我所看见的父亲，只是一个鬼魂？

但，如果他是鬼魂，我又是从哪里来的呢？这显然违背生物学的基本常识。

十年过去了，和平路主干道拓改工程依然没有寸进。在我眼前的，只是一个被围墙拦起的大水坑。围墙修缮过数次。最近一次是在妈妈过世的那天。几个衣衫褴褛的农民工人推着装满水泥、石灰的小车，把外墙涂抹刷白，还加盖了一层仿古墙檐。他们手脚麻利，一边干活儿，一边感慨着老家今年的风调雨顺，为那些被抛荒的良田唏嘘不已。几天后，围墙被贴上"中国梦，我的梦"等公益广告图案。一个市文明办的领导在墙边接受记者采访，说，"这些充满中国风韵味的公益广告，让工地围墙汇成了一道靓丽的风景，不仅弘扬了中国的传统文化，还以一种亲切的方式向市民传递着正能量。"他说得真好，连我都想给他拍巴掌，可惜没几天他就被纪委"双规"了。

我来到水坑边。这是几次不负责任挖掘后的遗留物。一个不规则的四边形，数百平方米，个别地方深达数米。因为停工日久，坑边已有青苔绿藓，各种昆虫、几种常见鸟类与一些小的陆生动物留下的痕迹；水里有鱼、孑孓、藻类、一些建筑材料、破布片、手机钱包，数顶被几只螃蟹当成居所的安全帽；水面清澈，有细小的波纹、倒映其上的青天白云，几句似有若无的叹息。

这让人惊奇，"水边、水里、水面"三者是如此和谐。

我沉默地看着它。

十年时间，这里多了七位亡灵。我与他们交谈过，其中一些交谈不止百次。

第一个亡灵长年累月待在水坑的东南角，在那块尺许方、淡黄色的鹅卵石下。他是负责这项改造工程的经理，一个秃顶的中年男人，他被欠薪民工捅了十七刀。我最早见他时，他还满嘴怨言，说他如果没死也要去杀人，不是去杀那个一脸愁容的欠薪民工，而是去杀那个拖欠他工程款的书记，要把这十七刀全部捅过去，还要分别在里面各转上一圈，让那个书记也尝尝被刀子扎的疼痛。后来他平静了，说这都是命，人死了更要认命。住在这里也挺好的，时有清风徐来，水波微兴，让人想起高中课文里东坡先生那篇《赤壁赋》。偶尔还可以坐在飘落至水坑的枯叶上，看蝴蝶翩翩，想象自己是梁山伯。

最早他还托我给他家人带口信，说他对不起他们，没为他们创造幸福的生活。请求原谅。说他想喝一口老婆煲的粥，想摸一摸女儿的脸。隔了数日，我告诉他，他老婆替另一个男人煲粥了，他女儿也喊另一个男人爸爸了，他沉默下来，说，这样也挺好的，是不是？我说是。他就哭，哭得我心乱如麻的时候，又问我，为什么她就不肯过来这里倒碗粥？我说，她害怕。再说，你活着的时候，她每天晚上都煲好粥等你喝，可惜你那时忙，方方面面要应酬交际。这辈子她只会给你煲八百零三碗粥，多一碗也没有。这个道理你应该懂的。他说是，又问他女儿为什么不肯来？我说，她更害怕，害怕自己是一个被欠薪民工杀死之人的女儿，虽然这是事实，也是耻辱与烙印，她现在最大的祈愿就是早点儿长大成人，离开这个城市，离得越远越好。他想了半天，从嘴里挤出三个字，"我明白。"

我转身离开的时候，他唱起歌。唱的是《北京的金山上》，他唱得真不赖，声音可以在三个八度的音域内自由驰骋，连藏语部分都能唱得八九不离十。这是他原来在 KTV 与朋友觥筹交错、引吭高歌时的保留曲目。他若能活到现在，去参加《中国好声音》的真人秀节目，说不定也能一炮而红。

我与他聊起音乐，他说自己最大的遗憾是没有去藏地走走，听一听对"嗡嘛呢叭咪吽"六字真言永不停息的诵念。我笑了，说，你在这里诵念，不也就是"永不停息的诵念"的一部分吗？他也笑了。我喜欢他。他身上有一种中国人独有的乐天知命的品质。

第二个亡灵是那个捅了中年男人十七刀的青年民工。第十八刀，他割断自己的颈动脉，准确，有力。他本来有机会成为一名外科医生，如果他高考那年阅卷老师没有算错他的总分——只差一分，他能考上当地的医学院。如果他不是生在江西农村，而是生在北京、上海，他的考分足以让他考上重点医科大学。他没复读，跟千千万万贫苦家庭的孩子一样，投身于时代洪流，跟着几个乡人南下北上，在建筑工地上打工，每月把菲薄所得尽数寄回老家，以供养幼小的弟妹。他足够聪明，对医学也一直保持着盎然兴趣，因为互联网的匿名，还交上了一名念医学院的女朋友。可惜他终究不是一个骗子，尽管他在去见她时，都会把自己收拾得像个城里人，声称自己有一份相当体面的工作。爱情是奢侈品，需要钱，还需要闲，才能消费得起。这两者他都没有。女友提了一个不算高的要求，想在自己生日那天，去一家五星级酒店开间房，好把初夜给他。他找工友借钱，没借到。与女友恋爱的那段时间内，他透支了太多的信誉。他被讥笑为"癞蛤蟆想吃天鹅肉"。他与讥笑他的工友在街头打起来。他太暴躁，被警察带到派出所。不巧的是，女友刚好到派出所办事，迎面撞到鼻青脸肿的他。他的衣着暴露了他的真实身份。女友提出分手。这是他应得的结果。他愤怒，还不惜割破手掌用血写下爱情的宣言，覆水难收后，他还是接受了，只是变得更易愤怒。愤怒的青年啊，当几位工友不无戏谑地怂恿一句"你若帮我们讨回钱，就分你一半"时，就提刀出去。他是想死的。他对爱情有着一种近乎愚蠢的信仰。他完全不必捅出第一刀。他本来只是想吓唬下秃头男人。可当第一刀捅出后，他的手不听话了。我能理解。从第二刀起，一个备受不公与屈辱折磨的集体无意识，支配了那只手。又或者说，从第二刀至第十七刀，他是一个阶级的化身，但他不是英雄，是杀人凶手。这不是一个革命时代。当他恢复理智，看见沾满血的双手，他吓着了，很快就清楚了自己即将面临的命运。他用最后残存的勇气捅出第十八刀。如果活在宋朝，他可以在水泊梁山坐上一把交椅。

我问过他，是否后悔过？

他说后悔。

他后悔的不是杀人，而是未能与那个有着一双漂亮长腿的女生开房。

"睡了，这辈子就值了。"他说。他坐在一只被人扔进水坑里的可口可乐易拉罐上，看着我一字一顿地说，"下辈子，如果说还有下辈子，我一定要跟她睡上十八次。少一次，我就是狗娘养的。"

我不喜欢听这样的话。我也不想祝他心想事成。所以我走开，到水坑的西北角。

这里有一个妙人的亡灵。

这个胖男人，夜晚酒醉，尿急遁入围墙，失足，落坑，溺死。

我还能重复出他第一次与我交谈时的开场白：

"我寻找机会参加各种聚会派对，说这样一句话与那样一句话，把身体摆出各种造型，并非是要忘掉谁，记住谁，在众多飞鸟般一闪即逝的脸庞中辨识出某个能让自己心旌神摇的图案，或者在那些浑浑噩噩的心灵深处激起某种可疑的回响，纯粹是一种说的欲望在支配着我。说吧，让舌头跳舞，向后团体，向前翻滚，在空中劈出一字马。欲望把舌头这个器官训练成一个高难度舞蹈动作的狂热舞者，它每个动作所留下的影像，指引我，驱使我，主宰我，使我在夜与昼的轮回里，喋喋不休，吐出的每一个字都蕴藏着从沙漠上空刮过的风暴。这让人惊惧，甚至出现生理上的种种不适。这让一小撮人喜欢，也让大多数人厌恶——幸好，我不是依靠着他者的喜欢与厌恶存在。我已年逾不惑——这是一个该死的，让人倍感尴尬的年龄，一半身体属于天堂，另一半身体属于地狱……"

我打断他的话，问，"我是什么？"

他朝虚空伸展双臂，说，"我，一个讨厌的字符。我们，包括我在内，都常把这个第一人称代词，当成了真理、信仰与道路，认为它高过树顶、山坡、星空，以及神圣的宇宙律法。我，本义武器。手持大戈，呐喊示威。换句话说，我本凶物。它要杀戮，要流血，要拼死作战。为食物，为财产，为名誉，为爱情，为更多莫名其妙的事物，比如关于一个字母发音的争执。更令人惊异的是：我们，同样也包括我在内，都会心安理得地，把肉体的自然属性与来自于他者的教唆与规训，视作这个第一人称代词的灵魂——尽管这两部分确实是构成这个第一人称代词的不可缺少、不可避免的一部分，视作尊严、自由与生命的骄傲。当然，这也是可以理解的。毕竟大多数，绝大多数的第一人称代词是没有灵魂的。我猜想，这个绝大多数在社会中的比例应该是接近 99.99%。某种意义上，人类社会存在的唯一意义，就是为那一小撮占比不超过 0.01% 的真正拥有灵魂之物的人能够有机会涌现，提供土壤与养分。至于道德，该死的道德，不管它有多少件外衣，那只是在时间长河里，一个被不断误解的地理名词……"

很有意思，不管我提出什么问题，他都能滔滔不绝地说下去，他让我想起我出生那晚看到的那个大胡子，我想他们属于同一个物种，尽管他并不是一个作家，也不是诗人，又或者哲学家。

他就是一个小公务员。

卡夫卡是保险公司职员，也是作家；塞万提斯是作家，也曾是一个为政府制定苛捐杂税政策的税吏；博尔赫斯当过图书馆馆长，更是一位享有世界性声誉的诗人；乔治·奥威尔写过著名的《动物庄园》和《1984》，临死前仍然扮演着一个政府密探的角色……这个名单可以无穷尽地列下去，但"诗人、作家、哲学家"，使他们摆脱了原来的社会身份，成为"人类群星闪耀时"之一。

可他没有，他甚至没有写过一个与"诗人、作家、哲学家"有关的句子。他只是说，喋喋不休地说。也许这是他长期伏案撰写领导所需要的各种讲话稿、工作总结、材料汇报所遗下的后遗症吧。

如果他的笔愿意去记录下他说的话，他有可能会成为"人类群星闪耀时"。事实上，他自己也完完全全地清楚这一点，所以他一脸坏笑地望着我说，"做人不好吗？为什么要变成天上的星辰，多么寂寞空虚冷啊。"

寂寞空虚冷是下联，上联是羡慕嫉妒恨。横批：无聊龌龊。

这个悲观主义与享乐主义的信徒对万物诸事的理解真是让我脑洞大开。我无聊的时候，最喜欢听他讲那些他干过的、见过的、听过的龌龊事。大脑跟吸了一吨多巴胺一样快活。所以我有时不得不提醒他，"不要毒害小孩子了。"

他哑然而笑，"你也算小孩子？"

我说，"如果我不算小孩子，那我是什么？"

他就哑巴了。

我摸摸他的头，大笑，鸣金得胜归朝。

其实我一直很想问他一个问题。水坑有数百平方米，亡灵们一平摊，也没多少了。众所周知，任何物种，都会为领地问题，不惜与同类大打出手，哪怕是植物。而作为知识精英的他，这样一个完全可能取得博弈优势的存在，为什么会选择与其他亡灵于水坑处和谐相处？难道是因为囚徒悖论？但我更清楚，他一直在等着这个问题，所以我一直不问。起码亡灵不是物种，也能勉强算是一个不算太差的答案。

我喜欢看他在我离去时仍然口若悬河，完全停不下来的样子。

很帅。

第四个亡灵是一个长腿女孩。

是中年男人的同学，青年民工女友的小姨，小公务员的情人。以她为原点，画她这二十三年认识的人，可以画出三千五百一十二根射线。三分之二是女性，三分之一是男性。这在一定程度上能说明她乐观外向的性格。她就是那个徒手爬上商业广场顶层的跳楼自杀的漂亮女孩。她的死与现实生活的挫折无关，纯粹是一种美学。她希望自己的美能够停留下来，停留在二十三岁，那个朝霞满天的时刻。我与她讨论过数次。我想提醒她，相对于她对美的认知来说，割脉是一种更好的选择；就算非要跳，那也得选择一座幽静奇峰，择其春花烂漫又或秋叶飘零时，怎么说呢，起码得像章子怡在《卧虎藏龙》里所扮演的玉娇龙选择的武当山巅，美得让人五脏都疼，死得让人鼻尖发酸。

她莞尔一笑，露出一对迷人的酒窝。她的笑声清亮如琉璃，如被阳光照耀的琉璃。她说我傻，说摔碎的那具肉体还是她吗？从楼顶跃起的一刻，她就从肉身里飞了出来。

飞。

她很认真地问我是否体验过这个美妙的字。

飞鸟的飞。桃李阴阴柳絮飞的飞。飞来横祸的飞。一夜飞渡镜湖月的飞。燕巢于飞幕之上的飞。飞遁离俗的飞。彗孛飞流的飞。樯橹灰飞烟灭的飞。

她问我是否注意到这个"飞"字在这些词语中的细微差别。

我说注意到了，有的是形容速度，有的是表示高度，有的是言说意外……我跳到空中，还翻了几个跟斗，我说，飞有什么难的呀。

她摇头，说，"你这不是人之飞。你的灵魂还装在壳子里呢。"

她让我哑口无语。壳子有肉体的，还有知识的，还有性情的。她说得对。只是若没有了肉体、知识与性情，美又何以显现？

她白了我一眼，说，"我不就在你面前吗？"

生前，她是漂亮的；死后，她还是美的。

我看着她，她在梳洗，一边用水濯洗长发，一边唱《越人歌》。"今夕何夕兮，搴舟中流。今日何日兮，得与王子同舟。蒙羞被好兮，不訾诟耻。心几烦而不绝兮，得知王子。山有木兮木有枝，心悦君兮君不知。"

我有点儿纳闷，朝水坑的西北角努努嘴，说，"他不在那吗？距离不大啊。你不会对我说咫尺天涯吧？"她歪过头看我，眸子里有一种让人捉摸不定的光芒，颈脖呈现出一种极细腻的象牙光泽。半天，她才垂头凝视着水面上自己的倒影小声说道，"元庆，你是一个生而知之的人，难道你也真不知道这是中国历史上最早一首明确歌颂同性恋情的歌吗？"

我想我是明白了。她所歌的其实也并非同性之爱，而是一个那喀索斯情结。

我向她致歉，准备再去水坑的东南角。

她喊住我，"元庆，你这样找是没有用的。"

我停下脚，"你知道我在找什么？"

她撇撇嘴，似乎为我的智商之低而吃惊。

"我当然知道你要找什么。这个水坑里所有的亡灵都知道。不仅我们七个，也包括了十年前在这里死去的三千一百一十五个亡灵。我们都知道。昨天我们还专门为这事讨论了三个时辰。我还与他们打赌，说你今天一定会来。"她说跑题了。她手上出现一条青色小鱼，"你看，这是我赢的赌注，好看不？"

"好看。"

"我们都喜欢故事。我们坐在高高的谷堆旁边，听妈妈讲那过去的事情。我们坐在明亮的篝火旁边，听狩猎归来的英雄讲述他的传奇。我们坐在宽敞的教室里，听……"

我打断她的排比。小公务员在水坑的西北角发出咻咻笑声。唉。她做过他的情人，也就不可避免地中了他这个话痨之毒，还是其中最不好的大量排比与抒情。

我说，"我是想在这些故事所构建的迷宫中，找出一些线索。你知道的，我想找爸爸。"

然后，我傻眼了。

整个水坑顿时沸腾，仿佛巨石落下，地底有怪兽奔过。所有亡灵，除她之外，一共三千一百二十一个，一起出现在我眼前，还不约而同地

"唉"了一声。我毛骨悚然，退后一步，"你们想干什么？"小公务员的表情如丧考妣，"我们输了。"

长腿少女欢呼雀跃，跳到他们面前，摊开手掌，欢快地说，"愿赌服输，拿来拿来。"

小公务员把一颗玻璃弹球搁在她的手心。

秃顶中年男人把一粒向日葵的种子搁在她的手心。

青年民工把一支钢笔搁在她的手心……很快，她小小的手掌上摆上了三千一百二十一件礼物。她笑眯眯地回头望我，"元庆，你真好，帮我赢了这么多。来，亲一下。"

我明白了。这回是真的明白了。我苦笑。

我说，"现在可以告诉我这座迷宫的奥秘吗？它肯定是三维的，由一个个形状不同的立方体结构而成。也应该是四维的，时间在这里扮演了重要角色。还可能是高维的。这是我目前所不能明白的。"

小公务员来到我面前，从长腿女孩手上取下那条古怪的青色小鱼搁在我手上，"还记得有一个夜晚，我对你说的吗？"

"我们聊过天的夜晚有很多，每个夜晚，你都会说很多的话。"我谨慎地选择词语。青色小鱼在我手心轻啄了一口，往我手掌心里钻去。雪花一样慢慢融化。我的手心多出一条掌纹。

"被你一说，我也得想想究竟是哪句话。"小公务员挠挠头，眼看身后众人脸色不豫，赶紧补充道，"我想起来了。是这句。我曾经吃过一条鱼，那么我会变成鱼吗？答案是否定的——这是故事，在经验范畴内，是不言而喻的常识；我曾经吃过一条鱼，那么我会变成鱼吗？答案是肯定的——这是小说。不是传统小说。是当代小说。要说服公众接受这些违背了经验与常识的结论，这就需要当代小说家的才华与逻辑。"

"你想说什么？"

"我们这些人的故事构建了这座迷宫，这只是所以然，而非之所以然。我只能告诉你入口与出口，而这你早已熟悉，闭着眼睛也能来去自如，根本不必手扶墙壁。事实上，你对这座迷宫的理解比我们中的任何一位都要深刻，迄今也只有你一个人去过这座迷宫的中心，这让我羡慕嫉妒。没有恨。对的。不要用这种吞鸡蛋的表情望我。迷宫的中心就是那块让你想起迷宫建造之目的的空地，不大，空无一物，宛若不存在。"

小公务员的神情严肃起来，"如你某次所言，它可能通往黑洞，通往这个宇宙的开始与结束。所以你要有一种当代小说家的才华与逻辑，才能得到这座迷宫奥秘的答案。去吧。孩子，我们为你加油呐喊！来，我们一起喊，元庆加油，元庆加油。"

长腿少女喊了起来，秃顶中年男人喊了起来，青年民工喊了起来……大家一起喊起来。

我啼笑皆非，又热泪盈眶。

小公务员朝我挤挤眼，"拜托，别这样感动好不好。我们这也是没办法，是为自己谋出路。那位，对的，说的就是你，别把自己弄成一块肥皂泡就当我认不出你。过来过来。这位高额头厚嘴唇，你也与他聊过的吧。元谋直立人。我们所有人的祖宗的祖宗的祖宗，总之祖宗的 N 次方。因为疾病与一只猛兽，他死于此地。但到今天，他还是亡灵。既没进天堂或入地狱，也没成仙做鬼，身入轮回，只是亡灵。"

三千一百二十二双眼睛看着我。瞳孔里有幽幽之火。

我要找我的爸爸，他们要找自身存在的根源与未来。我看了下手心，那根奇妙的掌纹依稀还在蠕动，"这是什么？"

"是信息。从黑洞里漏出的一点信息。对了，前天晚上我掐指一算，对于黑洞的视界面积来说，整体要大于部分之和……"

我跳开脚，朝着这三千一百二十二双眼睛深深地鞠了一躬。

风吹过来了。越过墙头，在水坑上方踮起脚尖旋转了一圈。我与他们挥手再见，努力克制不让眼眶里的泪水滚落。

我再次来到迷宫中央。他说得对。空地存在又不存在。这是一个倾斜的圆柱、一团线条、一组数据、一把长剑、一盏灯火、一声虔诚的祷告、一摊水、一匹马、一座宫殿、一个奇异的阿拉伯数字——它同时包括了1、2、3、4、5、6、7、8、9、0，又不是它们中的任何一个。而在另一个极特殊的时刻，它是人脑的形状，是父亲的大脑，一个叫元贞的男人的大脑，一个由上千亿计神经元与数以万亿计胶质细胞所构建的复杂结构。

闪电击落，带着一道 Z 字形的强烈光芒。青色小鱼从掌心游出，摇头摆尾。

一弹指为二十瞬，一瞬为二十念，一念为二十息，一息为六十刹那，一刹那为九百生灭。一种巨大的、紧张的沉默笼罩下来。紧接着，在一个极短的，难以用上述词语所描述的时间段，万物被检索，被重构。

重构。Reconstitution。構築する。Genopbygning。Umbau。
Ανασυγκρ？τηση。Reconstruction。？talakítás。
Reconstru？？o。Dbudowa。？lesehitus。Rekonstrukce。
восстановление。？teruppbyggnad……

第二部分 ｜ 迷宫

1

这是一个无限热，无限小，无限紧密的点。

这是一个时间与空间也无法描述的点。这是前所未有之处，是闻所未闻之所，是在星辰与虚空之外，是关于完美最精确无误的呈现（上帝自其中分娩而出），是意义与无意义的同时归零，是真空又蕴藏着无穷级数的能量，是在我所知晓的一切无法言语乃至于无法想象的存在——而这样的点有无限个。

并非所有的无限都是同样的。自然数的无限，就包括了偶数的无限与奇数的无限。而随着这无限个点的某次涨落，其中一个点爆炸了。是为奇点。宇宙开始了，像一个气泡，时间诞生，空间涌现，在10—35秒内，这个气泡就暴涨至先前尺度的10—30倍。粒子形成，星云浮现，恒星与行星轰然而出。不过是须臾、瞬间、片刻、刹那，一个巨型旋涡星系就走完了从诞生到消亡、从瑰丽澎湃到冰凉黑暗的全部过程。

我是玻尔兹曼大脑？

或是一个所谓玻尔兹曼大脑思考的结果？

又或者眼中所见图景全是幻象，不过是时间与空间从我身边汹涌流过的嘈杂声响？

光影晃动。好像有某个庞大的意志在头顶做某种我所无法理解，也难以想象的运算，而我的存在即是计算时所运用的一个符号。我下意识地闭上眼，两眉间有旋涡形成。旋涡越来越大，几乎要把意识撕裂，就在我以为自己要被这种撕扯之力还原至粒子层面的时候，一种难以言喻的形式感突然"福至心灵"，犹如神谕。

我睁开眼。仿佛经过无数个世纪。

我仍置身迷宫中，一座迥异于我先前抵达之所的迷宫，同样是由故事构成，仍存有"命运、梦境、幻觉、人的欢笑与眼泪"，但没有了"建筑墙体、树篱、强烈的日光与月影"等实在之物，是一个纯白色的椭球体，在不断收缩、扩张，犹如一个有生命会呼吸的机体。

这种收缩与扩张，交替进行，并暗暗契合了某种自然律。定睛去看，整个心魂便要被这种韵律扯入其中。

韵律、规律、旋律。律法、律义、律身。

无数词语在这个白色椭球体的内部曲面上流动，有的流得慢些，只比静止快那么零点几亿微秒，有的流得快些，已接近光速。

而当我目光触及某个词语时，这个词语的语音、语义、语法系统，以及所有与之相关的知识体系，皆自其表面浮现，亦是椭球体，一个极细小的球形符号，光在球体表面闪耀，是白光，不仅仅是白，包含了世间所有的色彩，我见过的，我没有见过的，而这些色彩并不是单一的呈现，又往往附丽于某个与这个词语相关的动植物与无机物的形象里，其至是出现在一个人的面容上。球形符号宛若静止，又似流转不定，当有无穷层。每当我一念而生，它就相应地打开一层。层层叠叠，繁复精巧，其内部结构永无尽头。细加审视，每层空间又由无数更加细小的球形符号构成——这种细小似乎可以逾越普朗克尺度，来到奇点爆炸前的那一处，或者说是那一刻。

当然，这只是"似乎"。一种无法理解的屏障阻挡了我的目光。

父亲用词语建构了此时，此处。

有名词、动词、形容词、代词、量词、数词；有副词、介词、连词、叹词、拟声词等。

每个词语有实虚，明暗，轻重，缓急，有其特定的声香味形，且都是无限的。哪怕是一个再简单不过的"嘛"，好像也随时能通往六字真言里的一个音节，塑造一个人的命运。毫无疑问，每个词语都分别蕴含着一种能量，一份来自奇点的信息或者说"存在"，并通过某种奇妙的方式，互相指认、质疑、辨析、观照、融合、进化。一些词语会逐渐沉睡，犹如松脂转换成琥珀，又或是在黄沙中沉睡，于时间深处化作沉没之鱼。又有些词语在岁月的风中再次苏醒，在内省中获得新生，在与其他词语的融合中获得力量，便如那背鳍青灰的鱼，突然跃出水面。

事物因了词语，得以存在。

词语破碎处，无物存在。

父亲，这是你要告诉我的吗？

没有比词语更危险的事了。对词语的理解是一个人内心深处诸种经验的化学反应，可以是美丽的，"空山不见人，但闻人语响"；可以是危险的美丽，如那漫山遍野的罂粟与风暴莅临的海面，但也可能就只是危险本身。仅以名词为例，在对事物命名的过程，必然要投下一道长长的阴影。阴影深处，必有种种深渊怪兽。"凝视深渊者，深渊将回以凝视"——尼采说得还不够准确，在深渊面前，并不需要过久凝视。

父亲，你是知道这种危险的。这个尘世从来不惮于把谎言视作真理，把愚蠢视作智慧，把骄横视作威严，把恶俗视作高贵，把卑鄙无耻视作光明磊落，把尖酸刻薄视作舌辩无碍，把恶贯满盈视作圣人大贤……噢，不是这样。父亲，我深谙这种简单粗暴两元法的必要性，它能够在最短的时间内，为人类建构成一个理解自身及世界的基本框架。就像实词与虚词，就像夜与昼，就像雄与雌，就像……计算机语言里的 1 与 0，可以在现实之上虚拟现实？

父亲，是这样吗？

唯有我们能支配的词语才赋予物以存在。

能够赋予物以存在的词语是什么呢？

需要词语才能存在的物是什么呢？

舌苔上有了一层极薄极淡的味道。在这个白色椭球体内部曲面，在一个个不停消逝又涌现的瞬间，我终于看见了父亲的手迹，那是一个最为古老的、包罗万象、主宰万物的词语，在一个球形符号的表面如针尖一样闪烁光芒。

父亲啊，我要赞叹你。

它既是对世界本质的抽象，是一切词语和物质的根源，又是具象，是豹子身上的神秘花纹，是树枝在冬日天空下绘出的奇妙图案，是一片在湖面漾开的波纹，是一座高耸入云的摩天大厦，是飞机轮船高铁火箭，是麦田里劳作的人群，是被雨淋湿的河流与山川，是迟归的旅人与窗口刚刚熄灭的那盏灯火，是轻轻落下的花瓣，是波函数，是欧拉公式与傅里叶变换，是微醺与隐痛，是狂欢与恶作剧，是少女羞涩的初夜与老者的一捧骨灰，也是那三千一百二十二个灵魂的声响……是的，它在响着，犹如来自异世界的生物，以某种奇异的频率在召唤着我，召唤着这个广阔幽深的尘世里任何一种能察觉到该频率的存在。

一只灰色的鲸出现在我身边。是鲸，不是鲨鱼。

这是世界上最孤独的一只鲸。它发出的声音频率和其他鲸鱼不一样，它找不到伙伴，也没有亲属或朋友。它在冰凉的海水里兀自唱了二十余年，所有人都说它错了，它的频率一直是错的，但它还一直这样唱着——因为它只能用这种频率发出声音。

父亲，我知道你不是这只鲸。

你让它来到我身边，只是为了骑乘其上。

我跳了上去，世界微微发光。我好像骑在某种顿悟般的瞬息闪念上。一股异乎寻常的温柔，宛若妇人乳房里挤出的液体，自这个奇异空间的某处滴到唇上。我有点儿想念妈妈了。

我说，妈妈，你好。

当我这样说的时候，我亲眼看见：那个包罗万象、主宰万物的古老词语，是以一种什么样的方式弹出了球形符号的表面。它在空中划过一道优美的弧线后，像一颗让人惊奇又敬畏的雨点，轻轻落于我的手心。

手心有一点湿润，有了一点让人讶异的重量。我低下头。

我看见了它们。

2

【顽童】

一个顽童整日为祸乡里，让父母伤心透顶。

父母就拟了份布告，宣判他死了。还把布告张贴各处，连他上学的校门口也贴了一份。

大家就不再搭理他，在路上遇到，就像看见一个死人一样。

这样过了一段日子，顽童扛着锄头上了后山，在蓝天下，挖了一个坑把自己埋掉了。

在他挖坑的时候，在他躺下去的时候，在他把土拨拉到自己身上的时候，大家也仍然当他是透明的。

【朱迪思】

一个人活腻了，想死，又对自己下不了手，就打算找个杀手把自己的肉体消灭掉。

自杀是唯一严肃的哲学问题。所以必须是女杀手，比如《杀死比尔》中的复仇新娘，《史密斯夫妇》中性感狂野的简，《暗杀》中的狙击手安沃允，《本能》里妖艳的凯瑟琳。最好是那个手持荷罗孚尼之头的朱迪思，一个美丽又虔诚的犹太寡妇——哲学家在伦敦国家美术馆待了三十个昼夜，只为从各个角度来观察朱迪思的美，以及那个被斩首的头颅。

那个头颅面容上的痛苦与他内心深处的痛苦完全一样。

这世上还会有朱迪思吗？

又或者说，只要自己成了荷罗孚尼，就会有一个朱迪思出现在自己生命的尽头？

这是难以抗拒的诱惑。

这个人倾家荡产去投拍一部《荷罗孚尼征伐记》的网络剧，还亲自担纲制片人、导演与男主角。大家说他疯了，他知道自己没有疯。他只是想找到他的朱迪思罢了。尽管在一段时间以后，他对"找到"并不抱有多大信心。但除了"找"以外，他也想不出自己应该去干什么了。

他约谈了许多女演员，著名的与非著名的，专业的与业余的。

他与其中两位女士上了床，与另外三位女士分别谈了十分钟不等的恋爱，在经历了一系列的喜剧与闹剧后，还是没有找到他的朱迪思。

他想，自己的下半生也就应该是奔走在寻找的旅途上。

然后他看见了她，隔着荒芜之街与飘零的秋叶，他一眼就看见他的女主角。一个陌生女人，身高腿长，颈项如藕，穿着一件小蓝裙，在熙熙攘攘的人流中，一边号啕痛哭，一边快步行走。

尽管是匆匆一瞥，他也能百分之百地确信这个神情悲恸女人的美，与他在伦敦国家美术馆所看到的一样。

他像被烙铁烫伤。

他朝她大声喊，拼命招手。她没听见。

他以完全不符合他年龄的敏捷，避让过那些愚蠢的汽车，追上去。他的速度能赶得上一头饥饿的猎豹。眼看手指就要触到她飘动的蓝色衣袂，一种剧痛袭击了他，带着牙齿的，猛地一口就咬住他。他被迅速拽往黑暗深渊。他死了，死于心肌梗死。

【 失语症 】

一个主持人患上了失语症，到处求医问药，找了西医、中医，还有心理医生，都没办法。

有人给他介绍了一个高僧。

高僧过来后也不多话，上前给了他两耳光。主持人大怒说，"你怎么打人呢？"

高僧说，"你的病好了。"

主持人转嗔为喜。

又有一个主持人也患上了失语症，听说了这事后，也来找高僧。

高僧像没看到他，放下眼皮，吃饭睡觉参禅打坐。

主持人半步不离，等了两天，见高僧始终不吭声，急了，说，"你打算什么时候给我两巴掌啊？"

高僧说，"你的病好了。"

主持人恍然大悟，拜谢而归。

高僧名声日隆。来找他看病的人如过江之鲫，失语症、多语症、多动症、自闭症、渐冻症、过敏症、早衰症、阿尔茨海默症等，正所谓车如流水马如龙。高僧每天忙于看病救人，忙了大半年，干脆脱掉袈裟，还俗当起一名医生。

但让他不解的是，从这天开始，来找他看病的人也就越来越少了。相反，来骂他是个骗子的人越来越多。不过数月间，已经是门庭冷落车马稀。

这是为什么呢？

这位曾经的高僧，也患上了失语症。

【裙子】

一个漂亮少女，想找到一条配得上自己的漂亮裙子。

可不管什么样的裙子，总有人说，这裙子配不上她的美。

少女就用自己的皮肤做了一条裙子。

【魔术师】

两个魔术师同台竞技。

一个是大家公认的有史以来最伟大的魔术师，读心术，穿墙而过，悬空飘浮……这些匪夷所思的表演，帮助他赢得世界性的声誉。

一个是号称拥有"特异功能者"的年轻人。他在幻象与真实之间的众多表演，被誉为重新定义了魔术，更新了人们对魔术的传统印象。他要挑战前者。

大魔术师的表演非常成功，他没有辜负潮水般的掌声。

轮到年轻人登台了。

尖叫声此起彼伏。这会是一场无与伦比的视觉盛宴吗？

在数以万计的现场观众目睹下，一脸笑容的年轻人走上舞台，朝大家鞠了一躬，挥挥手，就在镁光灯的照耀下，消失了，是彻底的、完全的消失，哪怕是那三十七台在全程直播、忠实记录的摄像机也没有找到他的一片衣角。

没人知道年轻人去了哪里。

一直到大魔术师临终那天，他才从前者的影子里走了出来。

这是一场关于时间的魔术。

所有人都承认这是一场空前绝后的表演。不过，有一点大家争执不下，并形成了两个针锋相对的声音。一个认为这是年轻人的表演，另一个认为这仍然是大魔术师的表演。

【拯救】

一对情侣，是骗子，专门做仙人跳。有一次，他俩盯上一个继承了大笔遗产的富二代。

对付这种纨绔子弟他们有的是套路。这回女人就扮演一个因为经济问题犯案入狱官员的小三，不仅是小三，还兼了替官员洗钱的白手套，再加上美貌、优雅的谈吐与聪明的头脑，女人很快便俘虏了富二代的身心。富二代提出要娶她为妻。女人矜持地伸出手，同意了。

接下来的剧本就应该是女人跟富二代举行婚礼后，设法把他送进精神病院。对于这对情侣来说，这是驾轻就熟的事。问题是，女人已经厌倦这种行骗生涯。她精心设了一个局，让富二代失手杀掉她原来的男友，再隐姓埋名，移居海外，过上幸福的生活。

故事就是从这里开始的。

一个秋日下午，一个流亡的落魄诗人踩着厚厚枫叶敲响她的家门，找到一向以慷慨资助诗人闻名当地的她，希望能获得她的帮助。她打开门，两个人都愣住了。

　　这个诗人就是那个昔日的富二代。

　　"是我害了你。"她小声说道。

　　"不，是你拯救了我。让我得以有幸看见另一个广袤且真实的世界。是残酷的，也是美丽的；是荒谬的，同时也饱含作为人的深情。"诗人朝她鞠了一躬，"如今，我只怕我不配自己所受过的那些苦难。"诗人转身离开。

　　她喊住他，用尽所有的力气才没有让自己哭出来。

　　她倾其所有资助他的文学事业。

　　他是一个诗人，但不是一个天才的诗人。又或者说他是一个天才诗人，但这个世界还没有时间来认识他的价值。

　　很快，她债台高筑。很快，他们俩重新落入贫病交加的困境。其间种种经历不提也罢。

　　"你后悔吗？"快要死去的诗人躺在病床上，喉咙里有哽咽之声，"如果不是我，你原本可以继续幸福地过完这一生。"

　　"应该是我谢谢你。"她沉默片刻，唇角滑上一丝笑意，"是你拯救了我。把我从那种愚蠢的幸福中解放出来了。你让我真正得以品尝到——爱。"

　　她小心翼翼地吐出了那个字眼。

　　"爱是什么呢？"诗人继续问道。

　　"是甜宠，是让人头晕目眩的旋涡，是欺骗与算计，是炽热岩浆，是吹牛逼，是想触碰又收回手，也是此时，此刻，此身。"

女人的眼泪下来了。如此欢愉的泪水，如此肆无忌惮的泪水。

【爸爸】

两个流浪儿，大的是男孩，小的是女孩。

男孩总是拼尽全力照顾女孩，挨过很多打，有一天，腿被另一个凶恶的陌生乞丐打断了。

乞丐要带走女孩。男孩清楚女孩一旦被带走所将要面临的可怕命运。男孩在他并不算长的流浪生涯中，已经见过不少被乞丐弄残当作赚钱工具的流浪儿。

男孩说，他可以去外面讨钱。他有一条残腿，可以讨许多钱。男孩还故意拿棍子往自己的残腿上敲，敲得囊囊响。

女孩哭了。男孩没哭。乞丐答应只要男孩每天搞来一百块钱就不伤害女孩。

要想每天乞讨到一百块钱，绝非易事。哪怕是在熙熙攘攘的街头跪上一天。男孩想了很多办法，包括每天把自己的残腿弄得更可怖一些。

每次讨来的钱，乞丐总是先扔给女孩，让她数。

若不到一百块，女孩就得拿起板子先抽自己的脸。

男孩就做起贼。只要女孩不挨打，男孩什么事都愿意去干，哪怕是杀人。

有一天，乞丐死了，暴毙街头。

男孩亲眼看着乞丐的尸体被拖走，第一时间赶回来，把这个好消息告诉了女孩。女孩也很高兴。现在他们自由了。这是一个极为寒冷的冬天。北风凛冽。男孩准备用三合板与旧衣物，把他们在废弃涵管里的住处弄得更暖和一些。女孩目不转睛地看着他，看着他手上的血迹，眼里有很奇怪的东西。

男孩蹲下身，问，"你怎么了？"

女孩说，"你杀人了。"

男孩犹豫半天说，"是。你害怕吗？"

"我不怕。"女孩说，"不过，你杀人是不对的。"

这天晚上，女孩绑起男孩，还敲断了他的另一条腿。男孩不明白这是为什么，他哭了。

女孩陪着他哭，鼻涕眼泪糊了一脸。

"你为什么要杀人呢？"女孩抽泣着说，"你杀死的乞丐是我的爸爸呀。"

【菩萨】

一个瘦妇人，生了病，左手臂上长出一层深蓝色的牛皮癣，每天阴雨天就瘙痒难当。

瘦妇人到处求医问诊，不见效果。

就想去一个地方磕头烧香。据说那个地方的菩萨非常灵验。

乘高铁，换巴士，搭上一辆手扶拖拉机，等抵达集镇时，她已经筋疲力尽，也丝毫没有注意到这个小镇的异常。在进小镇路口的一个路卡，站着几个戴袖套的男人，神情基本一样，麻木、不抱希望。其中一个用一种很古怪的语调，反复问她为什么到这里来。她说是来买一点土特产的。她没说是来求菩萨的。告诉她这个地方的病友，再三叮咛：万万不可对当地人说自己是来求菩萨的。病友没说缘故。她也没细问。她累极了。

瘦妇人在旅店住下，烧了热水，用毛巾热敷被疾病损害的手臂，再把毛巾晾晒在窗格上，再对着镜子张大嘴，研究了一下舌苔上那层灰白后，就早早睡下。

晚上，房门被敲响。一个女人领着她的三个孩子站在门外，不断鞠躬磕头，用当地方言说着她不懂的感谢话。还好，旅馆女老板赶过来，临时充当译者的角色。

大意是：

女人的三个孩子是半瞎子。大儿子在路过瘦妇人窗口时，捡到瘦妇人掉落的毛巾，用它擦脸，没想到眼睛就好了，甚至能看见半里外飞鸟的羽毛。女人半信半疑，用毛巾再去擦二儿子的眼睛，没多久，二儿子也能看见二百米外飞鸟身上的羽毛。再用毛巾去擦小儿子的眼睛就没有任何效果了。显然这块毛巾里含有一种神奇的，但会随着使用不断减少的东西。女人就急急忙忙地领着三个孩子来敲瘦妇人的门，央求瘦妇人能否再给她这样一条毛巾。

毛巾是旅馆里提供的。女老板换过一条毛巾，没有丝毫效果。

"你做了什么？你一定做了什么。"女老板也急了眼。岂止是那个女人的三个孩子，不知道是什么原因，从六年前开始，这个镇子的孩子都是半瞎子。哪怕生下来不是，过不了几个月也是了。有传言说，这里的菩萨非常灵验，这种灵验是需要代价的。

瘦妇人细声说自己只是拿毛巾热敷了下手。

"那你再照敷一次。"女老板叫起来。

瘦妇人笨手笨脚地照办。奇迹发生了。小儿子的眼睛居然能在深夜看见半里外树巢里熟睡的山鸟。

瘦妇人成了当地人的菩萨，被恭迎进当地最好的屋子，种种顶礼膜拜。

唯一的不好，就是热毛巾的效果不能持久，每过一周，瘦妇人就要为那些可怜的孩子们重新热敷一次。没有别的办法。哪怕她揭下手臂上的怪癣添加到食物与饮水中，又或者让孩子们干嚼，都没有效果。谁也不知道这是为什么。

就这样，瘦妇人在那间屋子里生活了二十三年，一直到死。

【垃圾场】

一个贫民窟长大的孤女，自幼失怙，早早尝尽人间冷暖。

十四岁生日那个晚上，她想跳河自杀。当月光下的清亮河水洗干净她的脸庞，她才惊讶地发现自己原来还拥有一样东西，就是美貌。

她走回到岸边，尝试用美貌去换取她想要的。每次所换回来的总是远远超过她的想象，一开始是吃的，后来是穿的，再后来就是那些闪闪发光的东西。

这些东西在她面前越堆越多，越堆越高，最后体积就与珠穆朗玛峰一般大小。当然，所有人，也包括她自己，都心知肚明这不过是一个巨大的垃圾场。

可她就是迷恋上这种感觉，一直到她也成了垃圾场的一部分。

许多年过去了，几千年，也许是几万年。

沧海桑田。

一个女摄影师发现了她，发现了那具被时间蛆虫啃剩的白骨，也发现了她身下那个从未被文字或视频记载的文明。所有的，这个垃圾场里的所有，无一不在骄阳下，呈现出一种惊心动魄的美。

【路人甲】

一个男人，我们不知道他的名字，很普通的样子，就叫他路人甲吧。

路人甲与妻子在时间隧道的高地上开了一间小酒馆。我们常在那里喝上一杯。如果是从隧道那头回来的，就讲述艰辛旅程，种种奇观异景与风俗人情，以及某个销魂之夜（哪怕只是虚构）；如果是要去穿越某条隧道的，就上前举杯祝福他此番远行，定能收获财富、荣誉与爱情。

我们喜欢路人甲的琥珀酒，好像是某种植物深蓝色的汁液，有着极特别的味道，它总能让人想起故乡的味道。有时只要一滴，就能让自己喝醉。借着喝醉的名义，我们想干啥就干啥，想说啥就说啥。

我们拍拍路人甲的胳膊，"路人甲，知道吗？第13号隧道的尽头是一个钻石星球，那个星球上有一种专门吃钻石的蠕虫。"

路人甲露出很惊讶、一脸神往的样子。

我们哄笑起来。我们习惯了路人甲的这个表情。13号隧道的尽头确实有一个钻石星球，上面还生存着一种专门吃钻石的虫，但这没有什么了不起的。在茫茫太空漫游的时候，我们看见过太多不可思议的存在。57号隧道的尽头有一颗岩石星球，它的年龄起码有一百八十亿年，比这个宇宙存在的时间还要久远。这难以想象，可它偏偏就这样存在着；71号隧道的尽头有一颗神秘的岩石星球，每隔七十二年，会突然消失，谁也找不到它的去处，再过七十二年，它会重新浮现，完全无法用我们今天的任何一种理论给予解释；98号隧道的尽头有一颗星球比黑洞还要黑，比已知的所有物质之和还要重……

我们说的时候，路人甲一直就是这种表情。随之而来的一句话，必定是：宇宙这么大，我也想看看。等哪天我妻子病好了，我就跟你们去看。

这么多年过去了，他妻子的病始终没好过。

我们举起杯子，为他身体抱恙的妻子干杯。她安安静静地待在柜台后面，手脚忙碌，有时抬头看一眼她的丈夫，又飞快地低下头，脸颊上还会涌出一抹红晕。这真有趣。

我们哈哈大笑。出门，登上飞行器，回家；或者在眼前数以千万计、仿佛丝绸飘带一般的时间隧道找到自己要进入的那一条，去经历那即将来临的挫折与失败，骄傲与荣誉。

每条时间隧道都意味着某种激动人心的可能，除了第991号隧道——从表面上看，它与其他隧道没有任何区别，但从来没有一个人能从这条隧道里回来。据说它是一个11维的结构，同时通往所有的时间隧道，其尽头则通往轮回，这个谁也没有去过的神秘之所。又据说在通往轮回的过程中，一个人首先会被撕裂成原子状态。这是任何生命机体皆无法忍受的痛苦。

路人甲的酒就是在这条隧道里酿造的。路人甲在飞行器后绑上钢缆，把满载酒桶的飞行器送进去，过三年后，再通过绞盘把飞行器拉回来，我们才能喝到这种让人心迷神醉的琥珀酒。

我们避开它，还在隧道口用了一千零一种语言书写"严禁靠近"四个字，还特意贴上一个表情特殊凶残的骷髅头。

我们万万没有想到，今天会在991号隧道洞口碰到路人甲。

他脸上没有了惯常的笑容，怀中还抱着他的妻子。他一步步朝隧道走去。

我们大惊失色，"路人甲，你疯了，不想活了？！"

路人甲看了我们一眼，没吭声，继续大步前行。我们赶紧拦在他面前。几个月没见，路人甲完全瘦脱了形，眼窝深凹，跟一些飘浮在时间隧道里的干尸差不多。我们想笑又不敢笑。我们说，"路人甲，快去帮我们倒酒喝！"

"朋友们，对不起了，我不能再为你们倒酒了。她快死了。"路人甲的声音是那样古怪嘶哑，他用力朝我们挤出一个笑容，"如果我能在第991号隧道找到通往轮回的路，也许她还能活下来。"

我们傻了眼，下意识地让开路。眼看路人甲的身影就要消失在洞中，我们中的一个人大呼出声，"你怎么就知道轮回那里能让她活下来？"

"因为我就是在那里碰到她的。"

这是我们听到的路人甲留下的最后一句话。

【脸】

一个神奇的女人。每个人见到她的脸，都会被深深折服。

大家一致公认那是一张无与伦比美丽的脸。

奇怪的是，谁也难以描述清楚她的五官。哪怕是最杰出的画家与小说家都不行。

画家声称女人有一双说尽世间情话的杏仁眼。

小说家则认定女人有一双阅尽人世沧桑的丹凤眼。

画家与小说家在酒吧里打起架。他们的斗殴好像一场舞蹈。最后他们共同宣布：女人的左眼是杏仁眼，右眼是丹凤眼。

这也许就是事实。

因为从这一天开始，我们每个人都能把女人的这张脸看得清清楚楚。

画家与小说家说得一点儿也没错——女人的左眼是杏仁眼，右眼是丹凤眼。

显然，这张脸违背了有关于美的常识。

很快，我们一致公认这是一张空前绝后丑陋的脸，哪怕它包含了那条具有普遍意义的"宇称不守恒"原理。

【老妇人】

一个眉间有痣的漂亮姑娘，想看看这个世界会如何对待老了的自己，化装成老妪走上街头。

这是一个冷漠的陌生世界，完全在她想象以外。那些曾大献殷勤的，粗鲁地搡开她，就好像她不是人。她忍不住大叫"我还是我呀"。没人理会，反而在她跌倒的时候再踩上几脚。

她踉跄着奔到附近名都广场三楼的洗手间，试图擦去脸上的妆容，却发现那些粉底已沁入肌肤深层，不管用什么办法也不能将其洗净。就算用刀，也不能。

姑娘非常伤心。一个衰老丑陋的妇人走过来，问她哭什么。

姑娘把前因后果讲了一遍。老妇人就提笔在姑娘脸上画了起来。这真是一门巧夺天工的手艺。姑娘又恢复了原来的容貌，没有差上丝毫。姑娘很高兴，又有点儿犹豫。

老妇人问她犹豫什么。

姑娘说，能不能把眼睛画得再大点，眉头再开阔些，鼻子再高挺点，嘴唇再盈润些。还有，这粒痣，能否去掉？

老妇人满足了她的请求。现在姑娘有了一张容貌胜过原来十倍的脸。

老妇人走了。姑娘走出洗手间。世界在她面前犹如鲜花绽放，而她毫无疑问是其中最动人的一朵。

一个肥头大耳的男人看见她，咧嘴笑了，"这是我的收藏品。"

男人摘下她，把她带回家，插入案头瓷瓶。

这没有什么不好。老实说，这也是姑娘所隐隐渴望的生活。

男人有许多喜欢丹青的朋友。男人最大的兴趣就是把这些人带到自己这套位于名都广场二十八层顶楼的豪宅，看着他们用种种技法来描绘姑娘的美。

但问题是，瓶子里的水并不足以一直滋养那张覆盖在她脸上的面具。

一个雨后的黄昏，姑娘就露出一张衰老丑陋的脸庞，与她曾邂逅的老妇人那张一模一样。这是不可避免的。姑娘不知道这个变化，依旧"巧笑倩兮，美目盼兮"，这把刚回家的男人吓坏了，立刻把她与瓷瓶一起扔出窗外，嘴里还直呼活见鬼。

姑娘尖叫起来。从二十八层楼往下掉。

在玻璃幕墙上，她瞥见自己此时的容貌，再次惊呼，"我还是我吗？"

她哭了起来。当她以为自己要在地上摔得粉碎的时候，她突然看到三楼的洗手间里，一个眉间有痣的老妪正站在镜子前，一边伤心抽泣，一边用力地揉搓着脸。

那是她。她一眼就认了出来。

她深深地吸了一口气，身子在空中停住。她跳了进去，朝那个悲伤的姑娘走过去。

她知道，不管这个不幸的姑娘提出多么匪夷所思的要求，她都会满足她。

"我还是我。"

一个声音在她心里响了下。她开始觉察到真正的痛苦。

【口红】

一个女人，觉得没有画口红，就像没有穿衣服一样。

"口红是献给双唇的高级时装，是女人最好的衣服，没有之一。"女人写了许多本关于口红的书，还办了工厂，创造性地把维生素、香料和一些成分复杂的药物添加于口红中——这把许多女性带到了梦的边缘。

她被称为口红教母。这没有什么不好的。经济学上还有一个口红效应，经济不景气的时候，人们总是会增加对口红之类"廉价的非必需品"的消费，来安慰自己，何况她还有这些极具创造性的发明。

一个少女是她的狂热粉丝，相信她说的是女性关于自身最让人目眩神迷的真理。

这天晚上，地震了，凌晨两点。

习惯于裸睡的少女下意识地抓起床头柜上的一管口红飞奔下楼。在惊惶不安的人群里，在摇摇晃晃的街头上，在烟尘四起倒塌的房屋中，少女看见了胡乱裹着枕巾的女人。

女人嘴唇干裂苍白，脸上血色皆无，神情狼狈。

这很难看。

少女转过脸走开了。

"一个女人可以不穿衣服，但一定要画上口红。"

少女想起这个句子。是女人在一本书里写过的。她不知道自己为什么会想起它。紧接着，在废墟墙壁上悬挂着的半面镜子里，她瞥见一具丰盈的胴体，是那样美，仿佛是神的喃喃细语。她下意识地，一步步地走向这面随时要掉落的镜子。一种强烈的感情与一些柔和的光辉从她身体里迸射出来，就像是从这个世界最深邃处迸射出来。

她涂上口红，在镜子前，还抿了下嘴唇。

她的脸上有了让人心迷神醉的微笑。她眼下还有昨日残留的深蓝色眼妆。她的姿态是那样优雅，又宛若一只鹤在水边梳理着羽毛。不仅仅是一只鹤，她此刻的美，既是属于尘世的，能激发起人最普通的爱慕；又是超凡脱俗的，让人想顶礼膜拜，沉默地赞颂。这是一种非凡的体验。

人们平静下来了。

【闺蜜】

五个闺蜜。

第一个女孩的脸孔一看就让人想起母亲。

第二个女孩的脸孔一看就让人想起孩子。

第三个女孩的脸孔一看就让人有了性欲。

第四个女孩的脸孔一看就让人想起初恋情人。

第五个女孩的脸孔一看就让人想起传世名画上的女神。

她们注册了一家相亲网站。

网站同时向她们推荐了一个履历完美的钻石王老五。

她们分别与他约会了。他是一个再合适不过的婚配对象。说合适这个词语并不妥当。他就是她们的菜,是她们从童年开始就一直幻想的白马王子,一个图腾。

没法不心动,不约而同。

她们还不知道彼此间的竞争关系,虽然这个英俊男子在与其中某位约会时,皆会如实坦承自己还在与其他女孩相亲——这在婚姻市场是完全可以理解的,这种坦承反而更赢得她们的青睐。

为了胜出上位,五个女孩开始在互相间寻求竞选策略,比如第四个女孩对第一个女孩说,"要想抓住一个男人的心,就先抓住他的胃",而第一个女孩对第三个女孩说,"留住男人的胃,不如留住男人的性",等等。说到最后,她们才惊讶地发现,把她们关于对方的片言只语拼凑起来,居然是同一个人的肖像。

五个女孩发飙了，齐声大骂骗子。她们空前团结起来，迅速提议，讨论，决定——在很短的时间里，她们举手投票一致赞成，翌日下午三时，在广场的梧桐树下集合，一起去找男人讨个说法，要把五只巴掌狠狠地扇在这个臭男人的脸上。

　　她们没有成行。计划总是不如变化来得快。

　　第一个女孩生病了。第二个女孩的爹妈不远千里赶来了。第四个女孩公司要开一个重要的紧急会议。第五个女孩的车半路坏掉了。

　　只有第三个女孩整点来到广场。她等了一个小时，没有等到另外四个女孩。

　　她想了想，还是决定一个人去找男人算账。当然，在看到男人后，她突然就忘掉自己跑过来要算什么账了。这是一个美好的下午，对她来说。对他来说，这也是一个美好的下午。

　　天空是矢车菊蓝，最迷人的蓝，犹如一片明净闪亮的风暴。

　　在这片蓝色下，在水与天的交界处，在一片被风吹动的芦苇丛中，在几只鸟婉转悦耳的鸣声里，他跪下一条腿，单掌托起钻戒，向她求婚。

　　为什么。她问理由，心里有点儿发蒙。

　　因为她们只是让我"想起"，而你却让我"有了"。这是两回事。男人解释道。

　　她接受了他的理由。

　　她不再是她们的闺蜜，是贱人，以及更难听的腹黑心机婊。但这又有什么不好的呢？按照诸神的意志，这个世界上又多了一件美好之事。

【艺术家】

一个艺术家来到庙里寻找佛陀的帮助。

"佛祖啊，我已厌倦了长期以来被激情裹挟的日子，尤其是激情所分泌的各种分泌物，它们就是一坨坨屎。我不想被这些屎包围着。"

一群人在门外听见艺术家痛苦不堪的叫喊。

一个医生说，"这好办，只要做一个小小的额叶切除手术。"

一个社会学家说，"你那风险太大，很可能把人整成白痴。要摆脱激情的困惑，唯有求诸理性与逻辑。比如把大脑格式化。不是数据清零，简单说即洗脑，这在人类史上已经有一整套非常成熟的技术。只要时间充裕，哪怕是柏拉图与莎士比亚，也可以通过这套技术，让他们相信自己不过是小猫小狗。所谓屎非屎，激情即我，即喧哗与骚动，即生命。"

一个学者嘀咕道，"洗脑，本身就是一种更为疯狂的歇斯底里，不管它试图灌输的是法西斯主义还是消费主义。"

一个哲学家说，"道在屎溺。无屎溺，无世界。"

他们陆续发言，说了很久，说了很多金句名言，也有不少段子幽默。

终于，大家都沉默下来了。他们都不知道自己说了什么。

艺术家听见他们的声音，也听见了他们的沉默。他想了想，就上前在莲花座上盘膝坐下。

"只有想象中的事物才能使我为之着迷，沸腾之心得以平静。"

花瓣从他身上长出。

五色繁花，蓝黄红白橙，层层叠叠。

【挚爱】

一个三十多岁的女人，是大学老师，当年学校一把手亲自从海外引进的高端人才，课上得极好，深得学生们拥戴；学术上也颇有造诣，在核心期刊接连发表了几篇引用率甚高的论文。

女人未婚。这倒不是她有什么怪癖，或是对独身主义的信仰。而是纯粹出于一个知识女性对自我的认知，对爱的渴望。

她父母是本市人，过世得早，留下一笔不算菲薄的遗产。她不需要以爱之名去找一个适婚对象。爱不是荷尔蒙分泌所造成的眩晕感，又或者是一个人在被社会挤压后内心脆弱感所制造的那些幻觉，爱是给予的能力，是美的艺术，是两个可以平等对话的生命体之间的量子纠缠……她非常清楚自己想要什么，如果那个堪为对手的人迟迟未来，那就等着吧，像等待优昙花开。就算花不开，这种凝眸也是好的。

偏生她还有一副胡天胡帝容、宜喜宜嗔貌。说话声音之悦耳，连鸟儿也会停止鸣叫。

这是一个几臻完美的女人，就是对人太冷淡。大多数男人私底下管她叫冰山女神，就连那些爱嫉妒的女人对她也少有诽谤流言，好奇的也只是什么样的男人才够资格把她娶回家，甚至觉得她的独身是理所当然。

女人的家在一个高档小区。

通往小区的路有几条。其中一条近路要经过一条相对偏僻的胡同，胡同两边有许多发廊。发廊里有许多涂脂抹粉的女孩。

她有时会想她们的故事，但很少走这条近路。

这天晚上九点零三分，因为赶着去赴一个朋友的聚会，女人抄了近路，不幸的是她在胡同口被一辆的士撞倒。肇事司机逃走，是发廊里的一个女孩打电话叫的120。伤情不太重，女人在医院做了一番检查，就回到日常的生活轨道中。

她不知道这场车祸已经让她罹患上暂时性失忆症，更不清楚每至周六夜晚的九点零三分，她会忘掉自己是谁，就像是梦游一样，独自去一个小旅馆开房，在那里换上性感的黑色网眼丝袜，再跑去发廊，坐在那群女孩中间，与她们有说有笑。谁也没看出她的异常。她的生意很好，有时要忙到凌晨三四点钟。她把赚来的钱与丝袜等东西打包寄存在旅馆前台，再回家睡觉，一直睡到日上三竿才恢复了清醒。她不知道自己干过什么。

她也曾隐隐约约觉得哪里不对，但潜匿于她体内的那个人格总是让她一无所获。

这样的日子过了几个月，是秋天的下午，女人因为要赶着回家拿点教研资料，又抄了近路。

一个蓝色头发的女孩在发廊门口晾毛巾，看见她吃了一惊，问她今天怎么这么早，又穿得这么奇怪，一本正经的，难道有客人提了特殊要求？

她说女孩认错人了，急着要走。慌慌张张地想与女孩拉开距离。

生气的女孩就打开手机让她看视频。蓝发女孩拍下了她在发廊里的模样，她的欢声笑语——那是她从未见过的笑容，眼如丝，眉如黛。

在看到视频中女人的第一眼，她已经确信，这个熟悉又陌生的妍丽女人即是她对"自我最深的认知"，以及这一生的挚爱。

【奉献】

人生只有两件事。一件是应该做的事。另外一件是想要做的事。

一个人被另一个人舍命救了，决意向后者奉献上忠诚。

这种"奉献"既是应该做的事，也是自己想要做的事。

他在这两件事中找到交集。他想，这当是自由的真谛。

所以，当战斗再一次发生，当子弹飞来的时候，他毫不犹豫地拦在那个人的身前。

几乎就是在同时，他的腰腹处传来一股大力，他被那个人毫不犹豫地推出去做了炮灰。

他不知道：他的奉献对那个人来说一钱不值。

那个人最初的舍命相救，只是要与他一起完成一个任务。现在任务完成了。

【锦缎】

一个大户人家的小姐，家里破落后，靠做些针黹刺绣营生。

她的活儿做得很好，尤其是织绣花鸟，极尽绰约唼喋之姿。

一天早晨，有个男人送来一匹锦缎，要求织绣一幅《月下百花图》，时间赶得急，酬金也甚是优厚。她接了这活儿，加班加点。忙到翌日黄昏暮云收尽时，她伏案打了一个盹，还做了一个梦，梦见自己的这一生，包括已经发生的，即将要发生的——是一座小径分岔的花园，幽泉假山边，种植着种种奇花异草，但不管是哪种花，林逋的梅、周敦颐的莲、被则天娘娘贬斥的牡丹、唐伯虎的朵朵桃花，乃至于佛祖说法时三千年一现的优昙，都是她无法接受的。

此花此叶不是我，翠减红衰愁杀人。

一轮玉盘溢清寒，银汉无声任天真。

她抬头望月，就顺手把自己也织入梦里，织入眼前这匹锦缎。

第三天的晚上，男人按约定来取锦缎，惊讶地发现她已经是皎皎明月中的一缕光辉。

【公平】

一个中学校长，是鳏夫，性格公认古怪，教学却很有一套。国内一流名校，没有哪所没有他教出来的学生，用他常挂在嘴边的一句话来说，"想让哪个孩子考什么大学，就能让哪个孩子考上。"

当地人为了让孩子进入这个学校，八仙过海，各显神通。

这个人不贪钱，也不媚上。领导批的条子，总有法子当没看见。但他有一个毛病，寡人有疾。

一个孀居的年轻妇人在这方面动了心思。让她困惑的是，校长与她上了床后，仍然拒绝招录她的孩子。理由是，这对其他孩子不公平。

妇人一怒之下告到教育局。他承认与她之间的关系，申辩自己并不清楚妇人的来意，否则绝对不会与她发生关系。这是一个原则问题。申辩当然无济于事，用教育局领导的话来说，"早一天把这种斯文败类清理出教师队伍，就早一日还孩子们一个干净的天空。"所以尽管很多人跑来请愿，他还是被褫夺公职。

这个校长就办了一个学习培训机构，自封院长。

当地人还是想着法子把孩子往他那里送，还恭恭敬敬地喊他校长。他站在自家庭院，大手箕张，左右一挥，"狗屁校长，叫我院长。"

他又碰到那个名誉扫地的妇人。她领着孩子站在他家门口。

他知道，这个女人在刚过去的日子里都遭遇了什么，被各种孤立，被唾骂为贱货，家里被人泼秽物。他为她的勇气震惊。

这回，他接收了她的孩子。用他的话来说，"这很公平。"

妇人替她洗衣扫地，叠被暖床。

几年后，他娶了她。如果要说他有什么遗憾的话，那就是他的继子，并没有如他所愿考上一所理想的大学。不过，这又有什么关系呢，妇人对此并无半分怨言，生活是如此美好，平静。

【有钱】

一个有钱人认为他少年所遭遇的种种不幸，皆根源于穷这个字。

穷，不仅意味着物质上的匮乏，也必然造成思维上的匮乏。这是一种毁灭性的力量，深入泥土三尺以下，使贫困在代际间轮回。而要打破轮回，首先要做的就是改变思维的模式。这个人就在家乡捐资办学，办希望小学，也办各种夜校。

二十年时间，成绩斐然。各种人才，犹如群星闪耀。家乡经济也在他一力推动下，获得极大的发展，成为全国百强县。

他很自豪。但当他离开县领导摆下的接风晚宴，独自走进一条青石小巷时，却看见一个老妇人瘫坐在门口石阶上，泪流满脸，一边用菜刀剁着案板，一边大声咒骂着他的名字。在当地风俗里，这叫杀千刀的，只发生在对一个人痛恨到了顶点的时刻。

他大惑不解，就问老妇人遇到什么事。

老妇人的哭诉断断续续。

她有两个儿子，穷的时候，一家人吃糠咽菜，偶尔磕磕碰碰，也算和睦幸福；可自打他办了夜校后，老大做生意发了财，老二觊觎钱财，就打着去外地投资办厂的名义，谋害了老大。现在两个儿子都没了，这都是他行下的恶，是他把这个民风淳朴的县城带上邪路。

他无言以对。老妇人说的并非个案。

事实上，老家早已不复昔日青山绿水的模样，到处是浓烟滚滚的灰霾与震耳欲聋的噪音。至于他小时候常在那里抓鱼捕虾的河流，早已沦为一条颜色发绿的臭水沟。当然，这么多年来，他一直把此视作摆脱贫困所必须要付出的代价。

但，问题是……非洲雨林深处那些只有寸布裹腰的部落人不是活得好好的吗？

如果美洲大陆至今没有被哥伦布之流发现，那些印第安人应该还在草原与山冈上狩猎栽种，繁衍生息。发展一定是人类的必需吗？现代意义上的人类以那种"古老愚昧"的方式至少生存了十五万年。又有谁能确信人类还能沿着今天这种发展路径继续存在一千年？穷，或许意味着人是此地球的一个有机体，意味着人此物种的恒久长远，意味着人即世界秩序的一部分，而非……

他的头疼了起来。

他按紧太阳穴，顺口嘟囔道，"贫穷本身并不可怕，可怕的是人对贫穷的恐惧。"

这是他在接风酒席上听到的一句话，是金句，那个矮小精干的县领导说的。他下意识地说出嘴，才发现他所想用它表达的，与那个县领导所想用它表达的，完全是两回事。

虽然是同一个句子。

"他妈的。"他朝地上吐了一口唾沫。

他没发现身后闪来的黑影。一个杀马特发型的少年人。手持木棍。狠狠地敲在他后脑勺上。

少年人搜去钱包，掳走金表，没溜远，顺脚拐入街对面的网吧。

他的灵魂跟了过去。他想拍拍少年人肩膀，问一下原因。

就算是拦路打劫，打完劫，起码得赶紧跑啊。这算怎么回事？

他有点儿不明白。

少年人没理会他，跳回椅子里，歇斯底里地敲击着键盘，嘴里高声叫道，"老子干死你们这些有钱的杂种。"少年人在玩一款格斗游戏。要在这个游戏中胜出，需要很多的钱买各种装备。毫无疑问，少年人迟早是要被那些能一掷万金的土豪秒杀碾压的——哪怕其格斗技巧再高，所以愤怒，手指几近痉挛。少年人在与其注定失败的命运做抗争。这是不是一种崇高的、极有悲剧性的美学？

他皱起眉头，看见这个网吧的老板，是他所创办夜校的学生。

老板笑眯眯地穿过他的灵魂，来到少年人身边，竖起了大拇指。

【疯子】

一个疯子的故事，也许是两个疯子。

那还是几十年前发生的事。

一对大学恋人毕业分配到一家国营工厂，是大山深处的三线工厂。男的帅，很有才华。女的漂亮，性格温婉。大家都觉得他们是天生一对。可就有一个工宣队头头对女人生起觊觎之心，整出一件冤案，说这个年轻人恶毒攻击中央，把他折磨死了。

大家担心女人承受不了这种痛苦，没想到她居然答应下工宣队头头的求婚。

大家说这个女人是个婊子。

也有的人说这女人是被吓傻了。总会有些食草动物在被食肉动物捕食时吓傻。何况，这个工宣队头头的长相跟一头鳄鱼一样凶恶。

女人什么话也没有说。八个月零几天的时候生了一个孩子。是男孩。

工宣队头头很喜欢儿子，说像他。

大家也笑哈哈说像。与女人的关系也不再像过去那般冷硬，都有一点心领神会的意思。

女人什么话也没说。

这样过了几年，"文革"结束，工宣队头头被划为"三种人"抓去蹲了几年牢。

女人带着儿子常去看他。大家有点儿吃惊说，没想到这个女人这么有情意。

女人还是什么话也没有说。

工宣队头头出狱后，在街头摆了个水果摊，性格一扫原来的刚愎暴躁，变得极是胆小怕事，家里户外，皆唯女人马首是瞻。女人却因为赶上对知识分子的使用政策，反而在单位上担起重任。就有人劝女人离婚。女人当没有听见。有些知道内情的人感慨她与这个男人是孽缘，她是上辈子欠了他的债。也有人说，狗屁孽缘，这是典型的斯德哥尔摩综合征。

就到了孩子考上大学的时候。

女人把儿子送到学校后，回家就把那个工宣队头头给杀了，手段极是残忍，从男人身上零刀碎割了几百块肉下来。再上吊自杀。还留了一封信给儿子，说他是遗腹子。而她之所以隐忍这么多年，就是为了能把当年恋人的骨肉抚养成人，一个对社会有用的人才。

孩子就疯了。

【施舍】

一个穷人家的孩子，长大后变成有钱人了，非常有钱。做过许多好事，多如恒河之沙。

有一天，他不做了，反而开始报复起那些曾亏欠过他的人。哪怕是睚眦之怨，也不放过。当然，因为有钱，他的报复来得隐秘而凶猛。许多人还不明白是怎么一回事，就已妻离子散，家破——他在"人亡"前画了条休止线。

他母亲实在看不过眼，就说，得饶人处且饶人，留下三分给子孙。

他说，一个也不宽恕。

他母亲说，那你又打算怎样报复我？是我把你带到这个世界来的，让你吃了这么多的苦，受了那么多的气。

现在就是我对你的报复。他漫不经心地说，漫不经心地把手中饵食抛给池中游鱼。

母亲大恸，伤心而去。

几个月后他死了，是晚期肺癌。临终前，他托人把母亲叫到病床边，把他所报复过的人的名单递过去。母亲不解，问他到底想干什么。

"现在你可以拿着我的钱去施舍他们了。但要记住两个关键词：一是适度，二是不定期。碗米恩，斗米仇。施舍是一门技术，还是一种艺术。"他干巴巴地说道，"他们会把你当成菩萨的。"

母亲再问，他就不再吭声了。

他没有告诉母亲的是：在他生而为人的几十年里，在这些短促又匆忙的光阴流水里，唯有报复之心袭来的时候，他才偶尔能感受到幸福，一种比劳累一天后再洗个热水澡还要奇妙的感受。是体内所有细胞的震颤，是多巴胺的尖叫。

"我们认为下面这些真理是不言而喻的：人人生而平等，造物者赋予他们若干不可剥夺的权利，其中包括生命权、自由权和追求幸福的权利。"

他的喉结滚动了下。他朝这个越来越乏味的世界扮了一个鬼脸。

他知道，说到底，所谓报复，只是他对自己的施舍。

【遗愿 】

一个死刑犯，倒也不是什么大奸大恶之辈，就是替父报仇，杀了当地一个牛二式的痞子。杀人偿命，哪怕是在那个公检法被砸烂取消的"文革"时期，死刑犯对此也无异议。

还是出了一点岔子。有一天，监狱的门被一群造反派打开，一群面目稚嫩的孩子冲进来，打倒所有的管教干部，宣布犯人无罪，并号召大家加入他们的队伍，去誓死捍卫毛主席。

这很荒谬。他想，自己一个死刑犯怎么有资格去誓死捍卫毛主席呢。

他离开闹哄哄的人群，独自踏上漫漫漂泊之路。在那时，他这种人有个称谓，叫"盲流"，是要被各级地方政府堵截、收容、遣返的。有许多人就饿死在收容站。

他往深山里走。他做好去山里面当野人的准备。老天爷可能是想补偿他这些年受过的苦。在冬日午后刺眼的阳光里，他碰到一个奄奄一息的男人，受的是枪伤，躺在树荫下的石头边。

石头很大，男人蜷缩成一小团，在颤抖，嘴里还有很细弱的声音。

他凑过耳朵。男人是渴了，是想喝水。

他去溪流舀了水给这个要死的人喝，等男人喝完了，问他有什么遗愿。

男人不吭声，眼眶是湿的。他就开始扒男人的军装。他身上的衣服太破了。去深山的路还有很长一段。天气又冷。扒完后，他又把自己换下的衣服给男人盖上，打算拔腿走。

男人喊住他，用断断续续的语气说，"你是好人。我想求你件事。我怀里有封介绍信，你就用我的身份去前面那个镇子。每隔半年，你给这个地址写封信报声平安就行。"

　　他答应了，等男人咽气后埋了男人，就葬在石头下，再冒名顶替在前面那个镇子里待了下来。每隔半年，按男人说的地址寄去一封信。

　　这样过了数年，"文革"结束。一个大胸女人突然来到他面前，还牵着一个孩子，说是他的妻子。她认错人了，不过没关系，在他心里，她早就是他的妻子了。他把女人领回家。

　　他知道她知道他不是她真正的丈夫。他还知道她知道他知道。

　　他们又生了三个孩子。日子波澜不惊，岁月安稳静好。又过了一些年，孩子们长大了，个个都有出息，远走高飞了。他们都老了。

　　她病了。临死前，她问他，"是你杀了他吗？"

　　他说，"我没有。"他看着她的眼睛，把那天午后发生的事细细讲了一遍。

　　她嘎嘎地笑起来，说，"其实就算是你杀的他，我也是高兴的。能把你送到我面前，这是他唯一为我做过的好事。当然，现在这样就更好了。"

　　她死了没多久，他也跟着去了。他们的孩子为他们俩举行了一个风光大葬。

　　他给孩子们提出的唯一一个遗愿是，把那个埋在石头边上的男人也挖出来，与自己一起烧成灰，就埋在女人坟边。他没有解释原因，这是没有必要的。

【河对岸】

两个男人在河边，种种愁苦烦闷。

起因是他们都爱上了河对岸的那个女孩。但女孩让他们分别回答一个问题。是一道选择题。谁选对了，她就从河对面过来投入谁的怀里。

第一句话是，"我爱你，所以我希望他也能爱你。"

第二句话是，"我爱你，除了我之外，这世上不可有人再爱你。"

第三句话是，"我爱你，世间万物都是你。"

毫无疑问，这是两个聪明的男人，他们第一时间就察觉到这三句话内部所隐含着的某种可疑气息。正是因为这种气息的作祟，两个男人才会如此犹豫。

他们想了很久，又讨论了很久，其间还争执动起过手，眼看着长河落日圆，他们的心也慢慢地沉了下去。如果女孩所言非虚的话，再过几分钟她就要消失，是彻底的消失，肉体分解成原子，灵魂回归于虚无——因为她来自于遥远的人马座星系。在她那个星球上的人，是以爱为生命能量的。爱一旦枯竭，人即枯萎。

河对岸有黑压压的鸟群。女孩在鸟群中央。

"是时候做一个决断了。你，或者我。咱们不决斗，也不必互相谦让。就抛硬币。让仁慈的上帝决定我们的爱。硬币正面朝上，我留下；反之，你留下。"他们中的一个男人焦急地说。另一个男人点头同意。他们向各自的神祈祷，再手握着手，共同向高空抛出硬币——感谢主，硬币没有凭空消失，服从了地心引力的支配，旋转数圈后乖乖落地躺下，也没有掉进某条缝隙或某个树洞里。

结果显而易见。

失败的男人极有绅士风度地祝福了对手，朝河对岸挥了一下手，骑马离开，神情悲伤又不无沮丧。一路上，他不断低头，细细品味这两种复杂的情绪，犹如"猛虎低嗅蔷薇"，在这短暂的一刻，他相信自己已被某个伟大诗人的灵魂附体。

赢得这场胜利的男人开始朝河对岸喊叫起来。

"亲爱的，快过来。我爱你。"他喊的声音越来越大，以至于河水也开始迅猛上涨。

可这种喊叫又有什么用呢？

河对岸早已经是空空荡荡，连鸟都没一只。

河对岸在这个男人惊慌失措的喊叫声里，不断远去。

【蚁群】

不知道从什么时候开始，这个星球的所有人不再思考（也许是出于对上帝的敬畏），每日早出晚归，为稻粱谋，为繁衍交配，就跟木偶人一样。

一个木偶师，在经历过一场漫长艰辛的旅程后，来到这个神奇的星球，很快便发现这个诡异的事实。这令他狂喜。没多久，也没有耗去太多的心力，他就成了这里的国王，拥有了一群最不畏死的战士、最美丽的女子。

他还生了一大堆孩子。可令他诧异的是，尽管他循循善诱，恨不得把自己前半生的知识都塞入孩子们的脑袋，他们仍然学不会独立思考。这是为什么？

国王深感困惑。他开始向上帝祈祷。上帝没有给他回音。

国王终于厌倦这个星球上的一切，在胡子发白的那天，他选择离开，又重新成为一个漂泊四海的木偶师。

很多年以后，他在宇宙尽头的一间小餐馆，对人提及这场往事。一个虬髯汉哈哈大笑，端着一杯最烈的酒过来，回答了他的困惑。

那个星球上的一切，皆是虬髯汉的设计。他撰写了"人之三律令"，把这三条律令直接写入那个星球人的 DNA 结构，第一条即是不思考。而他这样做的目的，只是想看看当人放弃了思考后，他们所可能的进化或者退化。

"你猜，他们现在拥有一种什么样的生活？"虬髯汉朝木偶师眨眨眼。

木偶师摇摇头。

"蚁群。完美的蚁群。"虬髯汉大笑出声，随手点开一个视频，"直到今天，我才确信：这个宇宙里的蚁群皆根源于这样一个奇妙的设计。而我并不是第一个有这种想法的人。"

【虚拟现实】

我们知道他，以他为人生偶像。

这年头的有钱人很多，像他这样白手起家，没有财富原罪的不多。

这年头娶漂亮女人的男人很多，像他这样家庭幸福的不多。

他还是一本百万畅销书的作者，几项虚拟现实技术全球专利的拥有者，三所常青藤名校的客座教授，若干个慈善事业的发起人，数次国际钢琴大赛的获奖者……

我们从百度上搜索出他的人生履历，打印张贴在店门口招徕生意。

我们这家二层楼的店铺是他的出生地。尽管他四十多年前就已离开，但这是我们的骄傲。许多游客也因此慕名而来。

感谢他，让我们生意兴隆。

我们总暗暗盼着他重游旧地，哪怕只是走进来喝一杯咖啡也是好的。

我们热爱他，虽然从未见过他的真人。

所以他真的来到我们店里时，我们慌了神，七嘴八舌，向他推荐我们所能提供的服务项目，一直说了十几分钟，才不约而同地闭上嘴。我们为自己的愚蠢哑然失笑。像他这种人又怎么会需要我们所能提供的服务？我们这家店不过是一些人生失败者暂时逃离真实生活的慰藉之所，而这还得感谢他所创造的虚拟现实技术。

"我想买一个梦。"他说，嗓音嘶哑。

我们被吓着了。这才发现他的样子有点儿疲惫。他已拥有了凡人所能梦想的一切。他更是这项生意的发明者，我们能卖给他一个什么样的梦呢？所有的梦，哪怕是最荒诞不经的，想必也都被他梦过。

"你想要一个什么样的梦？"我们小心翼翼地说。

"随便，只要是梦就好。"他皱起眉头。

"为什么？"我们中的一个鼓起勇气问道，"先生，请原谅我这样鲁莽的提问。在你临海而建的豪宅里，已经有这个世界上最尖端的免穿戴VR 定制设备，它们可以随时无线接驳你的大脑神经……只要你愿意。我在《人物》专访上看到过的。"

"不，不是那些东西。"他咳嗽起来，努力让脸上不露出失望之色，"我说的梦，不是由那些技术所提供的沉浸感。而是指一个人睡着后会梦见的。我的意思是说，是任何一个普通人在睡眠时，所产生想象的影像、声音、思考或感觉，嗯，一种不自觉的虚拟意识。"

他说到最后一句话时提高了音量，似乎有点儿奇怪我们的智商，又补充道，"虚拟现实是一种自觉的虚拟意识，两者有区别。唉，我知道你们这里也不可能有，我也只是想碰碰运气。打扰了。"

他转身走了。我们面面相觑。突然，我们都有点儿可怜起这个男人来。

【影碟】

一个声音嘶哑的男人，在星期天的下午，把一张蓝光影碟放入碟机播放。一部名字很烂俗的影片，豆瓣评分甚高。他想看看它到底有何不同之处。他蜷缩在沙发上，喝着啤酒，一边漫不经心地看着电视屏幕，一边拍打着他养的那只宠物狗。柔顺的皮毛从他手掌下滑过。

突然，他疑惑了。

故事有点儿熟悉，就好像……一种毛骨悚然的感觉把他紧紧地按在沙发上。他想闭上眼，闭不上；想叫，又叫不出声。他只能眼睁睁地看着屏幕上的影像。影片的主人公是他自己，是他曾亲身经历过的故事，琐碎的生活，流水一样的成长，有点儿像理查德·林克莱特那部讲述"一个普通得克萨斯州男孩六到十八岁的人生"的电影《少年时代》，但没那样温馨动人，有许多已经为他刻意所遗忘的事件与遭遇，比如他在一间公用电话亭里打了一个匿名电话——这个电话直接导致了七十三人在大火中丧生。这是他所不曾预料到的后果……更糟糕的是，这种完完全全的昨天重现，并没有遵循一个电影所应该具有的叙事逻辑，而是像暴风骤雨一样，风里还卷着石头，雨里会掉下蛇。

他清清楚楚地看见，在以兆为单位计算的信息流的巨大压力下，屋子里的桌椅书籍等事物，正在发生可怕的扭曲与尖啸。而狗的前肢已经是一串绿色的数据流。

这个世界是怎么了？

他的牙齿用力地咬了下去。咬出血。血好像是深蓝色的。他的手指终于够着遥控器。他关掉碟机。

世界恢复了原样。狗也恢复了原样，在不无疑惑地舔着自己的前爪。

男人擦去自额头一层层沁出的汗水。这真是一场可怕的梦魇。

他的目光又重新落回到屏幕上。自己刚才真的是置身梦境吗，又或者这真的是一张拥有神秘力量的碟片？他的心再次怦怦跃动。既然在这张碟片里能够看到自己的过去，那么也应该能看到自己的将来。这是一个诱惑。一个无法拒绝的诱惑。

他又点一下播放键，下意识地。他的手指有了自己的主意。事实上他的手指离按钮仍然有那么零点几毫米的距离。但他的大脑以为他的手指按下了播放键。那种可怕的感觉再次袭击了他。

他看见自己正孤独悬浮于一个极广袤的虚空。只有他一个人。其他所有，皆是数据。也包括那条正用舌头舔着他脚掌的狗。狗的舌头不再散发出湿热，是一个绿色的数字矩阵。

他笑了起来。他的笑容让他自己也心惊肉跳。

他一脚踢往狗应该在的那个位置。狗汪的一声叫，逃到门口，用很委屈的眼神看着他。他没再犹豫，用最快的速度打开碟机，把这张可怕的影碟扔出窗外。

【杰作】

一个女人去美术馆参观一个当代雕塑展。看着看着，她觉得喘不过气来，就靠着墙壁坐下，是脑梗。她死掉了，悄无声息，没惊动任何人。

熙熙攘攘的人流从她身边经过。世界与她死之前没有两样。

偶尔数人停下脚，端详她昙花一样的寂静面容，一言不发，转身离开。

一个梳着小辫子的青年男子发现了她。

好像是被雷劈了，人蒙了。不多时，青年男子已咬破自己的嘴唇。

"既生瑜，何生亮。"青年男子长叹，心里舟起如簸，摘下墙壁上挂着的防火斧，快步走进展厅深处，把一尊被人围观的裸女雕塑砸碎。整个过程还没有十秒钟。

警报器发出尖叫与蓝光。人们吓了一跳。

有眼尖的观众喊出这个男子的名字。是这座被砸碎的雕像的作者，近年最红的青年艺术家，据说他的一件作品在佳士得拍卖会上已喊价千万。

人们瞠目结舌。

赶来的馆长挠起头，拿不准主意是立刻吩咐保安将其擒拿捕获，还是一脸谄媚走上前让男子签一份两个雕像的合同以为赔偿。

男子的脸上半白半青，手猛地指向那个蜷曲在墙角死去的女人，一声大吼，"看，那才是杰作，真正的杰作。"

在他手指的方向，女人已枯萎。

【二维世界】

一个画家在画画，画得太入迷，把自己也画进二维画布。

他昔日的恋人，那个曾抛弃了他、让他心碎的女人，在市场上看到这幅画，就把它带回家，悬挂在卧室的墙壁上。

现在，他终于是她生活的一部分了。他凝视着她的睡容，心中充满狂喜。

他没有再离开那个由线条与色块构成的二维世界。

这是幸福的，尽管是有缺憾的。

这样过了一些年，时间带走她的丈夫与孩子。她一个人在暗夜里饮酒，号啕痛哭。他伸出手，把她拉入画布里。

"你还记得我吗？我的爱人。"他说。

他的出现吓坏那个不再年轻的女人。她尖叫，"这是哪儿，是地狱吗？"

"不是地狱。也不是天堂。"他向眼有皱纹的女人解释道，"一个由我创造的……"

他犹豫了片刻，似乎不知道该如何命名，想了一会儿说，"一个二维世界。它不是真理与信仰的显现，也不执着于对公理定式的发现，又或者是对美的阐释，对万物的归纳与命名。它只是因为你。它也只属于你我。你是夏娃，我是亚当。当然，这只是一个拙劣的比喻。我们的存在并非是为繁衍子孙后代……"

"那我们的存在又是为了什么？"女人打断了他的话，不无迟疑地打量四周。

四周有颤动的线条，还有一些石头一样的深蓝色块。

"为了我们自身。"画家脸上浮现出狡黠的笑意，"只要去移动这些线条与色块，我们的脸上就将逐一浮现人类所有的脸庞。所有的在人类史上出现过的脸庞。我做过统计，一共 106025454896 张。一个并不算大的偶数。这并不需要太多时间。事实上，时间在这里是失效的。"

"没有时间的能量，那它将靠什么得以存在？"恢复了平静的女人疑惑道。

"爱。"画家望着女人的双眼，慢慢说道，"因为你这些年来凝视这张画布的眼神，使我生命灿烂，得以创造出这个奇异之所。"

【苔藓】

一个老人把我带到山坳里的一幢房子前。外墙是那种粗大的原木。墙壁上挂满灰褐色的苔藓。一只山羊在伸头舔食着。苔藓不断消失在它的口中。

它回头看了我一眼，好像我即是一块即将消失在它嘴里的苔藓。

我不知道老人为什么要把我带到这里。为找到他我已付出太多代价，包括此刻成为他手中的一颗石头，而我曾经是一个多么能说会道的人啊。我的雄辩术能让百年世仇的两个国族不再刀兵相见，能让地震中的山川停止崩塌，能说服一只凶残成性的狼爱上一只羊，还能让最绝情的女子回心转意。我说过许许多多，但有一天，上帝让我突然陷于沉默。

我修起闭口禅，只为找到上帝，问他一声原因。我找了许多许多年，十几个轮回，才找到这个活了三千一百二十三年的老人。

他把我带进楼房。房间有大有小。有的空空无一，有的里面有小桥流水，有的里面有少女歌喉与曼妙舞姿，有的则充满塞北风沙。诸般异景并没有让我的心神有半点摇晃，在漫长的时间里，我已踏足过太多相同之地，比如被一群茹毛饮血的原住民视为恶魔钉在十字架上，又或者被另一群西装革履的人当成要顶礼膜拜的主。我曾在少女的唇上啜饮过甘泉，也曾用最勇武的君主头颅装满烈酒；我曾劳役数十万人在沙漠里砌成金字塔，也曾独自潜于马里亚纳海沟的最深处捕捉深渊怪物……我所曾经历的，现在回想起来就是他人的故事；而我拥有过许多的名字，如今已全部遗忘，只剩下一个"我"，一个被老人捏在手里的石头形状的"我"。

我没有问老人缘故。

老人的脚步从一个个敞开着门的房间经过，不疾不缓，摇晃的光影洒在他肩膀上，犹如一朵朵深蓝色的花瓣。

这真是一种奇怪的感觉。

我看着他。

他说，"看见了么？每个房间的时间流速并不一样。有的流得快点儿，有的流得慢些。而最奇妙的就是这个房间了……"他在一间尺许宽的房门前站住，表情奇怪，"在这里，时间是逆着流的。我想，你想要的上帝就在这个房间里。但我必须提醒你的是，这个房间里的上帝是一个喜怒无常的家伙。他可能会回答你的问题，也可能不。他还可能在回答完你的问题后把你变成一块苔藓。你看到过的。就是挂在墙壁外的那些。年轻人，我有义务提醒你，你不是第一个找到我的人……"

他沉默下来。几分钟后，他听到了我的请求。

【遗书】

我是在手机新闻客户端上知道他的死的。一个多年来未有联系的老朋友。我们曾一起在北京的天空下打拼奋斗。都想成为有钱人。他成功了，出没于各种慈善晚宴。我输掉了，回到老家重新过起朝九晚五的生活。我以为我们已经是两个世界的人，顶多是"君乘车我戴笠他日相逢下车揖"。

他的死也没有让我太过惊讶。

突如其来的暴富背后总是难免与罪恶勾搭。被这种罪恶吃掉了的人，他不是第一个，也不会是最后一个。

他是自杀的。一个人走入深山，在一个有着林木的溪流边，找到一个背阴高处，脱去衣物，寻了一块岩石卧下。饥饿与寒冷在接下来的几十个时辰里，一点点夺去他的生命。在这个过程中，他始终保持着那个蜷曲的姿势。

这种匪夷所思的死法，需要极大的意志力。我很佩服，但老实说他的死只是这个大时代里一丝微不足道的涟漪，一些人茶余饭后的谈资罢了。

我没有感到悲痛。准备上床睡个午觉。

我没想到的是，快递员居然给我送来了一个包裹，是他临死前寄来的。

还有一封信。很短。

"我的朋友，请原谅我的鲁莽。我已决意死去，并非畏罪。人本身即是罪恶，却也不必畏惧。我的死只出于一个实在让人难以启齿的秘密。亲爱的朋友，我在深夜里给你写这封信，嘴里犹残存着那种不应该存在于这个尘世的美味。我不知道是谁创造了它，又让我有幸得以品咂。"

包裹里有一个拳头大小的陶罐。瓶身绘有深蓝色的色块。无商标厂址。罐底有一层薄薄的接近透明的胶质物。我嗅了下，味道与六神花露水差不多。我用指甲抠出一点，拿不定主意是否要放到舌尖上。脑子有点晕，像骑在游乐场的木马上。他写的句子在里面吱里嘎啦地响着。

"从品咂到它的那一刻起，我再也咽不下人间烟火。其他任何食物，只要进入口腔，必然导致呕吐。我恨不得捣碎陶罐，把它的每个分子团都咽入肚子，但上帝让我在脑子尚还清醒的时刻做出这个最后的选择——我把它寄给你。希望你能帮助我发现它是什么。如果可能的话，帮我查清是谁把它放到我的桌前——并替我谢谢他，或者她。我已经没有时间来做这些事。尽管我对此非常非常好奇。最后，我不建议你品尝它，虽然这会有助于了解我此刻的痛苦与甜蜜，了解我即将做出的决定。"

包裹里还有一张银行卡。账户与密码写在信笺反面。是用我的名字注册的账户。我用手机登录了下，里面有二百万，这应该是他给我的活动经费。

他信任了我，同时又诱惑了我。

我想了片刻，也许只有零点一秒。我飞快地从工具箱内找出锤子，砸碎这个怪异的陶罐，砸成粉末状，倒入马桶冲掉。我没有给自己任何犹豫的机会。午后的阳光真好啊，我用舌头舔了舔心里那丝隐隐约约的遗憾。再给单位领导发了条短信，下午请假。我想去看看香山花园的那套房子。

对了，还有这封信。也得烧掉。

我摁着打火机。这会是我与他的最后一丝联系。

【星球】

一个单身母亲带着几岁大的儿子相依为命。母亲替镇里的有钱人做女佣。

日子清贫，有序，是平静的溪流。

孩子一天天长大，孤独，敏感，极为聪明，那溪流在他心中就有了混浊的颜色。

孩子问母亲，"为什么这个世界上会有穷人与富人？"

母亲说，"这是上帝的安排。"孩子不解，"上帝把人做出这样的区分，其心可诛。"

母亲大惊失色，赶紧斥责孩子，一直到深夜，她还跪在十字架前，祈求主原谅孩子的鲁莽与妄言。

脸上挂着泪痕的孩子睡着了。

他发现自己成了一支起义军首领，队伍的前面还挂着一面"均贫富"的旗帜。在他的天才指挥下，他赢得了所有的战役。是所有的。

最早人们喊他解放者，后来有人称呼他为王，再后来就有人喊他暴君。他实现了小时候的梦想。所有人都是一样的，不再有穷人与富人，甚至不再有高矮胖瘦的区分。可惜这个"所有人"的数量太少，且日趋减少，这个星球上也就只剩下他一个人。

"人们追求平等，但他们真正消费的是不平等。这句话还可以反过来说。因为人是不平等的，所以他们追求平等。这种对平等的想象，是人类社会进步的根源所在。"

他反复思索。在漫长的思考时，他的身体与他脚下的星球渐渐融为一体。

他成为星球，悬浮于虚空。

也不知道过了多久，他发现了身体表面还有一种奇异的生物，半直立行走，脑容量高达一千毫升。这种性情温和的杂食动物有可能发生某种进化。而这首先就要改变它们之间食物分配的方式。简单说，让其中一些得到更多，让另外一些得到更少。他得出结论。

这个结论，让孩子从梦中惊醒。

"主在我心中"，他想起梦中那个孤独的蓝色星球，双手情不自禁地置于胸前，静默祷告。每祷告一声，他就远离了一点人类内心世界所固有的疑惑、恐惧和疯狂。无穷无尽的光从他身体里涌出。

他是主。

【眼泪】

一个人的眼泪值多少钱？

在这个有着众多摊位的奇妙之所，我们大开眼界。最便宜的是婴儿的眼泪，一块钱就能买上一大罐。卖货的中年妇女用不耐烦的口吻回答我们的提问，"这种弱酸性的无色液体，98.2% 的成分是水，还有少量无机盐、蛋白质、溶菌酶等，你说它能值多少钱？"

这话说得很有道理。那么最贵的是什么呢？

妇人乜视着我们风尘仆仆的样子，眼角有不屑与鄙夷。我能理解，微笑着，从兜里摸出一沓百元钞票，不紧不慢地用指头捻动。妇人顿时眉开眼笑，从摊位底层小心翼翼地掏出一个只有拳头大小的深蓝色陶罐。陶罐表面有精美的饕餮云纹。如果我没有看错的话，这件陶罐本身就是千年前的古物。"是死者临终前的眼泪。"妇人喉间一声叹息，"这样的货可不好搞。一滴就要一百块。"

"它能有什么用？"

"能帮助你以一个死者的角度，重新审视你曾经历过的生活。一滴眼泪，效果能维持半个时辰。"

我买了一滴。妇人用一个指甲盖大小的水晶盒子装起它。她的手并不白净，却有着异样的冰凉滑腻，"先生还要点什么吗？第二贵的是那些努力奋斗过，却因为命运终究一事无成之人的眼泪……"

摊位上一排大号的可口可乐纸杯。"里面是什么？"我问。

"少女的眼泪。一块钱一杯。大家就是当饮料用，止渴。"妇人随手端起一杯递来，笑容灿烂，"不收钱，免费赠饮。我们这里第三贵的……"

我没再听妇人的喋喋不休，把这杯少女的眼泪一饮而尽，心里有了喜乐平静。

【赌徒】

一个赌徒，在经历一连串惨痛的失败后，要投河自杀。他在河边坐了整整一天。

上帝以一个老人的形象来到他身边，问他为什么不朝前迈出那一步。

赌徒说，生无所恋，死是解脱。自己很清楚这个，但这条河是这个城市饮用水的来源，它是这样美，两岸绿树成荫，还有众多情人相互依偎。自己不该用死来污染它。这是不道德的。

"那你打算怎么办？"上帝问道。

赌徒表示，等到深蓝色的月亮升起来的时候，他会出城而去。月光下的荒郊有一些狼。他想了一整天，葬身狼吻是一种再理想不过的死法。不会有可怖浮肿的尸体，血肉还能滋养另一个物种的繁衍。

"你是好人，可你为什么会走到今天这一步？"上帝感慨着。

"这是上帝的意旨。他给了我一些性格缺陷，冲动幼稚，盲目轻信……"赌徒说，"不过我现在渐渐理解了上帝为什么要这样做。如果把这个世界视为一个系统，我们这些人就是必要的冗余。它保证了系统的稳定性，为那些能给系统打上补丁的一小撮代码的涌现提供了养分。上帝在意的只是这个系统本身……"

赌徒说了许多。上帝都听见了。

"你听说过赌徒谬误吗？"上帝说。

"听过。又叫蒙地卡罗谬误。抛一个硬币，连续出现六次正面向上，人们很可能认为第七次出现反面朝上的概率较大。实际上概率仍然是50%。"赌徒笑了，"我的数学成绩很好，所以我一直相信我有这个资格坐上牌桌。到今天我才发现这是一个多么要命的误会啊。"

上帝也笑了，问赌徒要了一枚硬币，开始抛起来。

他抛了六次，六次都是正面向上。他问，"你觉得第七次是正面朝上还是反面朝上？"

赌徒犹豫了一下，说，"它们俩的概率还是 50%。"

上帝说，"你错了。仍然是正面朝上。"上帝抛出硬币，果然是正面朝上。上帝继续抛出硬币，抛了十次，抛了二十次，抛了三十次，每一次都是正面朝上。

"知道这是为什么吗？硬币是你的硬币，我没有作弊。"上帝说。

赌徒大惑不解。

"抛出硬币的力量与角度，对硬币两面花纹的了解，抛出硬币的手法，等等。这是一个计算问题，还是一个技巧问题。事实上，只要你有过足够的练习与耐心，硬币会成为你手掌的一部分，那么硬币在抛前，结果已然不言而喻。概率是公平的。但只是理论上的公平。如果你真正熟悉那些微小的差异，并学会怎样把它们累积起来，那么你就会打败概率。"

上帝走了。

"你可以控制你自己。"这是上帝留给赌徒的最后一句话，也是赌徒在五十年后对着围绕在自己病床前的孩子们说的最后一句话。

【冰雹】

我们在房间里踱步。

房间太小了，不到十二个平方米，还塞下一张床，一套桌椅，一个书柜，以及墙壁上挂着的一支温度计。我们愁眉不展，唉声叹气。我们喜欢屋外的新鲜的空气。可我们没有办法。屋外下着大雨，凛冽的寒风简直要把皮肤从骨头上刮掉。

我们双手抱胸，走过来走过去，数次擦肩而过，几番欲言又止。其实要消除这种尴尬也是有办法的。比如一起躺在床上，用上帝赐予的奇妙体温互相取暖。又或者我在椅子上坐下，她坐在我腿上。这样也会产生热。但我没有勇气对一个初次见面的姑娘做出这样的提议。我只是有点懊恼。

为什么我会待在这个光线昏暗的冰冷房间？

我被这个无聊的问题折磨着。我想她也不会好到哪里去。我们都不是可以温暖这个房间的火把。这个时候，我听见她悠长的叹息，"我知道你在想什么，就像你知道我在想什么一样。"她一副了然于胸的样子，不无愤怒地摇动脑后的马尾辫，"萨特说得没错，他人即地狱。你就不必绞尽脑汁琢磨怎么把我赶出去了。"她冲我露出洁白细密的牙齿，讥嘲道，"现在我要离开，你就一个人待在这吧。没了我，这里也许就是天堂。"她耸耸肩膀，猛地打开门，大步走入风雨中。

房门关上了。我没有置身天堂。

房间里的温度在她推门出去后迅速下降至零度以下。我哆嗦着望着她在风雨中匆匆奔走的身影。最早那是一团火，后来变成了一滴雨，再后来就是狂风暴雨中的一颗冰雹。

过了一会儿，也许是很久。

冰雹砸在窗户玻璃上，砸在一块光滑的平面上，噼里啪啦地响。

我捡起它。它不再愤怒，在我手心开始融化，是一种微微的刺痛。

【悖论】

那天是元旦。我记得很清楚，大雨瓢泼的晚上。我们在一个门面破旧名叫深蓝的咖啡馆里讨论文学与人生，酒与咖啡。很无聊的话题，座中并无女性，几个男人很快沉默下来，看着玻璃上滚动的雨水，昏昏欲睡。

快到午夜的时候，一个穿着打扮波希米亚风格的女人走进屋说，她愿意给我们在座诸人一份新年礼物。我们负责说出自己内心的愿望，她负责把这些愿望带到上帝那儿。

"万一上帝真的存在呢？"面容精致的她，说话的样子好像随时要哭。

如果我没有理解错的话，这是一个想自杀的女人。我们满足了她的希望。

大多数人说想早点还清房贷，一部分说想当官发财死老婆，还有个别人想去南极看企鹅。

女人每问完一个人，就把对方的话重复一次，似乎要把这些极荒唐滑稽的话刻在脑子里。她的神情很可笑。渐渐地，我们笑不出来了。

"你有什么愿望？"一直在哆嗦的女人来到店门口一个避雨的流浪汉面前。我们认识他。长得有点儿像曾红透一时的犀利哥。我们也叫他犀利哥。隔三岔五给他扔几块过了期的面包。

流浪汉闭口不语。女人不耐烦地催促。他才慢腾腾地开了口，尽管他吐字不是那么清晰，但我们相信这么多的耳朵没有听错。

这个浑身脏臭的人，居然说希望与这位精神濒临崩溃的女人发生肉体关系。

我们傻了眼。我们中的某个人上前飞起一脚。

我们一拥而上，把这只精神错乱的癞蛤蟆暴打一顿。以女人出手最为凶猛，跟一头受了伤的母狮子一样，还差点把啤酒瓶砸在流浪汉的头上。我们赶走流浪汉，坐下来大口饮酒。又哭又笑的女人，把头埋进我们中某个人的怀里，沉沉睡去。她已忘掉了她许诺的新年礼物。

我没有忘掉。我就是那个流浪汉。隔着冰冷的雨水与蓝色的玻璃窗，我凝视着那个女人模糊苍白的脸容。没有什么比活着更美好，哪怕无片瓦遮头，浑身青肿酸疼。

只可惜他们并没有耐心来真正理解我的愿望——只有活着的女人才可能与男人发生肉体关系。对于这个想死的女人来说，这是一个悖论。

愿主保佑他们。

【船头】

一个女人伫立船头。

一只海鸟上去拥抱了她。它用雪一样的羽翼，把那张美丽的脸孔，一点点地，从悲恸欲绝中拉了出来。这是一个奇妙的变化，把一座雕塑变成一个人。

海鸟的羽翼，仿佛是上帝吹出的那口气。

一个男人久久地凝视它。凝视着它褐黄色瞳仁的深处。

那里有它横越赤道、环地球飞行时所见的诸般景象。

"陌生的女人啊，能否告诉我你的故事。我是浪迹天涯的歌手，只为吟诵主的仁慈。我知道你心里的痛苦比海边的沙砾还要多。但没有沙砾，就没有海岸，也就没有了这一望无垠的海。亲爱的人啊，我要对你说的是什么呢？没有这些痛苦，我们也就不会有对主的信仰与爱。"

海鸟陶醉于男人天籁般动听的嗓音里，一只又一只，缓缓敛起翅翼，落满他周围的甲板。鸟之覆翼是淡灰色的。男人全神贯注，目不转睛，望着，盯着，凝视着女人；期盼着，猜测着，想象着女人的面容。

那必将是人间仙境。

男人朝前踏上一步。他踏空了。胆大妄为的他并没有意识到危险。他失去重心的身体在船舷上翻了一个漂亮的跟斗，笔直地掉了下去。深蓝色的海躬身迎候了他。他都来不及叫喊出声。女人还是隐约感觉到了什么，微微蹙起眉，不无疑惑地打量着空荡荡的甲板。海鸟一只接一只地翩翩飞起，飞走，飞远。

女人恢复了几分钟前的样子，仍然像是一座雕塑，迎着海风，伫立船头。

这是完美的痛苦。

【中指】

一个脸大如盆的胖男人坐在二楼的阳台上，百无聊赖地望着午后的街道。

街道是这个城市打哈欠时露出的舌苔，厚黄黏湿。胖男人感到肝脾处传来一阵虚弱。他闭上眼。这个常沉溺于幻想的胖男人暗自祈祷上帝能赐予他一个奇迹。

几秒钟后，街头果然出现一个女人。她那优雅的步态，款款摆动的腰肢……这是一个在胖男人梦里反复出现的女性形象，包含了"世上最美妙的爱情，最销魂的灵与肉的结合，结为伉俪，一辈子的举案齐眉，鹣鲽情深，几个聪明孝顺的孩子绕膝欢跑……"

诸多甜蜜又幸福的画面涌出胖男人的大脑皮层。

他的肾上腺激素急速分泌。

胖男人起身往楼下跑。他得拦下这个女人。他不是一个缺乏勇气与行动力的人。他必须告诉她，他足足等了她三十年。他必须把这三十年来所攒下的情话，掰碎，碾平，再捏出一对美丽的鸳鸯摆在她面前。他心里是有这么多的炽热啊。

他觉得自己都要被这些炽热烤熟了。

他气喘吁吁地跑到女人身后。穿着木屐的女人，脚踝雪白，一袭长裙，像一朵贴着地面行走的云。他想，"我若是这双被她踩在脚下的木屐，那也是好的。"

他喊了声"喂"，心头鹿撞。他为自己心里这头蓦然出现的鹿颇为惊异。他很多年没看到它了。它更健壮了。他要骑上它，扶住那两根美丽的鹿角，带上眼前这个天生尤物去浪迹天涯。他下意识地调动脸部肌肉。他要给她一个光芒灿烂的笑容。而更多的，关于如何与一个陌生女人搭讪的句子，早已经争先恐后埋伏在他舌头底下。

女人转过身。

胖男人顿时呆若木鸡，舌头底下埋伏着的那些句子嘎啦一阵响，好不容易才冒出几个毫无意义的音节。胖男人支吾着，表情便秘。

女人牵动嘴角，脸上露出久经世故的笑容，继续前行。胖男人看得懂。那笑容是在嘲讽，她见多了他这样的男人。只是这能怪他吗？这个女人的五官，违背了一切关于美的定义，是惊人的丑。

美与丑不应该以这样的方式同时呈现。这种把自身容貌也戏剧化的女人，是魔鬼派来的蛊惑人心的使徒。

沮丧的胖男人朝着女人远去的背影，不无羞恼地竖起中指。他愤怒地、无声地咆哮着。他没发现：他的中指越来越长，就跟匹诺曹那个会变长的鼻子一样，最后几乎要戳在他的鼻梁上。

【共振】

一个酗酒的男人爱上一个声名狼藉的大胸女人。

他们互相厌憎，又相互吸引。不管在什么场合，只要相见，必定彼此挑衅，用最恶毒的话语激怒对方；一旦分开，他们又是那样思念对方——有一个晚上，男人向着墙壁上的污渍（是基督受难的样子）发誓，若女人能马上出现，他就戒酒，痛改前非，做一个女人想要的那种男人。男人不知道，同一个夜晚，女人也曾向上帝许下过类似的誓言。

他们继续在各种聚会上相见，继续各种轻蔑与憎恶。

有一天，他们又相遇了。男人打算嘲笑女人刚做的怪异发型，可没等他说出来，女人突然抢先说出了那些正在他脑子里浮现的句子。

女人什么时候学会了读心术？男人吓一跳。很快，他也觉察到，当他自我解嘲的时候，女人脸上有惊讶的表情。

这是一种异常古怪的感受，是身体与灵魂的共振，且只发生在他们两个人之间。

"凡物皆有振动频率。身体与灵魂皆不例外。"

隔着餐桌、攒动的人头、污秽令人窒息的空气，他们不谋而合地抬起头，在对方眼神里确认了这样一个事实。

"可惜我只是一个该死的酒鬼。"

"我也只是一个荡妇……"

他们听见了对方心里的声音。那是他们从未听过的。充满痛苦、惋惜、悔恨与自我否定……像一个散发着难闻气息的泥沼。他们是同类。但一个泥沼再加一个泥沼只会是一个更大的泥沼。这又有什么意思呢？他们苦笑了下，就想走开。可问题是，既然已陷身于泥沼，那么它迟早都得陷下去。这只是一个时间问题，并由重力法则支配。

在擦肩而过的时候，也不知道是谁主动谁被动，等到他们清醒过来的时候，他们已经在众目睽睽下，相拥，相吻。有掌声、口哨声、唾骂声、讥讽声。他们甚感羞愧，匆匆推开对方。在推开的一刹那，一种疼痛同时刺穿他们的身体与灵魂。

这些声音，都是噪音。

他们意识到这点。

噪音消失了，很快，他们来到了银河系之外。

"爱是什么呢？其实啊，不过就是你与我。我看见了你，这个荒谬的世界才有了美与意义。"

声音在他们心中响了一下，是天籁，是全宇宙的声响。

【阿姆斯特朗】

一个男人为了报复出轨的妻子，给自己做了一个阉割手术。他是如此痛恨这个背叛了婚姻的女人。以至于朋友们不得不长篇大段地背诵叔本华的《论女人》，使他的愤怒之海暂时恢复平静。

事情慢慢发生了变化。

如果说，他曾经像个男人那样爱他的妻子，是根源于他们俩胼手胝足建设过的那个家（荒凉世界里的一处洞穴）。而当他失去了男根，不得不步出由焦虑、防盗门、幻梦、天鹅绒窗帘等世俗之物搭建起来的洞穴后，他不无惊异地发现这个世界的广阔性——他每迈出的一小步都是对这种广阔性的赞叹——所谓荒凉，不过只是这种奇妙性质里的一部分。

"这是我个人的一小步，却是人类的一大步。"他想起幼年抄录在作业本上的那句话，内心渐有寂静澄明。

他给自己取了一个新名字，"阿姆斯特朗"。这个名字有点儿拗口。可没关系，通情达理的片区民警还是依照《民法通则》第99条，给他办理了新的身份证。

我们都为他高兴，为他感谢主。

自打他叫阿姆斯特朗后，他与妻子又和好如初，相敬如宾了。

【情圣】

一个花花公子，追逐了一辈子的女人，到老了，独自生活在湖畔。陪着他的只有一间用松木搭成的小木屋。他站在窗口朝看彩霞夕望落日，偶尔怀想起那些与他有过露水之欢的女人。

她们都在哪里呢？天上的云一朵挤着一朵，挤出淅淅沥沥的雨点。

他想为这些女人建一座纪念馆。不是一般的纪念馆。不是那种只有照片手稿遗物的纪念馆。那是毫无意义的，连天真与感伤都算不上。他要把整个深蓝色的湖泊当成这个纪念馆。用质地最细腻坚硬的岩石，把他记忆里她们最美时候的样子，做成真人大小的雕塑，再根据他对她们的喜爱程度，按照一个同心圆的结构逐一沉入湖底，固定放妥。而他生前，将把这个湖底雕塑群营造成一个世界性的景观，死后则葬身于圆心处。

（他深深地呼气，再吸气。为这个注定要流芳百世的想法激动不已。他的鼻翼嗅到她们各自的体味，真实不虚。他以为自己早已遗忘了这些。他扶在栏杆上的手指有了一阵轻微的战栗。这种战栗与他当年抚摸着那些脸庞时的战栗是一样的。这是属于手指的奇妙记忆。他爱她们，他确信自己能想起她们每个人的名字与容貌。）

当然，这不是他一个人能干得了的活。得有一个庞大的团队，有手艺精湛的匠人，工程师与潜水员，富有想象力的营销高手，等等。这都需要钱。他详细计算了几遍，这是一个让人咋舌的数字，光靠他一个人的财力无法承担。他必须说服更多人，以艺术的名义，或者以其他任何见了鬼的名义。

他从来就是一个富有行动力的人，一个能舌灿莲花的人。

越来越多的女性为他这个计划神魂颠倒，不仅表示愿意解囊，还在深夜敲响他旅馆的门，问她能否在湖底这个雕塑群里占据一个更靠近圆心的位置。他慨然允诺。十米总比五十米靠近圆心，五十米总比一百米更靠近圆心。但问题是，他老了，经常心有余而力不足。他不得不借助于药物。一共有十三个女人。

上帝保佑，他攒够了这笔钱。让他惊异的是：当他回到湖边准备招募团队时，怎么也想不起这十三个女人的容貌。

"为什么我能想得起其他所有女人的样子——不管她们是否不计其数，还是只有一千零一个，却偏偏想不起后来这十三位慷慨大方的女士？难道是记忆力衰退的缘故？"

他大惑不解，反复思索，眼前却浮现出一具具女性的胴体。他有点儿恐惧，紧接着心脏处突然感觉到一阵剧烈的疼痛。

"感谢主的仁慈。我爱她们，至死不渝。不包括后面十三个。"他小声嘀咕了句，头往一边歪去。

他死了。世人对他的评论，分成截然相反的两种。一部分人说他是一个该死的骗子。但绝大多数人，尤其是女人，则一口咬定他是一个世上绝无仅有的情圣。

【故事】

从前有座山，山上有座庙，庙里有一个小和尚。

小和尚缠着老和尚，让他讲童话故事。

老和尚说，有只小鸡爱上了一只黄鼠狼，就去黄鼠狼家做客。黄鼠狼想给小鸡做顿好吃的，就把小鸡给炖了。炖完小鸡的黄鼠狼发现来自己家里做客的小鸡不见了，哭得可伤心了。

小和尚乐坏了，说黄鼠狼真傻。想了想又补充说，小鸡也傻。

山上生活，清冷枯寂，不知昼夜。

小和尚长大了，又缠着老和尚给他讲故事。这回他要听爱情故事。

老和尚说，有只小鸡爱上了一只黄鼠狼，就去黄鼠狼家做客。黄鼠狼想给小鸡做顿好吃的，就把小鸡给炖了。炖完小鸡的黄鼠狼发现来自己家里做客的小鸡不见了，哭得可伤心了。

小和尚很郁闷。童话故事怎么可能与爱情故事一模一样，连标点符号都相同？

这有几种可能。第一，孤陋寡闻的老和尚也不懂得什么是童话，什么是爱情；第二，笨嘴拙舌的老和尚只会讲这一个故事；第三，性格古怪的老和尚在故意整蛊自己……小和尚分析半天，又叹了半天的气，半夜偷偷下了山。小和尚下定决心，要在山下找到一个真正的童话故事与一个真正的爱情故事，到时再回山上讲给老和尚听，看他羞也不羞。

小和尚嘿嘿笑，在深蓝色的月光下，在逶迤山路上快活地奔跑。很快他跑出了幽深山谷，跑进了沸腾生活。他跑呀跑，跑过亭台楼阁，跑过百战沙场，跑过江南佳丽地，跑过塞北广寒天……有时跑得快，有时跑得慢，始终不曾停歇过。也不知道跑了多久，他又跑回了从前那座山。老和尚还在，只是老得更不成样子，眉毛都垂到胡子上了。

庙已倾颓大半，殿堂四周蒿藜满眼。

不再年轻的小和尚鼻子发了酸。

老和尚看见他，就像小和尚昨天才离开一样，笑眯眯地说，现在该轮到你给我讲一个故事吧。不管是童话故事，爱情故事，科幻故事，穿越故事，只要不是佛经上的故事就好。

小和尚想了想说，从前有座山，山上有座庙，庙里有一个小和尚。小和尚缠着老和尚，让他讲童话故事。老和尚说……

老和尚脸上的笑容越来越多，整个人都被笑容淹没了。

这故事真好，老和尚喃喃说了句，闭目圆寂。

小和尚的眼泪下来了。

【周伯星】

可能是因为一颗流星划过天际的原因，一个生活在公元 3016 年的人与一个生活在公元 2016 年的人，突然间彼此梦见。

他们有着完全相同的模样。就连兴趣与血型，乃至于女友的名字，也完全一样。

是可忍，孰不可忍。

他们不约而同地背过身，把对方的影子踩在脚下，还用力地踩上几下。

坏事了。他们脚下那原本坚实的时间出现了裂缝。一道光穿进来，照亮他们所置身处（或者果壳）。他们面面相觑，顺着这光朝时间的外面看了出去，又不约而同地惊呼出声——

他们发现自己都存在于一个生活在公元 1016 年的人的梦里。

更让他们郁闷的是，这个人还是大宋司天监一位脸黑体肥的官员。一个无知愚蠢的人。

在庭院里躺着的男人，看着天上西南角那个突然出现的"光芒如金圆"的窟窿，吓了一跳，从藤椅上一跃而起。左耳朵里有一个声音，"四月庚辰，周伯星见。所见之国，兵丧，饥馑，民庶流亡。"右耳朵里也有另一个声音，"四月庚辰，周伯星见。所见之国，太平而昌。"耳朵痒得厉害。他去掏耳朵，他的指甲很长，他掏出两坨耳屎。

世界清净了，睡意沉沉袭来。他重新回到藤椅上，慢慢睡着了。

他梦见了那个生活在公元 3016 年的人和那个生活在公元 2016 年的人。他们似乎想对他说什么，嘴里嘀嘀咕咕。他没有耐心听，近前吹了一口气，就把他们从自己的梦里吹没了。

"四月庚辰，周伯星见。所见之国，与我这个睡着了的人又有什么关系呢？"

他重新回到自己的梦里。

【司汤达综合征】

一个男人在书店邂逅了一个女作家。

说是邂逅并不准确。她是书店举办的读书会嘉宾。还有三个男人，是她的同行。他们在台上交流对这个世界的看法。主要是男人说。她在倾听。偶尔插上一两句话。

很奇怪，站在台下的他好像听见了她心底的嘲讽——对她那三个同行。尽管她的措辞毫无失礼处。他就是听见了。他与她交接了一个眼神，确信了这点。

这是只属于他们的秘密。

他心里涌起一股久违的异样激情（他曾觉得这种情感早已枯竭）。那还是很多年前的一个夏天，他在佛罗伦萨欣赏那些文艺复兴时期大师们的杰作，突然耳鸣，心悸，呼吸困难，脚下还不断拌蒜。医生说，这叫司汤达综合征，是"一种因强烈的美感而引发的罕见病症"，常见于那些狂爱艺术且极具鉴赏力的游客身上。

"一种因强烈的美感而引发的罕见病症。"他在心里端详了这句话约一分钟。

他想他应该是找到了余生的目标，即接近她，不再是她身边的游客，而是像空气一样无时不在她身边。也只有这样，他才有机会被治愈，就像那些对司汤达综合征有百分之百免疫力的佛罗伦萨人一样。

他用了三个月的时间成为了她的私人助理兼男友。这不困难。他有很好的颜值，还有足够多的才华与闲暇，以及耐心。她比他想象的还要好，不仅仅是她的灵魂。把她的灵魂装起来的肉体，本身就是罕世珍奇，毫不逊色于那些大师之作。但如何才能像空气一样无时不在她身边——当她独处写作时，他几乎要被这个该死的司汤达综合征折磨得心理崩溃。而他又完全没理由去推开那扇紧闭的房门。他都恨不得变成一只会用爪子抓着门板喵喵叫的宠物。

对的，哪怕是一只宠物，只要能随时相守。

他痛苦了一段时间，也犹豫了一段时间，下定决心去做了手术。

现在他是一条贵宾犬了。不管她上哪，她都会把聪明又可爱的它带在身边。她叫它"多多"，还亲手剪裁给它做了几件狗狗衣服。"多多"是他过去的小名。偶尔，她还会在它面前说起他，说自己很爱他。他为什么要突然消失了？这个时候，它会在她面前拼命地叫，说它就曾是他，她的前私人助理兼男友。可她就没有一次能够听懂，还很不耐烦地把它赶出门外。

它开始感到失望。终于有一天，当另一个男人进入她的卧室后，痛苦磨尖了它的爪子。它发起愤怒的攻击。男人被抓得头破血流。她大惊失色，把它扔出窗外。它用头撞玻璃，凄惨地叫。她用力拉上窗帘布。窗帘布上印满黄色的向日葵。她打算不要它了。它在窗户下继续叫。

它听见男人在屋内说，"猫发情了？"

它听见她在男人身下说，"估计是，得去做一个阉割手术。"

——如果这是不可拒绝的命运。是上帝的意旨。那么它也只能接受。心平气和地接受。它又想了一下，还是无法心平气和，还是深觉耻辱。

它看了眼头顶的天空，那是一片克莱因蓝，蓝得纯粹。它的心脏在这片孤独又纯净的蓝色中抽搐了下。它纵身扯落下窗帘布上那些黄色向日葵的图案，跳到这些窗帘布的上面。现在她伤害不了它了。哪怕她剪碎丢弃窗帘，它也还可以跳到她的枕巾、拖鞋、马克杯、手机后盖……乃至于她那年轻光滑的胴体上。

只要它想，它乐意。

【恳求】

两个少女，一个美，一个丑。

她们为此烦恼不已，就向菩萨祷告。菩萨现出慈悲真身，允许了。她们交换身体，把对方所承受过的不幸各自重新经历了一遍，发现其间种种不堪，远远超出自己的想象，自己所得要远远小于所失，就想换回自己原来的容貌。

她们再次向菩萨恳求。如果说虔诚是可以计算的，那么她们的虔诚比当日起码要多出一百倍。菩萨没有回答，始终没有。她们心中的怨恨一日多过一日，痛斥起菩萨的冷漠无情，各种诋毁诽谤。菩萨依旧一言不发。

她们终于心平气和接受了自己现有的容貌，嫁人生子，朝九晚五。这样过了三十年，她们的容貌不再有太大区别，有了一样的皱纹与衰老。所谓美丑，不过是草尖露水。

这天，她们在街头被一个奇怪的流浪汉拦住。流浪汉的头顶有呈髻形隆起的肉，嘴里有四十颗牙齿，眼神好像晴空一样澄美，声音洪亮又美妙。

流浪汉问她们是否想换回昔日容貌。

"这不困难。不过是一个五分钟内的逆生长。"流浪汉的瞳仁是深蓝色的。他所许诺的，远远超过她们三十年前所渴望的。她们心动了几秒钟，马上意识这并不是她们现在所渴望的。她们看了眼不远处的丈夫与孩子，还是不约而同地摇头拒绝。

"菩萨啊，我终于明白了你为什么要在三十年后才重新出现。"她们中的一个说道。

"我到今天才明白，我此刻所拥有的，便是这世间最好的。我只恳求你别太着急拿走它们。"她们中的另一个说道。

【泪珠】

那个黄昏，南京玄武湖边，一树粉红艳丽的樱花树底下，我与女友接吻。

我们如同两只刚刚长大的小鸟，在内心涌动的潮水上面，跌跌撞撞地飞过。

我吮吸着女友舌尖的甜，相信我们这辈子一定会比翼双飞。

圆脸的女友哭了，我想这是她激动的眼泪。奇怪的是，我在这颗晶莹透彻的泪珠上，突然看到一个瓜子脸的女人，一个只应该在我梦中出现的女人。她的容貌不那么吻合中国人的美学趣味，下巴的线条还有些偏硬。可她就像是真理，瞬间唤醒我对真理的热情。

一个深蓝色的音调出现在我心里。

带着奇异的声响沉沉落下——

我爱这个瓜子脸的女人，我不爱这个正与我唇齿相依的圆脸女友。

我没法再吻下去。牙齿锈住了。身体在变成生锈的铁。女友觉察到这一点，她惊讶地瞪圆她的眼。湖面上，一只水鸟飞向天空，另一只水鸟钻入湖底。是鸳鸯，雄的鲜艳，雌的灰褐。我痴痴地看着。鸳鸯没有终身夫妻，繁殖期一过，雄鸳鸯便会抛妻弃子。

"你在想什么？"

"想你脸上的泪珠。"

我替她抹掉眼泪，抹掉了我心爱的女人。

【鱼群】

小时候，女孩不懂尾生为什么要抱柱，觉得尾生太蠢。

后来她长大了，恋爱了。

她与情郎约在桥边相见。那是一个春风荡漾的夜晚。情郎迟迟未来。山洪忽然暴发。

"你如果再不来，我就死给你看。"她恨恨地想着，咬牙切齿。满脑子都是他抱着她尸首恸哭后悔的样子。

水淹没了她。水中鱼群围绕着她，犹如汉字的笔画。是一个句子，"激情比鸦片更易令人上瘾，最让人着迷的不是它能带来什么，而是它可能摧毁什么。"鱼群倏忽来去。句子叮叮当当，缓慢地消失在水声中。"人是一团无用的激情。"

少女的魂灵想了一会儿，就钻入其中一条鱼的身体。鱼的胸鳍处闪动着深蓝色的光。

现在，她自由了。

【侏儒】

失业的男人，与他六岁的儿子相依为命。

为了填饱肚子，男人捡起祖传手艺，开了一家只有一只猴子的马戏团。

他儿子不忍心这只可爱的动物被镣铐束缚，在一个美丽的黄昏，把猴子放归茂密山林。暴怒的父亲失手打断儿子的腿，这让他痛心疾首，抱着儿子的头放声痛哭，用最恶毒的话诅咒自己的无能。

夜深了，男孩拖着伤腿，挣扎着跪下，向神灵祷告。

他祷告了一千遍，神没有听见。

他祷告了一千零一遍的时候，一个魔鬼出现了，提出条件：马戏团还会存在，但他永远也长不大。

男孩马上答应了浑身发蓝的魔鬼的请求，没有任何犹豫。

所以，亲爱的人啊，如果你们有机会遇到那个只有一个断腿侏儒的马戏团，请不要耻笑那个无能的父亲，请坐下来耐心观看那个男孩的卖力演出。若有可能的话，也烦请给他捎上一句话："神早已听见他的祷告，但神需要这个马戏团。也只有当这个断腿侏儒登台表演的时候，他才能笑得涕泪交加，才能感受到自身的被需要。"

【婚礼】

"我想要一个肉体。上面有把锁。只有我的灵魂才能打开。"

一场盛大的婚礼上，一个衣衫褴褛的醉酒男人，向陌生的新娘提出请求。

他荒唐的请求得到满足。三个月后，新娘嫁给了他。

婚礼非常简单，只有他俩，只有一个男人和一个女人，和漫空蓝色的星光。

【天堂】

卖鱼的少女站在案板后，面无表情。（是套了一张没有表情的京剧脸谱吗？）

手中跳动的刀子闪耀寒光。

鱼在她手中徒劳地扭动，鱼鳞被剔去，指甲大小。

她的眼神与被剔下的灰色鱼鳞一样，黯淡无光。她不满意她的生活。渴望自己有朝一日，能够像手中的鱼一样，被人带走。带到哪里去不重要，带走后的命运也不重要，重要的是能离开这个污水横流、让人窒息的市场。

刀子在这时是一个几乎难以抗拒的诱惑，它意味着一个献祭的仪式，包含了冰冷，坚硬，让痛苦不再只是一个词语，还有一点鱼的腥味。

当最后一个买鱼人离去，少女把闪耀着蓝色幽光的刀尖贴近脸庞，小声抽泣。她为自己的懦弱羞愧难当。

我看着她灯下的侧影，一张接着一张，像是看见了一条闪闪发光的河流，像是看见了天堂。

【手指】

一个少妇，喜欢那种棉质的白领衬衫，不是商场里卖的这一件，也不是天猫店里面卖的那一件，而是被一个有着她初恋情人面容的英俊少年正穿在身上的那件。

哪里才能找到这样的英俊少年？

尽管中国的人口基数这么大，这种概率几趋于零。

少妇一直郁郁寡欢。

但，有一天，她真的就在地铁站里面碰到这么一个少年。

几只小兽跳进她的身体里面，让她胸脯鼓胀，指节酸疼。她站立不安，心慌意乱，小腹处有熔岩流动。她不得不用手紧紧地按住腹部，按住那滚烫。

车快要到站了，她要下车了。

她也可以选择不下车，选择尾随。

她开始哆嗦，脑子里有两个小人吵架。她的灵魂好像去了别处。她看着这两个小人不知道说啥好，做啥好。

就在这一刻，奇怪的事发生了。她全身猛地打了一个激灵。她目瞪口呆地看着自己的手指。她竟然控制不住它们。手指带着她来到了少年身边，并毫不犹豫地抓住了衬衫衣角。指肚与衬衫的接触面积不大，也就寸许。一种奇异的战栗，从这寸许处腾腾升起，迅速来到她的灵魂深处。

她的嘴在说对不起。

她的手指在轻轻地、反复地、捻着衬衫衣角。

她脑子里的那两个小人，都不约而同地闭上了嘴。

当车门快要合上的那一刻，她控制住了自己的双腿，她跳了出去，成功地跳到站台上。

还有比这个更幸福更快乐的事吗？

没有。

她哈哈大笑，几近歇斯底里。

这场笑声，犹如久旱的甘霖。

她在笑声中活了过来。现在，她不仅是一个少妇，还是一个女人，一个真正的人。

【公义】

一个男人被控犯下一桩谋杀案。

他是无辜的。大家都知道，包括一些逮捕他的，审判他的。基于"命案必破"的原则，他还是被投入大牢，被判无期。他抗争过，最后妥协。这让他倔强的老父亲愤怒至极，脑溢血，被送入老年公寓。他给父亲写了一封信。他知道父亲余生之中恐怕都不会认出上面的汉字，他还是要为自己的行为辩解：

我的悲惨命运，是一个颟顸腐败的官僚体系必然犯下的技术性错误。我不情愿，但它是有价值的。"命案必破"是国家给人民的承诺，我的个人不幸保证了这种公义在一个更大范畴内的贯彻实施。

他替凶手承担了惩罚。也有人说，他关于公义的观点受到惩罚。

他在狱中表现很好，堪称模范犯人，接连获得几次减刑。

他与几任管教干部的关系不错，还当了其中一位管教干部的家庭老师，辅导一个小男孩的功课。管教干部姓刘，大眼浓眉红鼻子，不算坏人，只是喜欢酗酒。因为酗酒误事，一直未能得到升迁。一个秋夜，刘管教再次喝得酩酊大醉。借着酒意，无缘无故殴打他。

他抹掉额头上的血，说，"过去你惩罚我，我认为你代表国家；你现在把我当成你发泄个人怨气的工具，这违背了公义。你会因此后悔的。"

他因为这番话遭到了更多的殴打。

几年后，他还是出了狱。他来到老年公寓看望过已经认不出自己的父亲，就回去用一根蓝丝带把那个聪明的小男孩吊死在监狱门口。他喜欢这个男孩，但他没有办法。

小男孩临死前问了他一句话，"叔叔，你为什么要这样做？"

他沉默良久，嘴里吐出两个字，"公义。"

他在小男孩的尸体边割开了自己的喉咙。

【归零】

她在自己还是一个文艺女青年的时候遇上男人的。

他忧郁泛蓝的眼神与健硕的身体诱惑了这个心有野马的少女。就与《巴黎野玫瑰》的贝蒂一样，她被他的文学才华所征服。她爱上他，确信他迟早有一日会成为大作家。

她不是贝蒂，她没有那样疯狂。

她脱下棉质长裙，到鞋厂做女工，晚上还去夜市摆地摊。

（在夜市上他们遇到一次，这让她深感羞愧；他也不再去夜市那条街散步。在以后的日子里，他们都心照不宣地从未提及这次尴尬的相遇。）

她拼命挣钱。在外面再苦再累，回家后能看到他坐在桌前文思泉涌奋笔疾书，也就不苦不累了。

他理所当然地享受着她胼手胝足挣来的一切，但也谈不上挥霍。他整日埋头于书案前，偶尔搁下手中的笔，揽她入怀，有时候还会怔怔地捏着她手掌上的硬茧——她的手掌曾是那样娇嫩，犹如缪斯的灵感，让他笔下的句子有了音乐的节奏。现在，作为灵感的她枯竭了；但作为生活本身的她却不断丰盈起来。

他注意到这种变化。

事实也确如她所期待的那样，他不仅勤奋，而且富有才华，具有一个大作家所应该具备的各种素质——只要他不断地写。

每个深夜，她不忘给他一个吻与一杯茶。

当他懈怠时，她也从不忘用各种方式鼓励他；当他说到想去看看西藏的布达拉宫，她二话不说立刻卖掉母亲遗下的黄金手镯。

他的名声一点点大了起来，像一个被她用力吹大的气球。她为此骄傲，自豪。

一天，一个眉目如画的少女找到她，说她不配他，宣布自己要嫁给他。

她看着少女嘴角的倔强，如同看到多年前的自己。她提出离婚。他含着眼泪同意了。一年后，他回到她身边，请求复婚。她同意了。他们相濡以沫。

许多年后，他成了一位著名畅销书写手，出版商手中的一棵摇钱树。他们过起了早年所不敢想象的上等生活。然后，他死了，是病死的，肺癌。

她以遗孀的身份处理他遗下的手稿。它们锁在一个从未被她见过的箱子里。

她看了一天，坐下来想了一个星期，把手稿全部投入火炉，就跳楼自杀了。

不是出于恨，而是出于爱。

他都不在这个世界上了，她又何必再滞留于此？她毁掉这些有辱于他声名的手稿，是为了保护他，成全他。

她对他的爱没有一分保留，是完全的，彻底的，自始至终的。

她不知道的是：恰恰被她认为淫秽色情的手稿，将成就她丈夫经典作家的地位——在他写下它们的时候，上帝读完了这些手稿。

现在这种可能已经归零。

【斐波那契螺旋线】

我不知道我为什么到了这里。

这个海螺形状的城市有一个很奇怪的习惯，把有钱人当嘴巴，把穷人当排泄器官。

后来有人告诉我，这个习惯并不为这个城市独有，而是众城的交集处。

我说，我去过的城市少，你不要骗我。

这个有着一双深蓝色眼眸的男人，笑着把一本书扔给我。

卡尔维诺的《看不见的城市》，薄薄一册。

我说我看过。他说你真的看懂了吗？他补充道，所有的城市其实就是一座城市，里面住着两种人，一种是奴隶，还有一种是想做奴隶而不得的人。

我很纳闷。问他是不是忘说了奴隶主。奴隶主与奴隶才构成对称。这是一条普适性的基础法则。

他笑起来。推开纱窗，指着外面的街道、各种建筑与众声喧哗，说，"要说奴隶主，倒也确实有。也只有一个，即这个城市。"

他尖锐的笑声是一把挑开面纱的匕首。

一道道流光溢彩的斐波那契螺旋线是那么威严傲慢，那么地美。

【遗书】

首先是邂逅，仿佛玫瑰花开。

捧着书本匆匆行走的少女，在街头拐角处撞到一个年轻男人。

微亮的晨曦下，他们匆匆忙忙地相爱了。

他的眼眸好像深蓝色的天空，她好像蓝天里的白鸟。他们的爱与童话里的公主与王子一样。可惜她怀孕的时候，年轻人因为家族遗传病猝然去世。她在医院做产检时，她母亲瞒着她做了基因检测。孩子畸形的概率很大。母亲劝她流产。她不顾所有人的反对，执意要生下肚里的孩子。

母亲在食物里面悄悄放下堕胎药。万幸，孩子还是保住了。她歇斯底里，赶走母亲，指着那个摔门而去的踉跄背影，对那个已经会用小脚丫撑起她肚皮的胎儿说，"看，这是一个要谋害你的凶手。"

孩子出生了，不是畸形，但是弱智。她含辛茹苦地照顾着孩子，尝尽辛酸悲苦，容颜也一点点衰老下去。有时她看着昔日相册，不敢相信那个明眸善睐的女孩就是曾经的自己。

孩子与他长得越来越像。她常看着孩子的脸庞陷入恍惚。这样的日子是幸福的。她想。可惜孩子十二岁的那年因为一场车祸意外夭折。她没有哭，也没有到肇事司机家大吵大闹。

母亲赶过来。她与母亲抱头痛哭了一场。

母亲说，"哭出来了就好，人总是要向前看的。"

她抹掉眼泪，喃喃说，"是的。日子总是要往下过的。"

过了几天，她自杀了。留下一封遗书，向母亲解释了这样做的理由。

她只是担心他在熙熙攘攘的亡灵中认不出自己。她的变化实在是太大了。她想，只要她是与孩子在一起，他一定就能够一眼认出自己，认出那个蓝宝石一样的自己。

【信笺】

一个年轻男人梦见自己化身万千，是城墙上斑驳的古砖、海水中近乎透明的一滴、被风摇动的青树、色泽艳丽的蓝色鸟羽、一个少女指甲上的角质层、男人唾液中的细菌，以及自己平素非常反感的几个同事。

这种梦见混淆了有机物与无机物的区别，人与禽兽的区别，雌与雄的区别，乃至于爱与憎的区别。

这是神的启示。是混杂着明亮与阴影的隐喻，是人对自身困境的阐释。

年轻男人醒了过来，感慨万千。随手在信笺上把这个梦记录下来。

他重新躺回床上，期待着梦的再次光临。

不管是什么样的梦，哪怕是一个满是蓝光的诡异梦境，他已做好了准备去经历。不，是亲历，就像一个人亲历自己这一生那样，用尽全身的气力。

天亮的时候，他再次醒了过来，头疼欲裂。

他怎么也想不起自己梦见什么。脑子里有一个黑洞。他抓起枕边的信笺，试图从中找出一丝蛛丝马迹。灰色的信笺上空空无一。

【承诺】

街头，在一座雕塑下，一个眼角有鱼尾纹的妇人与一个眉眼青涩的少年相拥相吻。

他们不是母子，是恋人。

为了让这场不被世人祝福的爱情，取得类似蝴蝶翅翼般的复杂对称，以及那些柔美绚丽的色彩，他们许下承诺：

下辈子，当他垂垂老矣的时候，他会遇上尚是明眸少女的她。

他们会再次相爱，就像七十四岁的歌德爱上十九岁的乌尔莉克，就像二十八岁的翁帆嫁给八十二岁的杨振宁，就像今天一样。

神祝福了他们，他们成为了雕塑。

【协议】

一个妇人和她的女儿，同时爱上一个男人。

两个女人在餐桌边谈判，谈了三天三夜。这让她俩都筋疲力尽。

为了结束这场单调冗长、让人崩溃的谈判，她俩终于达成协议，并在协议达成的那一刻，不无惊讶地发现：那个自私懦弱的男人根本不配她俩各自献出的感情。

她们的感情是那种最纯粹的蓝。

她们一起动手杀掉那个留着一小撮胡子的男人，投案自首，争先承认自己才是唯一的凶手。

【脏话】

午夜街头游荡的女子拦住一个面目消瘦的男人，说她能够满足他的愿望。

男人说他想把天上的星辰扯下来当作纽扣。

女子骂了一句很难听的脏话就走开了。她有一双漂亮的长腿。

男人怔了，这是他闻所未闻的，但他马上明白了它的意思。

这很奇怪，一个人怎么能明白他从未知道的呢？

男人来到女人面前，请她重复一遍那句脏话。女人蒙了。男人掏出钱包，再次郑重地提出请求。女人踩着高跟鞋，疯狂地跑开，一边跑一边大骂男人变态。

女人惊恐的声音断断续续地飘入男人耳朵里。

耳朵嗡嗡响，像一个奇怪的蓝色海螺。男人听了一会儿，眼泪流下来，原来世界是这样的。

男人回了家，在熟睡的妻子身边坐下。妻子醒了，揉着惺忪的睡眼，问他怎么了。

男人说他明白了。妻子问他明白了什么。

男人把那句脏话重复了一次。妻子脸颊生霞，清秀脸庞上有了涟漪。这是他在这张脸上第一次看到的动人景色。男人抱住妻子，紧紧的，就像是抱住了生命的火。他们开始燃烧起来。这是他们从未有过的欢愉。

【卡夫卡】

一个下巴上有颗痣的男人，梦见一篇小说，是卡夫卡写的。

那个衣着寒酸的保险公司职员趴在一张油漆斑驳的橡木桌边，手中握着一支浅棕色的羽毛笔，在一张皱巴巴的稿纸上哆哆嗦嗦地写着，眼神茫然，笔迹与头发一样凌乱。男人还是看懂了，尽管这是他从未学习过的语言，更神奇的是，一个跟鱼钩一样坚硬的细小声音，还在他的脑海深处找到相应的汉语，名词、动词、代词、形容词……词语跟砖头一样被垒砌，当他确信自己不可能再遗忘眼前这座奇异的建筑物，他醒了。

他颤抖着手，抓起床头的便笺纸，仿佛害了最严重的痫疾。他用了半个小时（应该说是飞快地）勾勒出属于那座建筑物上每块砖的大小、重量，再冲进洗手间，蹲在马桶上低声抽泣起来。

"我该怎么办呢？"他反复地问自己。他觉得自己就像中了六合彩，还不必戴墨镜把自己打扮成卡通人物去领这个奖。"我是多么幸福啊。"他反复感慨着，一直到脑子里出现数只色泽艳丽的鸟。

他匆匆出门，找了家打字店，把小说打出复印了数十份，再跑去邮亭买了几份文学杂志，又在废品收购站找到记忆里的另外一批。他在邮局忙了半天，才最终确定了这篇小说可能的伯乐——这不是件容易事，要把这些杂志至少通读一遍，才能筛选出每家杂志社那位水平最高的责任编辑。更令他愉快的是，当收发邮件的小姑娘瞳仁里的那只怪物又跳出来的时候，他没再落荒而逃，反倒情不自禁吹起轻快的口哨。当小姑娘偷偷举起 iPhone7s 时，他还朝镜头扮了一个鬼脸。

三个月后他没有等到他想要的结果。

仅有一封用蓝墨水写的回信，措辞是这样的：

这年头的年轻作家总以为，把"住某城的某先生"写成"一男子"会更有诗意。殊不知好的写作就应该把新闻写作的五大要项谨记在心：人、事、时、地、原因。这篇小说若想要发表，包括标点符号在内，都必须全部改过！！！

三个深蓝色的感叹号。一个比一个更粗。

他哑然失笑。这回他没有再跑到地铁上从始发站坐到终点站再从终点站坐到始发站。荒凉的日子已经一去不复返了。他又回到那个梦里，蹑手轻足把那几张皱巴巴的稿纸揣入口袋，还站在镜子前，冲着正手足无措躺在睡梦里的卡夫卡挤眉弄眼了一番；溜走没多久，他再从窗口攀回，把自己贴身口袋里藏着的羞怯、古怪与孱弱，一股脑儿都塞入床头挂着的那件黑呢子大衣里。

他吹着口哨，把这几张稿子的复印件，与一个"他祖爷爷与埃丝特·霍费"之间悱恻动人的爱情故事，分别寄给了德国文学档案馆和以色列国家图书馆。十七天后，一家名称为"卡夫卡财产委员会"的组织找到他。手稿得到确认。这是一件严肃的事情。他拒绝了一位神秘藏家报出的一百零一万欧元的收购价，绷紧着脸，耐心地向着蜂拥而至的记者解释它的来龙去脉。他没法不热泪盈眶，这些手稿上的每个字曾在他心里有过相应的位置，并掀起过一阵阵惊涛骇浪。他滔滔不绝的演说赢得了文坛瞩目，以及小姑娘的爱情。人们惊讶地发现：他不仅是一个卡夫卡手稿继承者，更是一个伟大的文学家、思想者。

【小镇】

一个小镇，就在地球的那一端。

据说它是由造物主创世之后的喜悦分娩而出，那里的人从来不必为幸福烦恼，到处都是鲜花，树上结满果实，连最凶猛的野兽路经那里，也会心甘情愿地吃起素食。

只有最幸运、最有智慧与勇气的人才能到达那里，其间要涉过一千零一条河流，翻过九百九十条大山，沿着一条不知什么时候会从空中悬落的绳梯爬上万米陡壁，再坐上一只名叫达达的鹰的翅膀，去经历一场长达七个昼夜的飞行。

对小镇的追求是每个人与生俱来的权利。

但有一天，一个好事者惊讶地发现，自人类知晓了小镇的存在后，至少有四十三亿零二百一十四人丧生于这趟艰难的旅程。好事者急不可耐地公布了他的发现。这个骇人听闻的数字，在引起了最初的恐慌后，又引起了更普遍的愤怒，人们把好事者吊死在广场上，又不得不把更多的造谣者吊死在广场上。

最后所有人一致同意：有关于小镇的一切皆为禁忌。若有谁胆敢违反，就立刻吊死，再割下死者的头颅，当成足球的替代品。

他们的努力收到一定成效。

可就当他们几乎要把小镇彻底遗忘的时候，一个小镇来人出现在广场上。没谁知道他是怎么来的。或许是踩着露水从天而降；又或许是伴随着东方第一缕晨曦而生。

人们交头接耳，窃窃低语。

尽管他衣着朴素，脸容闪烁不定犹如星辰，所有人还是一眼认出他的来历，因为每位小镇来人头上一律戴着一束蒺藜花冠。更令人恼火的是，他的左手还握着一朵玫瑰，右手拿着一块面包。那是一朵怎样的玫瑰啊！不管他从花枝上摘下多少，花瓣总数不曾减少一瓣。那又是一块怎样的面包啊！不管他从面包上撕下多少抛入人群，面包始终完整喷香。

这是神迹。

人们情不自禁地围上前，饱含眼泪，颤抖着手指匍匐于地，亲吻小镇来人的足迹，祈求他原谅他们的无知与恶毒——尽管他必定于翌日神秘消失后，他们便要开始小声提起那个好事者所阐释过的事实，"他带来的其实不是希望，而是更深的绝望。"

这样的历史周而复始。

一直到某日清晨。

一个脸上有颗滴泪痣的妇人，吃掉了面包，舔干净掌心的面包屑，把脸深深地埋入玫瑰花瓣里。当小镇来人靠近她的时候，她从玫瑰花瓣里抽出了匕首，用匕首捅入他的腹部，还在其中用力搅拌了两圈。"我杀死了他。"从小镇来人腹部流出的血是深蓝色的。妇人呻吟出声，浑身上下好像浸泡在暖瓶里，并模模糊糊地意识到：这可能就是幸福。她把沾了蓝血的刀子抛向围过来的人群，快活地叫道，"我杀死了你们的神。"

妇人成了人们跪拜的图腾。

所有人都不明白自己为什么要跪拜，可既然别人已经跪拜，自己跟着跪拜也是应该的。妇人也想不起来众人朝自己跪拜的缘故。短暂的困惑后，她愉快地接受了这个现实。

　　——关于小镇的一切终于被他们彻底遗忘。

【白骨精】

　　少女在深蓝色的河水中祈祷。水下有数十条纳氏锯齿鲤在啃着她的下半身。

　　如果说这种有着鲜绿色的背部和鲜红色的腹部的鱼群是花瓣，容貌清丽的少女便是花蕊。

　　花蕊上还有颤抖着的露水。

　　那是少女痛苦的眼泪。

　　如果说纳氏锯齿鲤又名食人鱼，在岸上的人也就应该明白了她为什么会这般痛苦。

　　为了摆脱这个可怖的现实，少女开始向上帝祷告。

　　鱼群的数量没有减少。

　　她想，"那是因为我还不够虔诚。"

　　少女继续祷告。

　　当鱼群把她啃成一具白骨后，少女疑惑了，"我还要如何才能证明自己的虔诚？"她停止了恐惧与战栗。她不再三拜九叩，五体投地。

　　她望着水中的那具白骨，终于发现了生而为人的命运。

　　她笑起来说，"我不姓肖，我姓白。我是白骨精。"

【柔荑】

男人喜欢女孩的手。每晚入睡前都要紧紧攥住。

"要是不能牵着你的手，我怎么能睡得着？"男人喃喃说道。

女孩觉得很幸福，深信这即是爱。

女孩每日下厨为男人煲汤。

某日，她的手不小心被烫伤了，尽管及时到医院敷药，手背上还是有了一个难看的疤。

男人离开了女孩，另结新欢。一个很普通的圆脸姑娘。如果说女孩有一百分，那姑娘勉强能打六十分。大家替女孩打抱不平，骂男人瞎了狗眼。

女孩也很痛苦，日益憔悴。去问原因。

男人给出奇葩理由，说女孩手背上的疤硌得他晚上睡不着觉。

圆脸姑娘虽然普通，确实有一双漂亮的手，纤细、柔软、白净。

故事到这里并没有结束。女孩的闺蜜是女汉子，找到那个圆脸姑娘，二话不说用刀子在姑娘手背上划了一道长长的伤口。

"你还爱她吗？"闺蜜怒气冲冲地指着男人的额头。

男人没有回答。他所有的心神都被闺蜜这只愤怒的手吸引住了。

"为什么非要去爱一个人的心灵，不可以去爱一个人的手呢？心灵何其复杂幽暗，而手又何其简单纯粹，手之美丑，从来就不会撒谎骗人。腕白肤红玉笋芽，调琴抽线露尖斜……"

男人说了一天，又说了一夜。

天快亮的时候，他紧紧攥住闺蜜的手睡着了。这是一个深蓝色的迷人夜晚。

【伴娘】

男人有一个未婚妻，无论从哪个角度来看都是再适合他不过的，性格温柔，长得也美，长发杏眼。关键是合拍，齿轮互相咬合的那种。他也深觉幸运。

"金风玉露一相逢，便胜却人间无数。"

他的名字里有一个金字，未婚妻名字里有一个玉字。他想这是古人提前一千年前就给自己送出的爱情祝福。

未婚妻找来闺蜜，要请这个健壮、腿短而粗的大龄女青年当婚礼上的伴娘。闺蜜姓钱，金钱的钱。

他不喜欢这姑娘。从第一眼看到就不喜欢。

虚荣、腹黑、傲娇、刻薄。坐下没多久，就喋喋不休，还用一种无比鄙夷的神情看他。

夜深了，未婚妻让他开车送钱姑娘回家。他答应了。一路上他都没有说话，也没往副驾驶的位置看上一眼。车快到的时候，钱姑娘冷不丁地说，"她是个婊子。"他没吭声。钱姑娘提高声调，"我说她是个婊子，烂货，娼妓。你没听见？"她一字一字吐出他未婚妻的名字。他停下车，"你说谁？"她看着他的眼睛，又慢慢重复了一次，嘴角还有着极为怪异的笑容。

他挥出拳头。她反击。

他们俩在车内搏斗起来。

他以为自己会掐死这个出言不逊的恶毒女人，可奇怪的是：当他掐着她的喉咙时，他突然听见一只老虎的吼声，汹涌澎湃。"人心似困兽，虎啸入深林。"他眯上眼再睁开。老虎在叫，拖着长满倒刺的舌头。他改了主意，开始近乎疯狂地蹂躏她，她迎合了他。这是他与未婚妻在一起时从未有过的体验，不再是齿轮，而是雄虎与雌虎的撕咬，没有半分愉悦，只是凶猛。

她的牙齿离开了他的肩膀。牙齿上沾着血。是他的血。幽暗车灯下，微微泛蓝。

她没再说话，披好衣裳，踉跄着下车。鼻青脸肿的她在进屋前深深地看了他一眼。

他婚礼那天，还是她做的伴娘。

尽管她化了浓妆，他还是一眼就看到她体内所匿伏的那只大型猫科动物，看见了它的虚荣、腹黑、傲娇、刻薄（这些真实不虚地构成了虎的形状）。

老虎天真而又残忍。他想了想。

"你是我的。"他听到了自己的咆哮。

他娶了她，娶了钱姑娘。他们是完美的一对。

【承诺】

一个穷小子爱上一个白富美。毫无疑问，穷小子在这种时候肯定还是一个傻小子。

他准备去干一件惊天动地的事，死不要紧，只要白富美的目光能在自己的名字上停留一秒钟，那也是好的。可惜现在已经不是一个约翰·辛克利刺杀里根总统的时代。人们的眼球很难在一条新闻上保持超过三秒钟。

更何况，白富美根本不知道里根是谁。她迷金秀贤、李敏镐、李钟硕、金宇彬，对了，还有最近冒出来的宋承宪。她能把这些韩国长腿欧巴的出生年月、星座、血型、身高、体重、习惯、特长倒背如流，但不知道为什么有人会吃不饱饭，不知道为什么有人吃到吐还在拼命往嘴里塞食物，不知道这世上除了这些长腿欧巴之外的任何事物。

这是一个愚蠢而又美丽的雌性生物。

穷小子为自己愚蠢而又绝望的爱，伤心难过。

愚蠢是他们的共同点。不同的是：她的美丽，他的绝望。

"如果不能让她爱我，起码可以让她恨我。"他想了几天几夜，一个念头冒出来。他要杀了她的父亲。他花了一周时间，摸清了她父亲的作息规律，工作习惯，各种嗜好……这是一个好父亲、好丈夫、好男人。这不足以改变他的决定。可当他拿起锤子准备朝那个老男人扑过去的时候，他的手不再听从使唤。

老男人回头看了他一眼，"为什么要跟踪我？"他想逃。腿就是挪动不了。老男人有一双蓝宝石般的眼睛。他结结巴巴，"因为，因为，我，爱，你……"他是想说我爱你的女儿，意外发生，一辆失控的出租车冲过来，他下意识地上前推开老男人。

穷小子躺进医院，无大碍。老男人来探病。在一块深蓝色的窗帘下，他们聊了起来，聊了许多许多。聊得越多，他越能发现老男人的智慧与幽默。

这样一个男人为什么会培养出这样一个女儿？

他非常困惑，问出声。

"她不是我的亲生女儿。"几年后，因为一场意外快要死掉的老男人终于回答了这个问题，"这是对背叛的惩罚，孩子。"

老男人把所有的钱都给了穷小子，这只是一个技术问题。

一夜之间，白富美和她母亲沦为赤贫。为了填饱肚子，母女俩不得不卖笑为生。

有人说穷小子是一个残酷无情的家伙。

他们不知道，他只是在严格履行对老男人的承诺。

【佳话】

那还是民国年间的事。

南京城里有一个出身小康之家的少女，生得美，而且今天总比昨日更美。到碧玉年华，就有了美不胜收的意思。众人惊艳，前来赞美，说这少女之美犹如珠宝，可惜生逢乱世，要不铁定是皇宫娘娘的福分。她父亲顿足长叹，言说祸事将近。让女儿万不可轻易出门。只是在外面放出风声，说是女儿的脸被锅中热油所溅，已然毁容。

被禁足的女儿不解父亲所为。父亲说匹夫无罪怀璧其罪。

女儿说我是人，不是璧。

女儿偷偷跑了出去。然后……然后就是"耕者忘其犁，锄者忘其锄。来归相怨怒，但坐观罗敷"。数日间，上门提亲的媒婆络绎不绝。父亲婉拒。把女儿痛斥一顿，还拿刀想在女儿脸上划上几道，终不忍，掷刀于地，说是福不是祸，是祸躲不过。

就有大人物为其子托人前来提亲。

大人物是一个心狠手辣、杀人如麻的家伙。他儿子也是一个出了名的弱智儿。这场婚事万万答应不得。不能眼睁睁地把女儿往火坑里推。父亲想变卖家产，带着女儿偷偷离开这个六朝古城。

计划的前一半得以顺利实施，但结清房屋尾款拖延了数日，被有心人告密。

勃然大怒的大人物把后悔不迭的父亲投入监牢。

女儿无奈，去央求大人物，仰起一张梨花带雨的脸庞。大人物看了，怔了，踌躇半天，一叹，说我今天总算明白"我见犹怜，何况老奴"这句话是什么意思了。就放了那个在监牢里惊吓恐惧的男人，认了少女做干女儿，又以干爹的身份给她说了一门很好的亲事，还赠送了一大笔贺礼。

是为佳话。

故事到这里并没有结束。又过了一些年，国家鼎革，大人物落了难，妻子皆死于战乱之中，即捧钵于街头行乞，偶尔佯歌狂哭，人谓疯子。就有一个圆月当空的秋夜，已为人妇的她，在一座石拱桥边邂逅了他，一眼就在那张满是污泥的脸庞下认出他。

她把曾经的大人物带回家中。她与丈夫平和地分了手。说要嫁给他。

年逾花甲的大人物不解她为什么要这样做。每一根神经都紧绷着，越绷越紧。

她问他是否还记得他们的第一次见面。他说记得。她说，我第一次看见你就爱上了你。当时不敢说，现在我终于有机会说了。感谢老天爷。他说他不配。

楼馆劫灰，美人尘土。时移物换，唯爱不可辜负。她看着他的眼睛，说了一遍又一遍。

他们在一起了。现世安稳，岁月静好。

他们在同一日去世。她因病先走了半个时辰，他便紧紧地跟了过去。

【遗产】

一个作家生前籍籍无名，死后，莫名其妙地大红大紫。

许多记者登门采访他的遗孀，那个小眼睛、大饼脸的体形臃肿的中年妇人。

妇人在经过最初的不知所措后，开出了接受采访的隐秘条件：第一，她只接受男记者的采访；第二，采访必须在床上进行。

她的愿望得到了满足。

"这是他留下的唯一对我有意义的遗产。"容颜凋零的她拉开深蓝色的窗帘，让整个身体都沐浴在金黄灿烂的阳光下，再转头对着躺在床头满脸困惑的男记者解释道：

"因为你们，我才感受到自己是在活着。"

【老虎】

去年夏天，一个阳光灿烂的下午，一个男人在商场购物时，听见困在自己心中那头可怖野兽的吼声。他抓起菜刀，想砍死这头野兽。

他被视为疯子，被匆匆赶来的警察击毙。

鲜血流在地上，是一头老虎的形状。他被蒙上白布，抬上担架。老虎从地上爬了起来，大摇大摆地吃掉了那些围观人群的灵魂。

——有多少人看见了这只老虎，并且未被它吃掉灵魂？

——也唯有看见了这只老虎，并且未被它吃掉灵魂的人，才有可能真正理解"事实"本身。

少年来到商场，踏足于男人被击毙之处，他想给他的情人购买一朵深蓝色玫瑰，一种神秘的战栗突然笼罩了他。

【胖子】

两个胖子，一男一女，一对恋人，坐在公园的长椅子上谈爱情。

椅子塌了，他们在地上滚成一团。

路过的人看着有趣，就把他们当成球踢来踢去——他们的苦痛是路人欢乐的来源。幸好，苦痛的时间不算太久，很快，在"嘭嘭嘭"的响声与路人的欢畅笑声中，他们也就真的忘掉了自己最早来公园的目的，努力在地上滚来滚去，还互相用力地撞击，以便逗乐大家。

黄昏来了。路人们如归巢的鸟儿一一回家。

两个筋疲力尽的胖子在马路两边认出彼此。

他们如梦初醒，还颇有点儿尴尬与难为情。

他们浑身上下一样的伤痕累累。

他们中的一个结结巴巴地说，"对不起。"

他们中的另外一个迅速说道，"没关系。"

是啊，这些伤痕有什么关系呢？夜晚深蓝，风把它们吹到一起。现在，他们可以靠在一起继续讨论爱情，而不必再担忧有谁来打扰。

他们蹦蹦跳跳，一前一后越过那张突然垮掉的长椅。

【骗子】

一个骗子，骗过许多人，无一失手。

他最擅长的是扮演。他扮演律师，在法庭上打赢了几场全国轰动的官司。他扮演学者，还登台全国最有名的学堂为众多莘莘学子讲课。他扮演医生，在手术台上挽救过数位绝症患者。他扮演农人，栽种收割时，手脚之麻利，让那些干了数十年的农人也自愧不如。他扮演情人，再铁石心肠的女人也会如鲜花开放……他成功扮演过这世上所有的角色，可他终于腻味了这一切。

"我能骗过所有人。可我能骗过我自己吗？"

这在逻辑上是一个悖论。哥德尔提出的不完备定理在数学层面对此有过描述。"任何一个形式系统，只要包括了简单的初等数论描述，而且是自洽的，它必定包含某些系统内所允许的方法既不能证明真也不能证伪的命题。"

他扮演过数学家，很喜欢那个奥地利裔人。这个定理所适用的范围将远远超过人们的想象。但问题是："我能骗过我自己吗？"对他而言，已经不是一个逻辑问题，而是关乎自身存在的价值与意义。

这个人类有史以来最厉害的骗子，决定去实现一个匪夷所思的，也只有上帝才知道的计划。

用了三十年的时间，他骗过了他自己。

在他临死前的那个下午，他深信自己只有一个再庸常不过的人生。

"太无聊的一生。真是不甘心啊。"他独自在病床上卧着，混浊的眼睛里满是遗憾。

他的孩子都在外地。他的妻子早在三年前就已告别人世。

上帝来到了他的病床前。

【等待】

可能是自幼失怙的原因，少女长大后有很重的恋父情结。喜欢老男人。

她很美，珠宝一样。

那些老男人对她的青睐无不心存感激，尽管她从未开口索取过任何财物，他们还是心甘情愿地在床柜边留下钱与各种礼物。最初，她迷惑不解；后来她想通了缘故，为此深感痛苦——这是他们能表示感谢的唯一法子，可这种法子没法不让她把自己视作妓女。这让她内心倍感煎熬与屈辱。

她想忘掉老男人。与同年龄段的男孩谈恋爱，试图去感受一个正常女孩应该感受的那些。但老男人就像是她的药，已经成瘾，难以戒断。她与几个男孩的恋爱关系皆因此终结。她去找心理医生。一个非常有魅力的老男人。在看到他的第一眼，她心里不由自主地轻叫一声，"完蛋了。"

她本想倾诉病症，话一说出来就彻底颠了个，她说自己憎恶老男人，说可能是小时候被叔父家暴后留下的心理阴影。

她在与心理医生的交谈中，重塑了一个完全不同的自我。

她模模糊糊地知道自己为什么要这样做。她想他爱她，像一个父亲那样爱她。每次她离开他的办公室，总是一身汗水，两腿打战。为了平息内心躁动，她去附近酒吧，与任意一个上前搭讪的老男人发生性关系。她痛恨这样的自己。她不知道的是，每次当她这样做的时候，那个给她提供心理辅导的老男人，会在夜里用缠满刺的鞭子狠狠地鞭笞自己裸露的上身。她所做的一切，尽落于他眼里。他知道，他明白，他懂得。

她会是他一生的挚爱，是他活了四十六年所苦苦等待的天使。他可以为了她失去一切放弃所有。但他此刻什么也不能做，不能说，只能是等待。等待她知道，她明白，她懂得。她是他生命的起点与终点。如果她自始至终无法理解这一点，他只能这样继续等待下去。

【伊莎贝拉】

一个性格古怪的男人，宅，经常十天半月不出门。房东十八岁的女儿好奇他是干什么的，挑了几个洗净的水果来敲门。他把门开了一条缝，表示感谢。

昂首的少女推门而入。

房间里到处是颜料与画。少女说，"你是画家？"

他更紧张了，说自己只是一个热爱绘画的人，到今天为止也没有卖出一幅画。

"那你就是一个籍籍无名的画家。"少女下了断言，"画家就是画家，再怎么籍籍无名，也是画家。"少女在房间迈开大步，"我在《读者》上看见一个国外的故事。说有个画家，常去街头拐角处买黑面包。卖面包的女人可怜他，偷偷给了奶油面包。结果坏事了，画家是用黑面包擦线条的，换成奶油面包后，就把画家辛苦绘了好几个月的油画给糟蹋了……"少女看着已经快要眩晕的男人，抿嘴一笑说，"你能替我画一张肖像吗？我付钱，或用房租抵。"

少女在窗口坐下，手搁在膝盖上，眼神不无促狭，"我总觉得我是画上的人，就是那种18世纪欧洲宫廷画。"

黄昏的光线落在少女肩膀上。男人注视着眼前景象，心里有了一种极为奇异的感觉，好像整个人都漂浮在深蓝色的海面，被潮汐缓慢地抬向水的巅峰。

"伊莎贝拉。"男人含糊地嘟囔了声，点头应允了少女的请求。

男人拿起画笔。

他画得太入迷了。不知道什么时候，他把自己也画进画布。这个二维世界完全超出他固有的理解与想象。比如那个让他怦然心动的少女，以及他的怦然心动，其实就是一堆颜色深浅不一的线条，并且显然不吻合这个平面世界里的美学逻辑。

他想了想，决定给这些线条做一些调整。把曲线拉直，把折线画曲……一种近似狂喜的激情逐渐笼罩着他，他有点儿手足无措。他确信自己能绘出一张绘画史上关于伊莎贝拉最美丽的作品。

画被撕碎了。幸好他躲得快，要不他也要被撕成两半。

少女尖叫起来，"这是我吗？"

少女怒气冲冲的脚从画布上重重踏过，摔门离去。他的意识回到身体里。少女没有说错。那张被撕碎的画布上只有一堆杂乱无章的线条。

【咖啡馆】

一个作家，每个周六下午，都会收到一个叫玄仪的女人的来信，不是 E-mail，是用钢笔写在信笺上的，字迹工整清秀。她喜欢他的作品，觉得他是一个有智慧的男人。她常向他倾吐心事，从不渴求回应——他也敏锐地注意到这点，也无意回信去打破这种只属于他们俩的默契。

这是美好的事。一个人在说，另一个人在听。

他在耐心地等待玄仪的最后一封来信。这是迟早要发生的事。也许他在上周六接到的那封来信就是玄仪的最后一封来信。

他喜欢这样，也渴望这样。就像鸟收敛起翅膀。他想，玄仪是能够清楚他的渴望的。他在刚出版的新书里，也毫不掩饰了这点。在这本新作里，他以玄仪为名，创作了一个女主人公，还把自己了解到的关于女性所有美好的品质，赋予了她。

他想，玄仪会高兴的。

让他吃惊的是，玄仪来了一封措辞尖刻的信。说他是偷窥狂，是猪狗不如的东西，是下流与恶毒的综合体，并诅咒他早点儿下地狱。

信笺有几处被钢笔戳破了，他能想象得出玄仪的愤怒。尽管他不明白这是为什么。

他想了几天，决定出门去呼吸下新鲜空气。

他在街头一家名叫深蓝的咖啡馆遇到一个女人，她叫玄仪。她就像他在新作里描述的那样，一头栗色短发，一个很有雕塑感的鼻子，一双好看的杏仁眼，双眼皮。她在与闺蜜低声聊天，脸上有泪痕，颈脖有着天鹅一样的洁白与秀美。

他还是听见了。他皱起眉头。

如果他没有听错的话，这个叫玄仪的女人，就与他在新书中所描述的基本一样，包括她的男朋友的名字，甚至于她曾经历的一些不堪。

世界是怎么了？他有点儿毛骨悚然，不无疑惑地四处张望。很快，他想起来，在他的新书中，他也曾坐在这样一间咖啡馆里，在玄仪与她闺蜜的桌旁边，不无疑惑地四处张望。

这个玄仪与那个写信给自己的玄仪是同一个人吗？

他下意识地把滚烫的咖啡倒入喉咙，又突然想起，在他的新书里，这杯滚烫的咖啡将引发他的咳嗽及心力衰竭。

他将死去，倒地，四肢抽搐。而玄仪，噢，亲爱的玄仪，在他倒地后会毫不迟疑地赶到他身边，一边用力按压他的胸腔，一边把她鲜花一样的嘴唇紧紧地贴住他的嘴唇，让生命的气息按每五秒一次的频率，吹入他的身体。

他的眼眶里溢出了泪水。"玄仪。"他在喉咙里含糊地嘟囔了声，剧烈地咳嗽起来。

【聪明人】

一个公园，生意清淡。门口还挂着一块木牌，"犬类不得入园"。

老板愁眉不展，长吁短叹。一个聪明人就向他建议，在木牌上再加几个字，改成"傻逼与狗不得入园"。生意一下子火爆起来了。老板眉开眼笑。

有动物保护组织提出控诉，说这侮辱了狗。扬言要打官司。老板没办法，只好恢复原来的木牌。生意也眼见着再次冷淡下来。

老板问聪明人有什么办法。聪明人想了想，就把木牌上的内容改成

"动物保护组织成员与狗不得入内"。很奇怪的是,生意果然又好了起来。

就有一个女人过来,声称自己是动物保护组织成员,若不取下木牌,她就在公园门口自焚。

老板吓坏了,问聪明人怎么办,人家可是有信仰的人。众所周知,人这种古怪的生物从来就不惮于为信仰赴汤蹈火。

聪明人说,这是好事啊。

聪明人训练好几只狗,每当这个女人要自焚的时候,就让狗扑上去,咬住她的衣角不松嘴。

公园门口一时人流堵塞。大家都赶过来围观,看着那个手足无措的女人乐不可支。

老板的皮夹子在笑声中迅速鼓胀起来。

又过了一段日子,聪明人成了女人的情人。他们的表演成为公园的固定节目。他们一起为老板的事业努力奋斗,奋斗终生。

【女儿】

一个出身大富之家的少女,在她十八岁生日的那天突然开口说话,这让一直以为她是哑巴的家人惊骇不已,以致谁也没有真正听清她说了什么。

更不可思议的是,翌日,她便在城里最著名的夜总会做了一名脱衣舞女。这种可怕的"堕落"犹如五雷轰顶,她眼含热泪的母亲在目睹舞台上的那个美艳的裸体后,跌跌撞撞回了家,宣布与她断绝母女关系。少女古怪的行径引起轩然大波。她的艳名让盲眼聋耳之辈也皆知晓。

据说她的身体是流淌着蜂蜜的天堂,也是燃烧着蓝色火焰的地狱。

男人们在她挂着灯笼的房前心甘情愿地排起长队，再心满意足地离开。女人们则用自己所能想出来的最恶毒的语言唾骂这个不知羞耻的东西。

她恍若未闻，平静地走着，跳着，躺着，也妖媚地笑着。

这样过了数年，一个冬日极寒冷的下午，少女从床上醒过来，听见风拍打门发出的咯咯声。廊下没有男人。屋子都嵌在一个晶莹剔透的世界里，嵌在一种冰清玉洁的气息里。雪地上有鸟雀似有若无的爪印。更远处的山林有着很深的寂静。她脸上浮现出笑意。这是一种奇怪的表情，像是一只飞出樊笼的有着蓝色翅翼的鸟儿。她把多年攒下的首饰珠宝打了个包裹，寄给城里的一所孤儿院，拿起剪刀铰掉长发，用清水洗去脂粉，穿上从箱底翻出的粗布素服，独自步行去了城郊的平安庵，做了一名晨钟暮鼓的尼姑。

没有人知道这是为什么。

三十年后，大家忘了这段往事，除了她躺在病床上弥留之际的母亲。老人迟疑地伸出干枯的手掌。女儿握住，没有像往常那样口诵佛号，而是坐下来慢慢说道：

也许是我的不幸，上天给予我的并非是某种文学艺术方面的才能，而是感知的禀赋与对道德的敬畏，并据此预见其未来。还记得我八岁那年发生的那件事吗？

女儿的声音是那样平静：

我失手打碎古董花瓶，那个据说是帝王也非常喜爱的掐丝珐琅景泰蓝。你却把愤怒一股脑儿地倾泻到那个赢弱的佣人身上，用鞭子抽了他二十一下。他眼睛里的恨令我害怕。我尖叫，那是我的喉咙里发出的第一个声音，尖厉短促，你没有注意到。在那天下午，我清清楚楚地看到了在这个家庭里即将发生的事。我得做点儿什么。

女儿把母亲的手掌轻轻握在手心，继续说道：

因为我的行为，父亲就是一个可笑又可怜的人。他的名誉被污损。与他一起巧取豪夺的伙伴迅速遗忘了他。而在我身体上发泄过愤怒的人们也饶恕了他。所以当二十五年前那场天翻地覆的大革命来临，他活了下来，得享高寿；你也是。

母亲眼里流出谅解的泪水。她心满意足地死了。她没有听见女儿说的最后一句话。不过这显然已经不重要了。

这个声音极微弱，与一只蚊蚋振动的翅翼声差不多。它在女儿的口腔里飞了出来，不无憎恨地看了眼僵卧在床的老人，就朝屋外飞去了。飞得很快，一下子就来到了一座坟堆旁边。这是他在五年前的葬身之所，是她父亲。

"一个女人爱上一个男人，要么是情不自禁地忠贞于他——她是他的，是他不可侵犯的神圣财产；要么是把自己交给除了他之外的任意男人——因此而来的距离保证了她的爱，能够在光阴中隐秘地膨胀。除此之外，也就只剩下那些一丝不苟的平庸。"

【憎恶】

没拿车马费就远道赶来的媒体朋友们，你们好，今天的大雨足以证明你们的八卦热情。众所周知，八卦比真理更接近事实真相，所以我必须向你们坦白，一丝不挂地坦白。

上周在我身上发生的事确实有点儿诡异，你们中间的一些朋友，在网上发帖，认为我是不是被鬼附了身。朋友们，我向你们保证，这不是一档《走近科学》的栏目，而是一场……《罗辑思维》的罗胖子的口号是哪六个字？有种！有料！有趣！

首先，我必须承认，是我用油漆，在我爷爷的墓碑——那块上好的、价值五万元、由有关部门出资建成的黑色花岗岩上，写满了"Thief"这五个英文字母与"小偷"这两个汉字。老实说，我很想用世界上所有的语言（不包括日文）把这五个英文字母与这两个汉字所要表达的意思都强调一遍。可惜我当时忘了用手机去求助谷歌翻译……必须是谷歌，起码它诚实，不会像百度那样搞什么竞价排名。

我是不是失心疯了？

朋友们，这是咱们国家首屈一指的精神疾病鉴定中心出具的诊断报告。是复印件，但请相信它的权威性。请放心，伪造这种材料是违法的事，我不会干。我可不想在监狱又或者精神病院里接受你们的采访。好吧，让我们回到问题本身，我为什么要这样做？

是的，一部分原因，你们也知道，我在网上也看到了，我爷爷作为一名赫赫有名的抗日功臣，用一辈子的时间攒了五套价值三千万的房子，却没有给我留下一平方米，噢，是一毛钱都没留给我，就像他不是我亲生爷爷一样，这真是太奇怪了。我都以为他不是我的亲生爷爷，还在他盖棺火化前，偷偷弄了点他的头发与指甲，去做 DNA 检测，结果证明我确实就是他如假包换的孙子，这可真是一个令我沮丧的鉴定结果，大家也可看看。

一个爷爷为什么要这样对待他可怜的亲生孙子？这有悖人伦。我整个人都不好了。我得弄清楚这是为什么？砸锅卖铁也要去搞明白。要不我没法干别的事了。

大家别笑，设身处地想一想，假如你们是我，会怎么办？这是房子的问题，也不仅仅是房子的问题。上帝保佑。我终于找到答案。大家看见了我手中这个笔记本了吗？皱巴巴的，被水浸泡过，是我在废品收购站里找来的。我跟只蠹鱼一样，在收购站的旧纸堆里钻了整整一个月。

是我爷爷晚年的忏悔录。每个字都是他亲笔书写。这是专家出具的笔迹鉴定报告。

我向大家保证，绝对物有所值。现在拍卖开始，起价十万。每次加价一千。

这里，我可以向大家透露一点内幕：我爷爷偷窃了本该属于他战友的荣誉。他本身却是一个屈膝投敌者，却阴差阳错成为忠诚的化身。他当年的战友，即是我的亲生奶奶。也正是因为这个缘故，他对我的憎恶，一直持续到他挫骨扬灰日。

【心理医生】

一位心理医生，为了帮助病人，走进困扰他数十年的梦境，却沦为他梦境的一部分。

一位心理医生，为了帮助病人，走进困扰他数十年的梦境，却沦为他在现实中的猎物。

这是两个小说。很难说，哪个更好，哪个更糟糕一点。

这个时候，就需要一位心理医生对作为读者的你给出建议。

穿白大褂、黑丝袜的她在一张包豪斯风格的钢椅上坐下，一边凝视着你浅褐色的瞳仁，一边用一种追忆似水流年的口吻说：

很久很久以前，她曾踏足过一个梦境，目之所望皆是永不凋谢的玫瑰，耳之所闻尽是飘飘仙乐，足之所履处铺满黄金与珠玉，最奇妙的是，食肉动物不再杀戮，与食草动物生活在同一片蓝天下。大家都只吸食月华在夜里所凝结而成的清露。她的内心充满无穷无尽的喜悦，便披散了长发，到一条清澈的泉水边濯足。她突然在水面看见了你，看见了你即是这个梦境存在的根源。

"我爱你。"她说，朱唇湿润，微启。

这个时候你醒了。如果你发现屋子里空无一人，那么第一个小说更好点。

如果你选择上前吻她，那么第二个小说更好一点。

【哥德尔不完备定理】

一个人得了很多年的胃溃疡，久病成医，成了当地颇有点名气的胃病专家，开了一家小诊所，生意不错，墙壁上还挂了几面"妙手仁心"的小锦旗。

某日，有人发现她隔段时间就会去省城医院问诊，也挂的是胃病科。就有了闲话，说她的医术都是从省里学来的。闺蜜好奇。她拗不过闺蜜的死缠烂打式的反复追问，解释道，"医者，患者心。我只是通过这种方式提醒自己是一个胃病患者罢了。"这话传出去后，大家就说她是仁医。

找她看胃病的人络绎不绝，还有人不远千里赶来。她忙得脚跟都要踢到后脑勺，饮食也没有规律，经常加班为病人配药到深更半夜，再匆匆忙忙地冲一袋方便面充饥。

奇怪的是，不管是什么样的胃病患者，她只配一种药，区别只在于剂量大小。

更奇怪的是，许多胃病患者还真的就这样痊愈了。

然后，她突然死了，死于急性胃穿孔，在一个冬夜。

大家都很难过，这么好的一个人怎么说去就去了。追悼会上，大家挥泪如雨。送葬的队伍很长，起码有十里长。队尾一个追求过她的数学老师说，"她这一辈子是对哥德尔不完备定理的证明。"

哥德尔不完备定理这八个字我们都认识，可连在一起，就不知道它是在说什么了。

我们都很生气，一起动手把数学老师打了一顿。

直到今天，我们也不清楚哥德尔不完备定理是一只什么鬼；但只要有人提到这八个字时，我们都会想起几十年前那个已经想不起容貌与名字的女医生。

【古人】

从前，我听说古人知道一切。

后来才知道，古人都是从未来的乌托邦穿越过去的。

有的带去了枪炮，有的带去了玫瑰，还有的带去了病菌与相对论。

一个高额深目的男人，带去了一只名唤"露西"的雌猿。

【肩头】

一个男人与一个女人聊天。

他们的话题是从墙壁上那幅波普风格的招贴画开始的，画的中央有一对男女，还有一轮太阳。太阳占据了画布的绝大部分，若不是有足够好的视力，还很难发现那是两个人，更别说分辨出性别——我不大清楚他们是怎样取得一致的。两个人都喝得有点儿醉。

"舌头，口腔中这根平滑肌，是人身上最强韧有力的肌肉。"男人张大嘴示意女人去看他的舌头。

"舌苔厚白；体内有湿。脾寒。你可以吃点补中益气丸。"女人仔细看了一会儿说。

男人脸上得意的表情转为愕然，不再说话，眼神直勾勾地盯着面前的画。

过了很久，他们俩一起放声大笑起来。

"你是怎么发现那画上的那对男女的？"

"我刚才用铅笔涂的。我涂的时候，涂了一个女人。是你刚才站在街头的样子。"

"我看见了。所以我跟进来，也涂了一个你刚才在街头看我的样子。"

他们不再说话。又过了一小会儿，女人把头轻轻地侧向男人的肩头。

"我喜欢这样。肩头上有了一点重量。"

【盐】

天很热。黑黑瘦瘦的男人在树荫下看书。

"1532年，一个叫皮萨罗的西班牙恶棍，带着一百六十九名士兵，六十二匹马，征服了一个拥有近十万士兵的印加帝国，俘虏了他们的皇帝。"

男人哀叹一声。"我出生得太晚了。现在这个地球上还有这么一个古老而又神秘的帝国等着我去征服吗？"男人忧心忡忡地仰望天空。东南角那层极薄极淡的白云，在炽烈的光线下悄无声息地融化。

"这已经不再是一个征服的时代了，就连躺在这里等待被谁征服也是奢侈的幻想。"

男人扔掉书，打起鼾。鼾声抑扬顿挫。

一只羊踱过来，舔起他的脸，舔出盐，结晶体的盐。

【珍珠】

有句话，在男人的脑子里旋来转去。男人长得很英俊，有一对很招异性青睐的招风耳。

"我还记得你的样子，像只白蝶贝。"

好奇怪啊。它像只软体无足生物，在啃着脑子。脑壳里渐渐有了一座空荡荡的剧场。

男人出现在剧场中央，下意识地捏了捏自己的耳垂。

"我还记得你的样子，像只白蝶贝，有着异乎寻常的透明。"

男人声情并茂。他说了一遍，又说了一遍，他接连说了三十六遍，当他想再重复第三十七遍时，带着腥味的海水涌入剧场。

一个面目模糊的剪着刘海儿的女人在剧场下的座椅上看着他，不动声色地看着他的表演。当他的身体快要浮出海面的那一刻，整个世界轻轻晃动了下。他感到窒息，无声地抽泣。

他的泪水并没有消失在海水里，而是保持了原有的样子，缓缓下沉，一直沉入海底深处那些张开壳的白蝶贝的体内。

"亲爱的，我把它寄给你。如果你还能记得我的样子，那么你打开的时候会看到这个世界上最为完美的一颗珍珠；如果你已忘掉了，那么它也就只是一滴早已在寄送途中蒸发殆尽的古怪液体。"

有句话，在男人脑子里旋来转去，这让他的大脑皮质层深感不适，开始分泌出一种神奇的物质，把它紧紧地包裹起来。

【上帝】

一个籍籍无名的画家。除了画画，他不知道自己还能干什么。他就画画，画他画画。

这是一个悖论。他其实心知肚明自己没办法完成这幅画。但这又有什么关系呢，每当画笔在画布上移动，哪怕仅仅只移动了一寸、一厘米、一毫米、一微米，他也是在画着。

这让他疲惫不堪，同时也兴奋异常。他深信，迟早某日，他能完成这幅画。他画了一年又一年，画到今天已经画了一百三十亿年。他还在继续画，专心致志，一丝不苟。

一些人在梦里看到他作画的样子，瞅了一眼，便走开了。

还有些人觉得好笑，终于忍不住了，开口叫道，"上帝。"

【馈赠】

丈夫想与妻子开个玩笑，乘她熟睡，就把她打扮成一个男人的模样。妻子醒来后，赶着上班，没有发现自己的异常，匆匆来到单位。

同事们用很奇怪的眼神看着她。她不明白是怎么回事，也没有多想，打开电脑一头就扑进工作中。等到工休时，她去洗手间，大楼里的保安拦住去路，"这是女洗手间。男的在楼道另一头。"

她纳闷了，瞪了一眼胡言乱语的保安，冲进女洗手间。

一阵尖叫后，女洗手间里只剩下她一个人。

她也在墙壁上的镜子里看见了自己现在的模样。

"什么时候我成了一个男人呢？"一种异样的情绪开始在她心中发酵，略涩，微甘。她躲入隔板内检查自己的身体，无论从哪个方面看，她也确确实实是一个男人了。

她怅然若失，忽而又欣喜若狂。她冲出单位，下楼搭乘地铁，以百米冲刺的速度奔入一个居民小区，敲响了其中一户人家的门。

门开了，是她多年的闺蜜。

她气喘吁吁。她看着她闺蜜的眼睛说，"我一直渴望能像一个男人那样爱你。现在我是一个男人，我想我终于有勇气对你说出那三个字。"

她闺蜜的眼泪下来了，"是的，这么多年，我也一直渴望能像爱一个男人那样来爱你。现在你是一个男人了，没有什么东西可以拦在我们中间了。"

她和她的闺蜜相爱了。不，不是她，是他。这是昔日丈夫的玩笑，也是他无意的馈赠。

【恶作剧】

那个老头儿，我知道，眉毛很长，有点像庙里塑的托钵罗汉，话很少，常年牵着一条狗坐在屋檐下，一坐大半天。人很好，可能是因为极少说话。

若有人来问路，他总是不厌其烦，还起身把人带去路口。那条狗在他身前慌慌张张地来回跑着。不知道是什么品种的狗，短腿，有一双很贱很萌的熊猫眼。

我知道老头儿与熊猫眼感情很深。我们都知道。

据说他儿子结婚买房问老头儿要首付，老头儿说没有。他儿子找人把熊猫眼偷了，让老头儿拿五万块钱赎。老头儿还真给了这笔钱。这事成了我们那里的笑话。说起来他儿子也不是一个游手好闲的家伙，在附近一家工厂做车工，平时口碑不错，隔三岔五还会到老头儿这里看看，可就是与他爹不亲。

或许不是亲生的。可他们父子俩的模样又确实太像了。矫情点说：老头儿能在他儿子脸上看到自己年轻时候的模样，他儿子也能在老头儿脸上看到四十年后的自己。

老头儿中年丧妻，他儿子过早地失去了母亲。

难道是因为这个缘故，父子之间就有了一道旁人难以理解的隔阂？

我们只能是这样瞎猜猜。要不，这事没法解释。那天的事我们都看见了。熊猫眼不知道为什么瘸了一条腿。老头儿急急忙忙抱着熊猫眼去附近看兽医。刚出小区口，他儿子满头大汗地从出租车上下来了，说，

"爹，桂花被车撞了。医院要交钱，先借我五千好吗？"桂花是他儿子的媳妇。我们见过，跟着他儿子来过老头儿住处帮忙收拾过，有一张很喜庆的圆脸，见人眯眯笑。我们都喜欢她，但谈不上"很"。老头儿说，"我没钱。"他儿子说，"爹，我没说瞎话，要不你跟我去医院看看？"他儿子的声音都变了，还喊了爹——我们都听见了，我们这是第一次听见。老头儿摇头，头摇成拨浪鼓。

"我没空，我得带它去看医生，它拉肚子了。"

他儿子一下又急了眼，在大庭广众下给老头儿跪下了，说在老头儿眼里，自己这个亲生儿子还不如一条狗之类的话。老头儿还是一口咬定自己没钱，说手头这点钱也就够给熊猫眼去看瘸腿。

我们觉得老头儿太不近人情了，哪有这样做爹的？

我们觉得老头儿平时的善良是伪装的，老家伙血管里都是冰碴子。

可我们万万没想到，他儿子跟绿巨人一样变身了，力气也大得不要不要的，抓起老头儿，跟抓只小鸡一样，一把就甩到一辆卡车底下。然后绿巨人又变回普通人，一把鼻涕一把眼泪跪在老头儿的尸体边哭号，号得无声无息，光剩下一脸可怖的表情。

我们吓坏了，有人报了警。

唉，后来我们才知道，桂花根本没被车撞。是他儿子的工友与他开的玩笑。是恶作剧。那天是愚人节。他儿子入狱后，桂花就提出离婚。据说他儿子现在在牢里也算是一个模范犯人。对了，还有那条狗，熊猫眼，说起来倒也是一条有情义的狗。老头儿死后，一直蹲在出事的地点，有天就被卡车碾死了。

【抓阄】

我们都知道这对兄弟的故事。

双胞胎，小时候因为一场火灾失去父母。吃百家饭长大，感情很深。

哥哥初中辍学做了名流动小贩，供养弟弟读书。弟弟很争气，考上大学，毕业后被录取为公务员。这时候哥哥已经改在夜市做烧烤摊，生意很好，弟弟下班后也常过来帮手。两个人模样差不多，都帅，算是街头一景。大家都夸他们兄友弟恭。就有热心人来做媒。弟弟很快有了眉目，一个清秀女孩，幼教老师，笑起来脸上有一对小酒窝。大家说他俩很般配。没多久到了谈婚论嫁的地步。哥哥却碰到麻烦。没有哪个黄花闺女愿意。愿意的女人，不是寡妇，就是身体有残疾的，再就是带拖油瓶的。这事就一天天拖下来。

哥哥开始一心一意替弟弟筹办婚礼。等到进洞房那天，弟弟失踪了，还给哥哥留下一封信，说他已出家当和尚了。让哥哥假冒他的身份，去做新郎，去替他上班。弟弟的书算念到猪下水里。哥哥就想去把弟弟找回来。可谁也没想到的是新娘不肯了。说自己不是可以供人谦让的物品。既然弟弟不要她，她就嫁哥哥。哥哥若不娶，她就上吊死给大家看。但哥哥必须以弟弟的身份娶她。姑娘不是省油的灯。哥哥慌了神，毕竟是自己的弟弟理亏，就答应把这个婚事办下来，还照着那姑娘的吩咐对外放出风声，说兄弟去外面打工了。

要说啊，哥哥的演技还真是好，愣是没有让单位上的领导与同事看出半点破绽。私下里，哥哥也到处去打听弟弟的下落，却杳无音讯。

这样过了一段日子，哥哥与那姑娘过起夫妻生活，还生了个大胖孩子。一家三口去海南三亚度假。在沙滩上碰到了支着烧烤架叫卖的弟弟。哥哥抓着弟弟的胳膊抱头痛哭。弟弟也哭，也尴尬。那姑娘不理他俩，带着小孩在一旁玩耍。

哥哥对弟弟说，"这本来是你的老婆，是你的娃。"

弟弟说，"现在是你的。这世上没有什么本来不本来。本来你不供我读书，我哪里去念大学？"哥哥就没话说了，只是哽咽。

骨肉团聚，这是好事。叙完兄弟之情，大家本来该怎么活就继续怎样活下去。生活偏偏就没按弟弟撰写的剧本演下去。庸俗的套路又出现了。较真的姑娘找到弟弟，质问他当时那样做的理由，问是谁给了他那样做的权利。弟弟羞愧难当，半夜坐上小船又想跑路，也可能是去思考人生，结果遇到风暴。姑娘在沙滩上发现了奄奄一息的弟弟，赶紧给他做人工呼吸。弟弟是活过来了，可这一幕落在哥哥眼里，以为这两个人旧情复燃，痛苦难当，真的跑去当了和尚，还写了一封信，要把弟弟的身份、老婆与娃都还回去。哥哥也真是傻，身份可以还，老婆与娃能还吗？

弟弟满中国去找哥哥，几年内踏遍名山古刹。其间种种辛苦不提也罢，皇天不负有心人，还真让他找着了穿袈裟敲木鱼的哥哥。弟弟舌灿莲花，说俗世里的道理；哥哥只是一声阿弥陀佛。说来说去，弟弟干脆也落发为僧，兄弟俩结伴修行，夜夜青灯伴古佛。

就苦了那姑娘与娃。姑娘赶来要讨个说法。没说法，就要抱娃跳崖。这事惊动庙里的方丈。方丈同意姑娘的看法，修行事小，生死事大。就答应姑娘的要求，让兄弟俩抽签抓阄，不管怎么说，总得有一个还俗去尽义务。所以，我们也不知道现在这姑娘的丈夫是哥哥还是弟弟。不过，这不重要，不仅是姑娘这样觉得，单位上的领导与同事，我们街坊邻居也都这样觉得。

【玩笑】

我们都羡慕他。从小到大，当父母教育我们的时候，都是拿他当例子的。

我们也都羡慕她。从小到大，当父母教育我们的时候，也总是要把她当作例子的。

当同年同月同日同时生的他们结为夫妻，我们对他俩的羡慕指数就不是呈倍数增长，而是一个级数。我们不再提及他俩的名字，直接用男神女神替代。大家毫不掩饰对他俩的热爱。他俩是长辈眼里最好的孩子，同辈梦里最好的情人，晚辈心里最好的叔叔阿姨。

简单说吧，他俩的存在提供了一个完美的尺度。是上帝为了证明自己所言不虚、一挥而就的动人旋律，能最大程度地唤起我们对生活的信心，对未来的憧憬，对生而为人的感激。

我们怎么也没有想到，在他俩三十岁生日的那天，他们悄无声息地分道扬镳，短短半年内，又各自有了新欢。一个娶了常来他们家做钟点工的下岗离婚女工；另一个嫁给一个五十多岁的小区保安，还是一个秃头鳏夫。我们惊诧莫名，三观尽毁。我们安慰自己，也许是一山不容二虎，哪怕是公虎与母虎。也许鲜花必须插在牛粪上，才是上帝真正的意图——所谓人生不过一出悲剧。我们想到了很多个"也许"，谁也不好意思去当面询问内情。办法总是有的。我们中的热心人，用了一些很拙劣的办法，便与下岗女工、秃头鳏夫打成一片。他们的回答让人沮丧。

下岗女工说，"他说，我有一张让人瞧了便有性欲的脸。"

秃头鳏夫说，"她说，我有一张让人瞧了没有性欲的脸。"

我们想了很久，还是想不明白，甚至都搞不清楚他们中的哪位是浪漫主义，哪位是现实主义。不过，这都不重要了。性欲从来就不是我们生活中的主题词。我们如释重负。我们愁眉苦脸。也许——他们只是上帝与我们开的一个玩笑罢了。

【母亲】

从来没见过这样的婴儿，吃不饱要哭，吃饱了也要哭；站着要哭，爬着要哭，躺着要哭，就算睡着了也会突然歇斯底里地哭上一阵子。

我们在哭声中挣扎。

父亲几近崩溃，好几次差点把婴儿扔到楼下去。

某日，他与妻子有了一次严肃的谈话。只能两选一，要么是他，要么是这个小怪物。"把他送到收容所里去，或者哪天清晨扔街头，会有好心人收留他的。"父亲语气坚决。

他俩离了婚。他们曾是一对多么相爱的人啊。只有上帝才知道，为了结为伉俪，他俩又经历了多少磨难。我们眼泪汪汪，送上祝福，各自回家，对枕边人提及此事，悄声诅咒那个该死的小怪物。

我们甚至猜想，要不了多久，那个眉眼间仍依稀残存少女模样的女人，会被小怪物吮尽最后一滴乳汁，憔悴而死。在有限的人生里，我们已经见过许多这样的枯萎之事。

可我们谁也没想到，这个女人竟然一天天熬了过来，独自把孩子养大。孩子也出落成一个乖巧懂事的小姑娘。

我们大惑不解，不明白女人是怎么办到的，就去问她。

这是一个腼腆的女人。我们问了许多次。她才不好意思地说道，"真的没什么啊，就是孩子哭的时候，我也陪着哭。哭久了，后来孩子还学会替我擦眼泪了。"

我们都很感动。也许这世上最伟大的种族就是母亲。有热心人就找到离开的父亲，想把他们重新撮合在一起。可不知道为什么，只要一提起此事，那个仍然单身的男人就神色黯然。我们安慰他，说过去的事就让它过去吧，她是一个好女人。要珍惜。

"我要的是妻子，而不是一个孩子的母亲。她是好母亲，但不是一个合格的妻子。"男人为自己辩解。我们就不知道说什么好了。我们都很难过。

【感激】

在山的里面，有一个与世隔绝的村庄，住着十来户人家。

村子里的青壮年都去外面打工了，只留下几个老人与孩子。

有一天，村子里来了一个眼神惊恐的女人。女人自我介绍是一个与驴友们走散了的徒步爱好者。村里人不知道驴友是什么，但知道她需要帮助，就端出水与粮食。女人就在村子里生活下来，还为几个孩子当起老师，办起一间小学校。

这样平静的日子持续了一段时间。春节临近，去外省打工的年轻人回来了，他们诧异地注视着村子里的这个陌生女人。她比他们在外面世界里看到的大多数女人要更美。这样一个女人为什么会心甘情愿待在这里呢？

只有一种解释，外面的世界让她恐惧。她已经无处可去。

一个看过《狗镇》的小伙子，半夜敲响女人的房间，与女人谈起妮可·基德曼的美貌与格蕾丝的报复，人的自私、懦弱与贪婪，等等。说了许多。女人始终报以沉默。她玉石一样的脸庞是一个谜语。小伙子长叹一声，说，"我不是那个虚伪的小说家汤姆。你也不会是一个想证明自己慈悲情怀的黑帮老大的女儿……我很奇怪我为什么要对你说这些，也许你根本没有看过《狗镇》，从来没听说过妮可·基德曼。你不过是一只树妖花仙草怪，是《聊斋》里的女鬼。但不管你是什么，我为我有机会在你面前说着这些匪夷所思的，我从来没有想到我能够在一个美丽女性面前说出来的句子，已经深感荣幸。这是恩典。我虽不至于匍匐于地，却也知感激。"小伙子说完就离开了。

半个月后，这些年轻人又开始收拾行李，准备出门打工。

他们走过了一段路又一段路，不断议论着这个神秘又缄默的女人。走到一个叫老虎凹的地方后，他们停下来歇脚，吃烙饼，掬山泉饮。这几个快乐的年轻人，没有想到他们的死已经不可避免。那个古怪的小伙子，在他们的食物里下了足够杀死数头大象的毒。

"只有死，才能让人闭嘴；只有这样，才能表示我对你的感激。"

当月亮升起来的时候，小伙子回望了一眼已经消失在群山深处的村庄，心满意足地啃下最后一块烙饼。

【办法】

一个坏脾气的人喜欢上一个好脾气的人。他们都为自己的脾气烦恼不已。

坏脾气的人总是容易暴怒，把一些小事也弄得很麻烦。

好脾气的人总是逆来顺受，哪怕对方不对，也不敢大声纠正，结果事情还是变得越来越麻烦。

这些麻烦让他们糟糕透了。大家都说他们不合适在一起。可他们还是舍不得对方。

怎么办呢？

后来他们想了一个办法，就像用两个鸡蛋做蒸蛋一样，他们把各自的脾气都取出来倒在碗里，再用筷子耐心搅拌。也许要搅拌三个月的时间，也许要用一辈子的时间，才能吃到那碗鲜嫩美味的蒸蛋，可这又有什么关系呢？至少这是一个可行的办法。

【镜子】

这天早上，一个男人出门时在镜子里看见了十年后的自己，有陌生感，但还是能够一眼认出，心若死灰的样子。

男人骂了声娘，跨入镜中，一脚把十年后的自己给踹出来。

假如蝴蝶效应是对的，这个世界必定会因此发生变化。祈愿能够变得更好，十年后的自己不再心若死灰。不会有比这更糟糕的事了。一个男人可以被毁灭，但不可以被打败的。

男人在镜中想起海明威的那句话。

他要为十年后的自己呐喊加油，就为被他踢出镜子的男人，端出一碗碗心灵鸡汤。

被踢出镜子的男人对这些心灵鸡汤没有丁点兴趣。更糟糕的是，他显然不适应十年前的现实，眉眼苦涩地看着镜子里的男人，见后者没有出来的样子，就老老实实地夹起公文包，打算出门。到门口想了一会儿，又折回卧室门口，看了看床上鼾声正浓的女人，踱到阳台上——他朝他打了一个 OK 的手势，又朝着满天火一样燃烧的云层吹了声口哨，就跳了下去。

镜子迅速吃掉镜中男人的各种表情，越吃越快，最后干脆一口把他吞掉。

整个过程耗时还不到一秒钟——男人根本来不及再跨出镜子，把那个十年后的自己拽回来。他只能眼睁睁地看着这场提前上演的悲剧，看着这场悲剧掉下楼，也看着自己是怎样被镜子吃掉。

不再有十年后的自己了，一切就终结于此时此刻。

【笑声】

一个纨绔子弟破落后，靠卖祖业过日子。宅子里的东西一天比一天少，终于空空荡荡。他只好卖掉这间祖传三代的大宅子，拿了一大笔钱，准备去牌桌上再赌一回。在经过一座石拱桥时，他碰到一个女人俯栏哀泣。他停下脚看了几分钟。不知道为什么，他被这个女人悲伤的样子打动了，就把所有的钱给了这个他不认识的女人，独自回了家，胡乱吃了几口粥便上床睡觉。

到半夜，他被刀尖的寒光逼醒。

有强盗来打劫。他自陈身无分文，说要不把他卖掉也许可换来几文钱。强盗扇了他一个耳光，追问他把卖宅子的钱藏在哪里了。他不知道该怎么解释，就说丢了，有人先下手为强了。强盗大怒，把他打得半死，怏怏而去。他躺在地上，遍体鳞伤，心中慢慢明白过来。

天亮了，收宅子的人把他扔到门外。

他做了一个行乞于闹市的流浪汉。这样过了几年，一个秋日的午后，他躺在石拱桥上晒太阳，听到锣鼓声近，众人叽叽喳喳，说是新任八府巡按的夫人来桥上烧香还愿，感念当年神仙解救。

隔着人群，他远远地看了一眼，认出这个夫人就是当年那个悲伤的女人。她应该也是一眼就认出了他。他朝她挤出笑容，心里颇有唏嘘之感。他低头又想了一会儿，发现这些唏嘘之感正随着水面上倒映的薄云在一丝一缕地变淡，最后只剩下那些晃动的光影。

他朝着水面上的自己露出一个满意的笑容。

这天夜里，几个兵士悄无声息地来到他身边，把他塞入麻袋，干脆利落地扔入水里。水面响了一下，是他的笑声，短促欢畅。

【阿卡德后裔】

一个滑稽的男人，喜欢穿一身过时的暗黑色对襟马褂，头戴一顶超大到夸张的帽子。他走到哪里，哪里就有欢声笑语。

这天，他来到一个黄昏之国。可能是因为黄昏这个词语所带来的不乏忧郁色彩的联想，尽管这片土地是那样广袤，物产是那样富饶，统治他们的王是那样仁慈英明，人们还是普遍愁眉不展，认为这是一片诅咒之地，迟早要衰亡，凋零，分崩离析，陷入被寒冷与饥饿统治的漫漫长夜——哪怕是滑稽男人的到来，也不能让他们的眉头有片刻舒展。

这是一个没有笑声的国度。不管是婚娶，还是丰收，也不管滑稽男人如何卖力表演，所能收获的，顶多也只是几块带着怜悯与施舍意味的硬币。

滑稽男人心中有了很深的挫折与焦虑感。这是他从未感受到的痛苦。他不无悲哀地发现，他原来所确信的，所奉为圭臬的，所要为之奋斗终生的，都被这个无情的现实打败了。而且还是彻底的失败。因为他蓦然意识到，这些自称为阿卡德后裔的人确实是对的。

"一切都将结束，一切都将丧失殆尽，包括人的重量。当黄昏也消失的时刻，它会从人的身体里溜走，比最胆怯的兔子跑得还要快。"

滑稽的男人在酒吧里喝得酩酊大醉，舌头上打了七八个结，看着吧台上方那些古怪的楔形文字，喃喃自语。他不知道自己说的它是什么。当他说完最后一个音节，一股奇异的力量抓住了他。他感觉自己身轻如燕。他飞了起来。他看到自己头上那顶超大的帽子。他飞了过去，藏身帽里。

然后，他向着这个世界鞠躬，再把帽子缓缓挪开。

他不见了。

几个阿卡德后裔目睹了这一奇观，百思不得其解，在经历过最初的惊疑不定后，脸部肌肉开始发生一种前所未有的变化，喉咙里冒出类似于上上下下跳动的鸟叫声。是的。这是笑声。虽然有些怪异，但确实是不折不扣的笑声。

他们互相看了一眼，脸上都有着难以置信的表情。很快，他们一起放声大笑。这笑声如同轰隆隆响着的雷声，很快就传遍了这个国度所有的地方。

【城堡】

从前，在群山之上，有一座城堡。

一个羞怯的乡下女人决心去城堡里找她的男人，经过了一系列让人啼笑皆非的喜剧情节，不再羞怯的女人在城门口找到她的男人。这是幸运的。遗憾的是她的男人这时已经是城堡的守门人。他拒绝相认，用一种很严厉的口吻斥责眼前这个风尘仆仆的女人，她是一个不被这座城堡欢迎的卑微物种，请尽快离开，要不然那个去城外狩猎的城堡主人遇到她后，会用马蹄把她踏碎。

男人也确实想不起来这个女人是谁。

他只是这个城堡不可分割的一部分，是一块砖。当黄昏来临的时候，他那高大健壮的身躯便在夕阳的照耀下，迅速失去人的轮廓，转而化身为一块坚硬的青砖，牢牢嵌在随着绞索放下的城门根处。

伏在草丛里的女人目睹了这一情景，在夜色里伤心恸哭。

她难过的不是男人的拒绝，而是男人的真实处境（虽然他看上去是那样享受这一切）。她的哭声惊动了被失眠困扰的城堡主人。他用望远镜看见了女人，也看见了那些在她脸上滚动的泪水。这让他想起小时候在草尖捕捉的露珠与一种异乎寻常的柔情。他命令士兵把女人带入城堡。当他的手指碰到那些泪水后，他情不自禁地用嘴仔细吮吸自己的手指。他睡着了。睡了一个好觉。这是一件前所未有的事。整个城堡都为之沸腾，张灯结彩，燃放鞭炮，以为庆祝。人们不无敬畏地看着这个能给城堡主人带来睡眠的女人。

就这样，女人在城堡里待了下来，一直到她再也流不出泪水的那天——她终于让那个守门人相信，他目前的生活完全不值一提，群山之下，另有广袤世界。虽然她没有说服守门人，他即是与她恩爱了许多个日子的男人。但这又有什么关系呢？这个高大健壮的男人现在又重新爱上了她，而且这种爱比往日任何一个时刻都更要炽热、动人。

他们逃离了城堡，在荒原林莽中和野兽们一起生活了很久。偶尔在月圆的时候，我们还能在潺潺溪流边看到他们的身影，一个化身为鹤，另一个化身为鹤的影子。

【幸福】

一个男人殴打了他的妻子。

那个鼻青脸肿的女人因此感到了幸福。

因为，这是十年来，他第一次触碰到她的身体。

虽然，是以这样一种不幸的形式。

【囚笼】

一个男人在囚笼里读遍了世界上所有的书籍，以为自己获得了某种程度的自由，在一些时刻，感觉自己如蒙神启，被主的目光所注视，是上帝的选民。

这让他平静地，甚至是不无欣喜地，接受了囚笼给自己的种种折磨。种种艰辛劳作，都化作了心中的宁静与喜悦。

他知道自己终有一日会迈出囚笼，包括摆脱这些囚笼里的书籍。

当这一天真的来临（他忘掉了具体的哪个日子），他开始在大地上终日漫游，就好像他本来就站在大地上。他翻过最陡峭的山崖，把数百名被洪水围困的山民带离险境；他在台风降临时搭乘过一艘即将沉没的船只，为葬身大海的渔民默诵祈福；他捡食过北极荒原上难以下咽的苔藓，把最后的食物给了一个行将饿死的陌生旅者；他在熙熙攘攘的街头制止了一桩恶性凶杀案，那把锋利的刀几乎要切掉他整个左手……

他被越来越多的人称为圣人。他的画像被越来越多的人悬挂墙上——当他凝视它们，不难觉察到一种栩栩如生的真实感。

还有什么会比这种真实感更让人深信不疑？

当他这么想的时候，他突然发现脑子里只剩下一些残简断章，一些模糊不清的意义在被时间不断侵蚀的词语，以及几个偶尔像流星一般划过夜空的人名。

"这个世界上真实的事物很多。书籍，肯定是最虚假的那个。"

他流出眼泪。他想，他应该是获得了真正的自由。

很快，几乎是在流出眼泪的同时，他又发现，越来越多的人把他说过的话、做过的事，以及更多的他没说过的话、没做过的事，撰写为书，编纂成册，四处传诵，这又让他倍感屈辱。也许不是屈辱，而是由一种极其复杂又难以言喻的情绪所构建的囚笼。

"活着的人啊，我是我的囚笼。把我忘掉吧。"

他离开了这个世界，没有人再知道他的下落。神也不知道。

【筹码】

一个女人，长得很漂亮，气质也好，出身富裕之家，喜欢音乐与文学，追求她的男人比她家那棵菩提树上的叶子还要多。

后来她父亲落了难，在一场熬心煎骨的官司后，躺倒在床，成了一个半身偏瘫的植物人。家道遽然中落，她以为树上的叶子会瞬间掉光，也做好了充分的心理准备，没想到树上的叶子反而更多了，让她每天都疲于招架。

这些男人的目光里多了不少让她心惊肉跳的内容。这不奇怪。奇怪的是，她在音乐与文学方面的造诣开始真正得到注意，逐渐有了一些具有相当水准的评论。人们好像如梦惊醒，发现那些一直就在她身上存在着，但被其家世与容貌所遮盖的奇妙才能。当然，这并不意味着她能靠这些才能偿还父亲欠下的巨额债务。事实上，为了维护日常开销与父亲的医疗开支，她不得不卖掉家里的施坦威钢琴——这是她剩下的唯一还能卖掉换钱的东西。

卖掉钢琴后，她坐在菩提树下哭了一宿。

她知道，从这个晚上开始，她就要和她生命里的血液说再见了。"一切都在瓦解，她的灵魂也再难保持完整。"她是如此悲恸，以至住在菩提树果实里的神灵也于心不忍。

第二天下午，一个男人出现在她面前，送回她的施坦威钢琴，自称是她的仰慕者，提出：只要她愿意嫁给他，他可以替她父亲还债，让她搬回那套她住了十几年的花园洋房，把她卖掉的东西都一样不少地全部还原。

她答应了，几乎是不假思索。

毫无疑问，只要有了第一次交易，就会有第二次、第三次，以及第N次。

她嫁了七次。每嫁一次，她对音乐与文学的热爱就要增加一分。因为它们是她唯一的筹码。只要稍有闲暇，她便不厌其烦，一遍遍地计算它们各自的重量，小心地来回拨动，竭尽所能让它们发出悦耳的声响。

就这样，她成了让后人高山仰止的音乐大师与文学大师。

【雕塑】

一个女孩。

她的勤奋让所有人吃惊。

她对金钱的渴望（或者说贪婪）以及与这种渴望相匹配的情商和智商，也让许多须眉男儿汗颜，暗自羞愧。

用了十年时间，她过上了她梦寐以求的生活，还在房间里摆满了从希腊带来的大理石雕塑。其中一尊阿尔忒弥斯雕像足有三米高。她喜欢它们的坚硬与精致典雅，常常在夜晚逐一亲吻这些雕塑的嘴唇。

她请了一个在国际上颇有名气的艺术家，照着她的体形，用大理石做了一个中空的、可以让她藏身其间的雕塑。是她自己的面容。

雕塑栩栩如生。尤其是暗门，堪称天衣无缝。

一个夜晚，她藏进雕塑里，并从里面把暗门锁上。她没有带上任何食物与水。暗门一旦锁上，就不能打开。这是她对艺术家提的要求。艺术家出色地完成了她对这尊雕塑提出的各种苛刻要求——她付给了这个艺术家一大笔钱。

现在，她是它们中的一员了。她在黑暗与饥渴中心满意足，也情不自禁地想起了那个叫皮格马利翁的国王与他的妻子伽拉忒亚。她的嘴唇在寂静中闪烁着湿润的光芒。

【锁链】

一对小夫妻，他们是这样相爱。哪怕只有一秒钟没有看到对方的身影，他们的心灵也会产生强烈的抽搐感，身体也伴生出诸多不适，比如晕眩呕吐。

这显然是一种病，他们的父母也意识到这点，带着两个孩子到处求医问诊，效果都不大好。

一个锁匠听说了这事，说只要给他三个月的时间就能治好这病。锁匠用这世上最坚固的金属材料打造了一条米许长的链条，把这对小夫妻锁在一起，并承诺三个月后会过来打开这条锁链。

锁链没有给这对小夫妻的生活带来更多不便。反而由于网络直播"两个被锁链绑在一起的人的生活"，他们不无惊讶地发现，一笔让人瞠目结舌的财富，随着疯狂蹿升的点击率，就砸在他俩脑门上了。这笔钱每天还在以倍数形式迅速增长。

九十天的时间一晃而过。他们异口同声地拒绝如期到来的锁匠，表示这条锁链让他们的身心完完全全地融为一体，是他们一生幸福的源泉。

大家都说他们是经得起人性考验的一对。他们间的恩爱不是病，是上帝对这个尘世最美好的祝福。

他们的父母终于放下心，带着沮丧的锁匠一同离开了。

他们送别了父母，相视一笑，迅速各自转过视线。第八十九天的那个晚上，在房间里八个摄像机的镜头下，在数千万人的默默注视下，他俩就已经心照不宣地达成离婚协议。现在，他们只是一对生意伙伴罢了。

【伴侣】

一只天鹅在公园早晨的湖面拍打翅膀。水面漾起的涟漪打碎了它原来完整的倒影。

一个女人看见了天鹅的这个举动，思念起她在老家的少女时光。

她决定回老家看看，除了她自己，什么也不带。

这不是一趟漫长的旅行。乘高铁，换巴士，当天下午她就回到故乡。故乡也有一个湖，要比城市的那个大上许多，人迹罕至。四周都是蒲草与芦苇。湖边石缝里藏着她少女时期留下的最恬静的梦——一本被油纸小心包裹好的日记——《致二十年后的自己》。

她坐在被阳光晒得发烫的石头上，看着二十年前的自己，眼眶湿润。

她又看见那只天鹅，确确实实就是早上看到的那只——天鹅的颈脖上套着一块塑料牌。

女人脱掉衣服，跳进湖水。她的水性很好，很快靠近了那只孤单的全身雪白的天鹅。她抱住它，取下塑料牌。塑料牌上刻着一行字。经过长时间的风吹日晒雨淋，字迹依然清晰可辨，"王芸一辈子都爱刘昌；刘昌三辈子都爱王芸。"

女人哭了起来。身体在湖水里抽搐。水面漾起一圈圈涟漪，定睛去看，是勃拉姆斯的《第一交响曲》。时间消失了。

也不知道过了多久，天鹅用它前额处那块巨大的瘤疣托住她，用它深黄色的喙慢慢地碰触她的脸颊，就好像她是它的同类，是那个注定要一生一世的伴侣。

【女警】

一个疲惫的妇人走进餐厅，要了一份蛋炒饭。她的面容上犹存有一段艰辛历程的痕迹。她吃饭的速度很快，哽住了。服务员端来一碗汤。她大口喝汤，用汤勺在碗里搅来拌去，眼泪就落在碗里面，喉咙里还呼噜呼噜地响。我们埋下头，当没有看到。这年头，谁心里会没有一段伤心事呢。只能是暗自祝愿她喝完这碗热汤，就有力气重新上路。

她喉咙里发出的声音激怒了几个脸上还长着青春痘的年轻人。其中一个人走过来，手掌重重地拍在妇人的脖子上，嘴里还大声说，"猪吃东西，也没你这样难听。"

年轻人咧嘴大笑，把自己的恶当成勇气。他们共同殴打起这个不幸的妇人。

我们很难过，不约而同地把头埋得更低。我们认识这些人，都害怕他们，害怕他们的无知愚蠢，害怕他们这种无缘无故的恶。我们只能暗自祈愿他们发泄完怒气后能早点儿扬长而去，这样我们就能走过去给妇人重新端去一碗热汤。

妇人一声不吭。那些巴掌落在她脸上就像是一些飞虫落下。她擦去嘴角的血。她说，"打完了？"她的表情似乎是在嘲讽这个突然落在身上的噩运。（嘲笑它的微不足道？）她提起脚边那个灰色的上面还印着"大海航行靠舵手"的皮包，慢慢地，从里面取出一支枪。一支真正的手枪，通体泛着黝黑的光。

年轻人尖叫一声，撒腿疯跑。午后的餐厅顿时空空荡荡。

我们把头都要埋到膝盖下了。莫名的恐惧让血液都停止流动。现在就是妇人把我们一枪一个都干掉，我们大脑里的神经元也不会有任何反应。不是不敢，就是不会。

这真是一个让我们绝望的事实。

"我是警察，追捕逃犯，这是证件。"

妇人自言自语，把枪放在桌上。咯的一声轻响。

餐厅在这声轻响里恢复了活力。我们又开始有说有笑起来，一边耻笑那几个小流氓逃跑的姿势，一边用眼角余光偷偷打量妇人那张雕塑般的脸。我们不知道她都遇上了什么，也想不明白她刚才为什么不把那些殴打她的小流氓全部打倒在地——我们在屏幕上看过太多类似的画面。我们是多么渴望这一幕能在眼皮底下发生啊。这会让我们的余生都有话题。我们中的几个人甚至憎恶起这个便衣女警的不作为。恶，必须及时制止，否则即为纵容。

没人上前给妇人重新端过一碗热汤。也许是服务员被枪吓跑了。

妇人怔怔地看着桌上打翻的汤碗，不知道在想什么。

几分钟后，她抓起手枪，对着自己的额头开了一枪。

【沙发】

两个相爱的男女，他们的爱起源于梦。

在一次朋友聚会上，他第一次看见独自坐在沙发上的她，便走过来搭讪闲聊。

他说他昨晚梦见一张淡蓝色的宜家布艺沙发，上面坐着一个女人，那会是他一辈子的爱人。

她问是否看清了这个女人的面容。

他老老实实地承认，说没有。

她促狭地笑，说看来我得赶紧起身，为你这个一辈子的爱人腾出位置。

他的脸红了。于是她说，她昨晚也做了一个梦。她坐在一张深蓝色的宜家布艺沙发上，一个男人朝她走来，那会是她一辈子的爱人。

他问是否看清了这个男人的面容。

她笑着说，看清了，连他下巴上的那颗痣都一清二楚。

他摸了摸下巴上的那颗痣笑了。他们相爱了，结婚了，婚姻持续了三十年，没有丝毫厌倦。

他生病了。临终前，他向她承认，他梦见的其实是一张灰色的宜家布艺沙发。

他撒了谎。

她也向他承认，她根本就不记得自己是否梦见了沙发。

她也作了弊。

他们相视一笑。这是美好的，尽管是撒谎与作弊。但问题来了。为什么在他们的婚姻开始后，他们总是梦见相同的事物？

——新婚翌日，在他的提议下，他们起床后的第一件事，就是立刻书写自己梦境里的人与事。起码写三件，要有细节，比如深蓝色的宜家布艺沙发，又或者某个具体的人名。如果有一个相同处，便奖赏一个销魂之夜。一开始一周会有两三次相同处，等到婚姻持续到第七个年头，他们不无惊讶地发现，他们应该是置身于同一个梦境里，所写出来的人与事基本一致（若说有差别，那也是因为视角原因）。这让他们不得不提高奖赏标准，从有一个相同处上升到有三个，再到十个……然后，在她的建议下，他们放弃了这种形式的奖赏。

"没有耕坏的田，只有累死的牛。"她心疼他。

"只要是累死在你身上，我心甘情愿。"他说。

他们不约而同地想起昔日的床上私语。她的眼眶红了。鼻子里发出一下很响亮的声音。

她说，"来世我做牛，你做田。"

他说，"好。"

她说，"我现在有点儿疑惑，好像我们仍然在同一个梦境里。也许此刻，那个真实的我正坐在那张深蓝色的宜家布艺沙发上，等着你朝我走来。"

他说，"也许是这样。但这又有什么关系呢。"他吻了吻她的手，就死掉了，心满意足。

几天后，她也死了，就躺在一张深蓝色的宜家布艺沙发上，是心肌梗死，脸上没有任何痛苦的表情。真奇怪，一般来说，心肌梗死者多半会因为心脏缺氧与供血不足，脸色发青，而她却仿佛是刚刚睡着。

【遗忘】

一个凤凰男，出狱后，为了摆脱那些不幸的记忆，把几条蚕塞进耳朵里，希望它们能像咀嚼桑叶一样，吃掉自己的脑干组织。

另一个女人，为了达到同样的目的，借助身为医生的职业便利，从几位得了阿尔茨海默症患者的血液里提取干细胞，注入自己的体内。

他们都没有达到目的，心理阴影面积反而增加了不少，这两件事也都成为了他们各自最想遗忘的经历。虽然前者是诗意的，后者似乎是科学的。

通过网络社交平台，他们分别加入了一个名叫"如何才能忘掉不幸"的活动小组，并在这个小组举办的一次线下分享活动中认识了。他们结结巴巴地谈起自己为了忘掉不幸所干下的糗事。他们突然发现这两件再愚蠢不过的事，并没有自己想象的那样糟糕，尽管大家都笑出了眼泪。

当其他人都离开后，他们俩肩并肩最后走了出去。

这天晚上，他把几只蚕塞进了她的耳朵。

她也为他注射了一管从阿尔茨海默症患者血液里提取的干细胞药剂。

"没有比我更蠢的人了，除了你之外。"

他们的嘴唇紧紧地贴在一起。

【影子】

在一条熙熙攘攘的街道上，母亲丢失了她的女儿，一个七岁大的淘气包。

母亲找了三年，没有找到。

三年间，她白了头。希望总是带来更深的绝望。

她辞去工作，与丈夫协议离婚，还搬到一个陌生小城，找了一份商场清洁工的活。工作了大半年，还有同事误以为她是哑巴，她只是没有力气说话罢了。也有人想要替她做媒，她不点头也不摇头，只是怔怔地看着对方的脸，一直看到对方落荒而逃。

生活就是这样子的。每天晚上入睡前，她都要对自己说这句话，慢慢地说。每说一次，就能攒上一分力气。攒够了，才有力气在翌日起床。

床的斜对面有块方镜。是上任房客遗下的。上面落满灰尘。在晨曦里，闪烁着微弱的银光。

她还是第一次看见它。她挣扎着下了床，用衣袖擦去镜面上那些时间的痕迹。

镜子光亮起来。

她眨眨眼。胃部好像被人猛地重击了一拳，嘴里泛出酸水。

她看见她的女儿，还是三年前的模样，在朝着她使劲儿地扮着鬼脸。

"妈妈，你终于看见我了？"

她转过身。

她听见自己的声音，低沉，嘶哑，结结巴巴，不无疑惑，甚至说还有点儿诡异感，"你，跑，哪了？"

她被这个声音吓了一跳。她怕这个声音把女儿吓走，赶紧抓着女儿的肩膀，确实是她的女儿，活生生的女儿——千真万确，一点儿也不假。她翕动嘴唇，又听见了自己的声音，不过这次听上去要好多了。

"你跑哪了？"

"妈，你忘掉了吗？是你怕我走丢了，把我藏在你的影子里的。这三年，我怎么喊你你都听不见……"女儿嘀嘀咕咕地说着，这些话像水流一样涌进她的身体。

她早已枯竭的眼窝里有了湿润的液体。

【黄道吉日】

一个男人想死，想了许久，匿名在网上咨询求助，终于在热心人的帮助下，确定下死法。一个不错的死法，不麻烦任何人，不留下只言片语，也没有遗体。

至于死期，他专门查过皇历，是黄道吉日。

这让他满意。他吹了声口哨。

等死的日子真是太无聊了。他决定死之前带着家人出门旅游。也算是弃世前给他们的某种补偿。

他向家人征求意见，问问他们都想去哪里旅游。

意见不一，没关系，他不是第一次面对这种复杂的局面。他逐一说服了他们。他很清楚他们没说出来的那个理由，埋在他们心底各自的小秘密。

父亲想去北京，不是为了去看升旗仪式与毛主席纪念堂，而是内心残存的权力欲作祟。母亲想去哈尔滨，也不是因为那里有冰淞奇景与夜幕下的圣·索菲亚教堂，而是那里有她四十多年前的初恋情人。妻子想去香港，买一个名牌包包在同事间炫耀。女儿想去三亚，为的是拍一些比基尼照片晒朋友圈。儿子想去泰国，看人妖表演。

他们踏上了旅程。他们先去了北京，又去了哈尔滨，再去了泰国、香港，再直奔三亚。一路上他尽可能地满足着他们提出的各种要求，哪怕是再匪夷所思的。

他们显然没有发现这点，虽然其间不无争执，总体上，大家还是兴高采烈。他也很高兴。

意外发生了，他们在高速公路上遭遇车祸。他喋喋不休的父母与妻儿，在一个瞬间，遽然离世。只剩下他一个人在这个世界上。他在医院哭得死去活来。

想死的人没事，不想死的人死了。老天不开眼啊。他非常自责。他把家人带上了一条不归路。

许多好心人来劝他节哀顺变。

他失魂落魄地走到医院门口，点燃一根烟，想透口气。

他突然发现：这世间所有的喧嚣，在金色的阳光下，散发出一种奇怪的寂静。

空山不见人，但闻人语响。他抽了抽鼻子，想起小时候背过的一句唐诗。这还是他四十多年来第一次想起它。一股熟悉的味道。他笑起来。风滑过他的脸庞，湿滑花瓣一样。紧接着他闻到手中烟的香味，醇厚浓郁，是他从未闻到过的，只在香烟广告牌上见过的；他又听见了一对情侣的窃窃私语，甜蜜动人，犹如两只互相追逐飞舞的蜜蜂；很快他又在几辆快速驶过的汽车上看到了让人惊叹的机械美学，以及路边婴儿的笑容，少女蓓蕾初绽的胸部，老人脸上的皱纹……这些他原本熟视无睹的人与物，在这个下午，仿佛是沐浴在神的光辉下。

这还是他第一次看见。

"我这是怎么了？"他跌跌撞撞，下意识地向前移动身子。

"我自由了。"一个奇怪的声音在他脑子里响着。

他走进那光辉里，手指情不自禁地在胸口画了一个十字。

"人生的确充满痛苦，但也正是这种痛苦让人生广袤开阔。一个不曾经历过痛苦的人是无法理解这种广袤性的，更别说看见那个风暴平息后的丰饶之海。"

他为曾经有过的自杀念头羞愧万分。他热泪盈眶。

车流湍急，是河水。他蹚入河流中，朝着河流的彼岸行去。他要赞美主给他的启示。一辆来不及刹车的路虎撞倒他，碾过这个隐隐透着光的身体。他死了，是在他选定的那个黄道吉日。他心满意足地在地上放平身子。"朝闻道，夕死可矣。"

【检票员】

一辆火车出现在窗台边，你跳下去。

检票员是一个眼睛很亮的姑娘。你在口袋里摸了很久，摸出一张白纸。你很羞愧。她看了眼你的表情，神情颇有些犹豫，还是挥手让你上了火车。车厢是满的。旅客们的身体都被一种奇怪的装置固定在座椅上，样子滑稽。有几张脸庞似曾相识，偏偏又想不起来究竟是谁。让你好笑的是，还有几张脸庞看到你闯进来后的表情就像是活见了鬼。你朝他们扮了个鬼脸，来到两节车厢连接处。

姑娘再次出现，手里还拿着一副手铐。

你朝她露出谄媚的笑。

"铐上。火车要开了。"姑娘语气淡漠。

"为什么？"

你的问题没有得到回答。姑娘匆匆远去。

你叹口气，望着那个美好的背影，老老实实地把自己的左手铐在门上。

火车拉响汽笛。

速度越来越快。车窗外的景物一闪即逝。上帝，它竟然从铁轨上浮了起来，仿佛是一条体形巨大的龙，在飞。一系列短暂而极其强烈的爆炸声出现在耳朵里。你赶紧用右手捂住右耳。左耳怕是要聋了。你这才惊讶地发现旅客们早已备好耳塞。

火车要开往哪里？还没等你的大脑恢复正常工作，事故发生了。一阵剧烈的震颤，犹如地震，火车停住了，突然。你目瞪口呆。旅客们身上的固定装置坏掉了。他们悬浮空中，飘来飘去。这样说并不准确。应该说是他们的身体突然就散掉了，胳膊、腿与头颅飘满车厢，还像游乐场里的碰碰车一样，在撞来撞去。

一个女孩与一个老妇人交换了胳膊。一个虬髯男人与一个少妇交换了身体。一个少年与一个截瘫患者交换了双腿……有人悲喜交加。有人歇斯底里。可这一切都是因为什么？

"因为这是你的梦。"姑娘的声音从身后传来，"女孩是你，老妇人是你，虬髯男人是你，少妇是你，少年是你，那个截瘫患者也是你。这辆火车上的所有旅客都是藏在你梦里的小人儿。或者说，如果把你视为一段程序，那么他们就是这段程序里的某行代码。只有你才能登上这辆火车。只有你才能让它想跑多快就跑多快。这车上所发生的一切，俱是你内心渴望的具现。"

"那我现在能让火车恢复正常吗？"

"你需要用车票登录系统，行使管理员权限。但你没有车票……我当时不该让你上车的。"她的声音有点儿难为情，"对不起，我没把工作做好。我违反了流程。"

"那我现在能下车吗？"

"也需要那张车票进行身份辨别。真该死。我刚才真是鬼使神差……"

"那我现在能做什么，又或者说你能做点儿什么？"车厢里的情景越来越混乱了。怎么说呢，跟那些低成本的恐怖片差不多。你深吸一口气，尽量让自己语气平静。

"什么也做不了。只能是等着这个梦从你的大脑里消失。"姑娘的声音低沉下来，"其实也没什么，我会陪着你的。我是这趟火车的检票员。其实这么多年来，我一直在等着这一刻，也一直盼着能在这一刻对你说……"姑娘的声音越来越轻，最后已渺不可闻。

"说什么？"你大吼出声。

没有回音。四周陷入黑暗。液体一般黏稠的黑暗。你像一个溺水的人拼命挣扎。然后你醒了，从床上一跃而起。远远近近，轰隆隆地响。那是火车经过的声音。

火车上有一个爱你，却又离开了你的女人。

【谎言】

一个女人遭遇车祸，家人尽皆死去，只余她一人存活。

她想死。凡人皆有一死。若生无所念，死即为解脱。

另外一个女人把她从高楼上救下来，还告诉她，自己是她丈夫的情人，肚子里有他的骨肉。自己比她还要想死。

两个女人在满天星辰下抱头痛哭。

是个男孩。难产。她在妇产科门外守了一天。她们决定齐心协力把这个孩子养大。

这是一个庸俗的故事。但生活就是这样，没有什么不好的。

男孩一天天长大。

一天，一个跟刀片一样精瘦的男人，朝着年满十八岁的孩子走来，手里还拿着一份 DNA 检测报告，说他是男孩的父亲。

女人问另一个女人究竟是怎么一回事。

另一个女人承认了当日的谎言。可这又有什么不好呢？

"至少你现在不会想死了。"

她说得对。

【小护士】

病房里有三个男人。

甲说，"我从来没有在酒精与女人身上浪费过钱。"

乙说，"我在酒精与女人身上浪费了许多钱。"

丙说，"我花了很多钱在酒精与女人身上，其余的都浪费了。"

他们沉默下来，各自长吁短叹。

一个梳马尾辫的小护士在门外听见了，咊咊地笑起来。上帝问她笑什么。

小护士说，"我知道他们各自的颜值了。甲是肥胖邋遢的，乙是正常人类的，丙是男神级别的。"

小护士说得对。但她面对着的是上帝。上帝不动声色地把甲与丙的容貌做了调换，并在小护士脸上蒙上一层爱的光辉（这将保证病房里的三个男人都会立刻爱上她）。这是一个有趣的恶作剧。

小护士进了病房。

三个月后，她嫁给了丁。一个替甲乙丙看病的主治医生。

上帝很纳闷，想知道梳马尾辫的小护士为什么会做出这样的选择。这不是一个好主意。主治医生可以算是集中了甲乙丙三个人所有的毛病。

上帝拣了午息时间，在病房里找到忙忙碌碌的小护士。

"嘘，我告诉你一个秘密。"上帝把嘴凑近小护士的耳朵边，压低嗓门，"那个丁，请相信我，他是恶魔的化身。"

小护士没被吓到，反而莞尔一笑，"这个世界是你创造的，但归根结底是属于我的。我讨厌你一手导演的众多悲剧、喜剧、通俗剧、高雅剧，还有那些无聊的恶作剧。我的剧本我做主，哪怕是要与魔鬼打交道……"

"你会后悔的。"上帝有点儿不高兴了。

"是的。我承认这点。后悔很愚蠢，智者所不为。可这又有什么关系呢？我得以体验后悔。这种复杂的心理活动是人类的基本情感之一。

我得以完整，一个人的完整。而从另一个维度来说，后悔还是人类进化历程中，对所遭遇的不幸与痛苦形成的一种心理补偿机制。它让人还有勇气活下去。它根源于明天会更好的愿望。而这是美好的……"

梳马尾辫的小护士一边说，一边把目瞪口呆的上帝，还有甲乙丙那三个男人，一脚一个，全踢出病房。

【唐瑛】

一个男人，各个方面都很普通，但有许多女友。

另外一个男人，各个方面都很优秀，但一个女友也没有。

后者跑去向前者取经，态度足够谦卑诚恳。前者抽了后者的烟，喝了后者的酒，最后耸耸肩膀，双手一摊，表示：天生女人缘，这是学不会的。

这是真的吗？后者开始发愤图强，屡战屡败，屡败屡战，在实践中总结理论，用理论指导实践。几年后，他也成了一个泡妞高手，万花丛中过，片叶不沾身。

就有后来人也跑到他面前来取经。

男人也是耸耸肩膀，双手一摊，表示：天生女人缘，这是学不会的。

二十年后，男人的儿子长大了，各个方面都很优秀，但一个女友也没有。

当爹的看在眼里急在心里，把儿子叫过来谈心。

"套路。关键是套路。有了套路，人家才知道你想干啥，才能往下接着演啊。"男人语重心长，"套路不要复杂，那会变成迷宫，把你困于其中。越庸俗越好，越浅薄越好。当然，要记得给你的庸俗与浅薄，贴上与时俱进的标签。"

儿子恍然大悟，转身投入情海，果然大有斩获。

故事到这里并没有结束。

几年后，儿子成了一个著名的性冷淡。父亲不解，问儿子是不是腻味了套路中的规定性动作，提醒他要去懂得品味重复中的细微区别及美。只有在一个千锤百炼的套路中，一个男人才能做到"凡事包容，凡事相信，凡事盼望，凡事忍耐"。父亲还把泡妞之道上升到一个哲学高度。

"人世多么琐屑无聊啊。女人，尤其是女人，哪个不渴望一个当女主角的机会？你给她们这样一个机会，是恩赐。"

儿子笑了，"我知道。我只是想做一个情圣罢了。时代不一样了。所以这个套路得改动下。"

儿子说得没错。

又过了一些年，他被誉为唐璜在世。天下女子都对他着了迷。

【羞怯】

一个男人喜欢上一名地铁安检员。一个短发姑娘。

他喜欢举着双手站在她面前。她在他身上轻轻拍打，说，"下一个。"

这是一种仪式。

唤醒了他内心深处的柔情。像一只温驯的羊，他凝视着牧羊女，是那样慢，生怕错过与她有关的每一个细节，直到被她赶下那个尺许见方的安检台。

他在地下通道两侧墙壁上，写满红色蓝色绿色橙黄色的诗句。

他没法当着她的面，把这些柔情倾倒出来。他是如此腼腆与羞怯。虽然它们是如此稀罕。

一天，他在双肩背包里装上了违禁品。是烟花。他详细查阅了《地铁违禁品目录》。

她瞪圆杏眼，扣下背包。

他递上一张纸条。纸条被攥得皱巴巴的。上面的字还是很清楚。

"能不能在夜晚点燃它们？相信我，这是一个奇迹。"

烟花是他专门在厂家定制的。是她美好的眉眼，在夜穹中徐徐生灭，不含一丝杂质。

他在夜里试放过。

他不知道这包烟花最后的命运。他已经心满意足。

他没有再去那个地铁站。直到一个春风荡漾的夜晚，喝醉了酒的他又下意识地在这个站台下了车，又重新站在她的面前。她的模样有了些微改变，他感觉到了。

他冲她笑，慢慢地举起双手。他听见她说，"下一个。"

"亲爱的人啊，你永远不知道我多么爱你。"

他喃喃说道。

灯光照耀着她。他在她的影子里站了一会儿，就回到汹涌人潮中。人潮淹没了他。他对她的爱，她至死也不知道。

【勇气】

母亲离婚后就没有来看过她。

父亲是一个懦弱的人。

女孩在卑微中长大。看见她的人，仿佛看见一只随时想要逃走的惊恐兔子。

许多人就叫她兔子。

兔子长大了，长成了少女，离开了老家，也恋爱了。理所当然，她仅有的两次恋爱皆以失败结束。

她习惯了一个人。一个人逛商场，一个人吃晚餐，一个人去影院，一个人在这个陌生的城市被雨淋透。

初夏的午后，阳光耀眼。

她来到跳蚤市场。到处都是笨重的书架，坏掉的灯盏，劣质的简易衣柜，等等。在这些过时的，多余的，散发着可疑气味的众多旧货中，突然出现一面装饰着饕餮纹路的铜镜。她下意识地拿起它。镜子里出现一张羸弱的老妇人的脸庞。

"镜子啊镜子，这就是我的宿命吗？"女孩失声恸哭。

这还是她第一次在大庭广众之下流泪。一种很奇异的感受从她内心深处源源不断地涌出，怎么说呢，这种感觉就像是她刚喝完的雪碧里的气泡。

自己就是这个淡绿色的雪碧瓶子？女孩踢了下刚扔掉的空瓶。

瓶子滚到一个拾荒老妇人的脚边。老妇人马上捡起瓶子放入随身袋子，就像是捡到了钱。女孩怔怔地看着，这个白发垂项，脊背伛偻的老妇人有着一张与她刚才在镜中所见一模一样的脸庞。

这一回女孩没有从人群中逃走。

她想了一会儿，就买了一块小白板，还有一支大号水性笔。

就写三个字，"求带走。"

女孩在阳光下的旧货摊里站着，努力地把脊背挺得直一点，更直一点。

神在天上看见了，也忍不住弯下腰来祝福她，让她的勇气一直坚持到跳蚤市场关门的时候。

没有人带走她。

不过这有什么关系呢。从这一天开始，兔子还是兔子，但已经是一只勇敢的兔子了。

【寻找】

一个男人去寻找自己失踪的孩子。这是七年前他就应该去做的事。

一路上他碰到了黑袍巫师、仙女、精灵、龙、麒麟、侏儒，还有白雪公主。

他们都不约而同地表示，在某个地点，某个时刻，见过他那个可怜的孩子。但也都很好奇为什么他一直拖延到今天才踏上这条寻找孩子的路。

他解释了一次，解释了两次，解释了三次……解释了七次。

他终于来到孩子的面前，可他现在什么话也都说不出来了。

孩子再次离开了哑口无言的他。

【粉末】

男孩和女孩，分别从两个方向来到了这个地方，一个对他们而言全然陌生的国度，到处都是荆棘与熔岩，还有凶猛的食肉动物。

毫无疑问，他们眼睛里都是惊恐。

很快，他们就在彼此的眼睛里认出了这种惊恐。他们发现他们就是同类。他们还发现，当他们互相凝视的时候，当他们肩并肩的时候，这些惊恐就会逐渐消失，像火消失于火里。

他们的手，开始牵在一起。

女孩把荆棘纺织成花冠，男孩用熔岩建构房屋。他们一起驯服了各种野兽。

杂花生树，草长莺飞。

他们喃喃低语，"这是只属于我们的国度，是人间天堂、尘土上的乌托邦，是关于爱最完美的具现，是生命最高的礼赞。"

他们相爱了。

为了保证这份"具现"的纯粹，为了保证这份"礼赞"的完整，他们毫不留情地杀死了一些侵犯了这个国度的强盗、土匪，在犹豫中放逐了几位无意中来到此间又饥又渴的旅人，还忍痛放弃了数次成为父亲与母亲的机会——

唯有如此，他们才能得偿所愿。

这就是代价，是必要的，必需的。

终于有一天，为了保卫家园，男孩受了伤，被一把大剑劈倒。女孩在他身边痛哭不已。她的眼睛里全是惊恐。他们这才惊讶地发现：原来惊恐从来就没有离开他们半步。

"你死了，我该怎么办？"

"跟着杀死我的这个男人继续生活在这个国度里，就是对我最好的祭奠与怀念。把我忘掉；又或者说，把他当成我的全部。"男孩奄奄一息地说道。他瞥了眼那个握剑之人的身影，继续说道，"他比我更有资格来守卫我们的家园。"

然后他死了。一阵风吹了过来，把他吹成粉末。

【诺亚方舟】

在很久以前，世上是没有船的。从树上跳下来的猴子，因为上帝的恩赐，学会直立行走，却始终学不会相亲相爱。同一个祖先的它们互相羞辱互相掠夺，不把猴子当猴子，也不把自己当猴子。它们无休止地厮杀争斗，流出的血灌满了罪恶的深渊。它们信奉暴力。肉体的暴力，话语的暴力，以崇高名义实施的暴力，以"我是流氓我怕谁"为名实施的暴力。为了争夺日渐稀少的食物，大部分的猴子不是炮灰，就是炮管。

这让一只猴子非常伤感，便发明了"猴道主义"，省下口粮，整天忍饥挨饿，去劝说同胞。这天，这只猴子在森林边发现一根大木头，木头上有一个洞，跳进去，刚好合适。洞里还有两根木板，把它们插入水里前后划动，木头就能前进或后退。这只猴子非常高兴，把它叫作船，然后跑去招呼同胞，指着对岸的森林以及在森林中奔跑的野兽，说，"现在我们有船了，让我们去那里打猎吧。"

猴子们赶走了它。它们不肯放下手中的兵器。也许不是不肯，是不敢。猴群的历史中有着血淋淋的教训，所谓"刀俎鱼肉"。这只脑袋进了水的猴子，以为自己声音太小，以为别的猴子都很愚蠢，便以启蒙为己任，跑到猴军对垒处喊话，并且涕泪交加。没有哪只猴子愿意理会它。当战鼓响起的时候，一把刀割过它的喉咙，再一旋，剥下它的皮，紧接着，这张猴皮便被制成一面可以抵挡利箭的盾。战争仍在继续，不再仅仅是为了争夺食物，雌猴以及其他任何一种微小的因素都将导致战争爆发。

有一天，一只小猴子出生在这个荒谬的尘世中。一眨眼，它长大了。它非常困惑。它困惑的不仅仅是猴子为什么要打架的问题，而是"猴子是怎样从根本不存在变成某种存在，然后那种存在的一小点儿又是怎样变成了现在的这种样子"。要知道，在过去三十八亿年的不同时期里，哪怕进化发生最细微的一点偏差，猴子们也许就要用头顶的鼻孔吐出空气，再钻到十八米的深处去吃一口美味的蚯蚓。小猴子跳上船，划了几千公里的路，来询问部落里最有智慧的鼻毛比雌猴头发还要长的老猴子。老猴子看着小猴子驾来的独木舟，面容哀戚。小猴子问老猴子为什么要难过。老猴子指着独木舟说，"你知道它叫什么名字吗？"

小猴子说，"它叫船。所有的猴子都这样说。"

老猴子说，"它叫诺亚方舟。"老猴子缓缓吟道，"上帝在宇宙中遨游，将物种播撒星球，再次回来之日就是收割食物之时，整整四十天的暴雨，万物皆被吞食。上帝有一个巨大的胃。他离开了，他在那洪水之上留下诺亚方舟，让生命的种子得以残延喘息，以便再一次收割。"

老猴子的狂乱谵语，有着像探照灯一样强烈的光芒。这是一种要把肉体烤熟的光芒，这是一种没法拒绝无法逃避的光芒。可怜的小猴子在这一瞬间明白了，暴怒起来，试图去拆毁那船。奇怪的是，不管它拆得多么彻底，也不管它是否把火焰投于其上，等到它停下手，那里就马上出现了一艘跟过去一模一样的船。

【绝症】

你也许读到过一篇小说，我忘了叫什么名字，是在那间小旅馆，我也忘了旅馆叫什么名字。我把一本杂志遗忘在床头柜上。我知道你在收拾房间时会发现它。那篇小说就刊在那本有着一个深蓝色月亮做封面的杂志上，说的是一个住店旅客与客房服务员的故事。

旅客是一个人至中年的女会计，一个小地方普通的独身女人，在单位每年一度的例行体检时，被告知得了绝症。这让她重新审视自己三十余年的人生，决定拿出所有积蓄，来到她从小就梦想的上海，住进一家小旅馆。

女旅客本来想等到把钱用完的那天，就从房间的窗口跳下去。可有一天深夜，她睡不着，从消防通道上了楼顶，却发现那个打扫房间的客房服务员想跳楼自杀。

这本来是一出极乏味的悲剧。这样的故事在这个城市里实在太多了。

可那个没有多少经验的客房服务员，却把女旅客当成女大款，当成自己摆脱目前困窘生活的机遇。他抓住她，不放手了。她也只好假戏真做扮演起一个女大款。

喜剧上演。

她开始行骗，掘得人生的第一桶金。然后意识到自己行骗的天分，连续获得第二桶金、第 N 桶金。这时，女大款才明白，所谓绝症只是无钱治疗的委婉说法。

她治好病，在很短的时间里便在上海滩上演绎出一段传奇。那个客房服务员，则成了她的情人、助手。当然，最后他还是背叛了她，出卖了她，使她银铛入狱——因为恐惧。可这又有什么关系呢，从治好绝症的那一刻起，她认为自己已经进化成另外一种存在。如果非要用一个比喻，那就是关汉卿笔下那粒蒸不烂、煮不熟、捶不扁、炒不爆、响当当的铜豌豆。

那篇小说的名字就叫《豌豆》。我想起来了。你也许读到过它。你或许还记得我身份证上最早使用过的那个名字。是的，我的名字就叫豌豆。我就是那个曾经风云一时的女人，那个在出狱后无情地毁了你一生的女人。

我之所以要给你写这封信，是因为我已经返回了我们当时出发的地方。

无论走了多久，走了多远，我终于发现，我还是那个心若死灰的女旅客（铜豌豆真是一种可怕的自我认知偏差），而你呢，是否还好？不管你自己的感觉是否还好，你对我的感觉是否还好——请原谅我的自私——我都要向你陈述一个事实：

你是我遥远的梦境。是我的绝症。不可治愈。

【恶意】

一个男人去参加一个老同学的婚礼。

婚礼上的人不多，寥寥数人，这不奇怪，他们都是异乡的漂泊者。让这个男人吃惊的是新娘。十五年前，就是这个眼角有痣的新娘跑到校长那举报还是小学教师的新郎，说他猥亵强奸了她。

冰凉的啤酒让男人胸口的烦闷稍减。

他跌跌撞撞地来到酒店的洗手间，在那里逮到一个与老同学面对面的机会。他们已经有多年未见。他们曾经是一对最要好的朋友，念一所高中，读同一所师范学校，同桌，同宿舍，毕业后又一同分配到同一所小学。

"为什么？"男人嘴里呼出酒气。

"什么为什么？"老同学朝着小便池抖动尿液。

"为什么要邀请我出席婚礼？"

"她的主意。"老同学转过脸，朝着男人笑了笑，"其实我不想邀请你。当年为了竞争区区一个语文教研组组长，你胁迫她诬蔑我，使我名誉尽失，几乎是在一瞬间便失去所有，我在牢里蹲了整整五年，所蒙受过的种种屈辱不说也罢。我的遭遇比起那部丹麦电影《狩猎》里的男主角可要悲惨许多……算了，这些想必你也是都知道的，并为此捧腹大笑过的。"

老同学额头上的疤跳动了一下，"可我还是想谢谢你。因为你的恶意，让一个女孩全心全意地爱上了我，从她十岁一直爱到了二十五岁。"

老同学把尿液洒到男人的裤腿上，一副很开心的样子，转身出去了。

这些就是事情的全部真相吗？

不，不是的。

就在这场婚礼的前日清晨，那个正朝着洗手间匆匆奔来的眼角有痣的新娘，才刚刚跳下这个男人的床，还差点儿踩在我背上。幸好我溜得快，只给她留下了一小截尾巴。我是壁虎。我看见了，虽然我并不理解他们为什么要这样做。

人类的世界满满都是恶意啊。

我飞快地爬过屋角，来到隔壁，朝着正扶着马桶呕吐的新娘，露出笑容，跳进了她的身体里。这并不困难，人与壁虎的区别没有他们想象的那样大。都是一些脱氧核糖核酸的排列组合罢了。我想，这会是一趟有趣的旅程。我已经听到门外拳头挥动的声音。没有人是无辜的，也包括了那个正被男人揍得鼻青脸肿的老同学，懦弱即是他的罪。

【花苞】

一个私家侦探专门替一些徐娘半老的妇人跟踪她们的花心丈夫。如果妇人给的钱多，他也承接去给小三们做思想工作的活，打消她们的妄念。

这是一件让人愉快的工作。他在圈内的名声一直不错。

某日，一个有钱人找到他，希望这个私家侦探去跟踪他的妻子，找到她不忠的证据。

女人是这个私家侦探的初恋。

私家侦探犹豫了一会儿，看在钱的分上还是答应下来。这笔钱确实能打动人。

他很敬业，也足够专业，但在三个月的跟踪调查中，他没有发现女人有任何不轨的行为。当然，她过得并不算开心，眉尖总是锁着淡淡哀愁。怎么说呢，像一盆快要枯萎的茉莉。这让他心里有了很奇怪的烦躁与郁闷。他在花草市场上买了一盆茉莉，还详细地向卖花人咨询了相关栽培养护技术。他把茉莉花摆在办公室里，给它修剪、施肥、浇水。花期未至，只是几个纯白色的花苞，香气却很浓郁，浓得让他连打了几次喷嚏。

几天后，他向有钱人提出解除合同。

有钱人爽快地答应了，还执意把报酬扔在桌上，说这是他应该得的。

送走有钱人后，他打算去外面旅游一趟，排遣一下那种纠缠自己多日的莫名情绪。他正准备把茉莉花搬到窗台上晒晒阳光的时候，房门敲响了，是有钱人的妻子，他的初恋。她手里拿着一沓他跟踪她的相片。

"为什么？"她说。

她的声音是颤抖的。他们已经有十年未见。当初是她甩了他。他是恨她的，一直恨了十年。

他突然想明白了那个有钱人的意图。不过这又有什么关系呢？是该给茉莉换盆换土的时候了。又或者说，也只有被生活伤害过的女人，生活才会在她们灵魂里留下点什么。她们才是这个尘世里最弥足可贵的珍奇，是神之恩典。

"因为我爱你。一直爱着你。"

他听见他的声音从茉莉花的花苞里飘出。他又打了一个喷嚏。

然后，就在他的眼皮底下，在她的盈盈目光下，花苞已然绽放。

【恶棍】

一个恶棍决定去死，临死之前决定做件好事。

并不是为了补偿这个曾经被他凶猛掠夺过的世界，纯粹就是活腻了，想在死之前体验下做好事的感觉。然后……然后他就做上了瘾，一直愉快地活到了今天。

大家都叫他善心人，只有我们几个老兄弟还是照旧喊他"恶棍"——

这是对他最恰如其分的称呼。

【药丸】

一个医学博士对妻子的平庸厌恶透顶,决定发明一种药剂改造她。

从下定决心的这天开始,他筚路蓝缕,废寝忘食,苦心搜罗有关于妻子的一切,从基因组测序结果,到各种行为分析研究报告,包括已经被妻子遗忘的童年创伤记忆,等等。

实验终于在第三十年,取得突破性的进展。他手里有了一颗白色药丸。只要让她吃下,她就有99%的概率拥有居里夫人一样的智商——这是超级计算机多次运算的结果。而一旦妻子表现出这种高智商,他也将立刻获得世界性的声誉。

他把溶有药丸的水给妻子端了过去。妻子在打毛衣,是他的毛衣。尽管他曾多次告诉她,这样做是愚蠢的,商店里卖的毛衣更轻更贴身暖和,可她还是坚持,哪怕他还专门跑去国内最权威的纺织品检测机构出具了一份相关材料,她还是坚持,说,"机器做的,哪有手工编的好呀。"

她的声音是普通的,不是花的声音,不是鸟的声音。

他看了看窗台上的花,窗外的飞鸟,目光落在她那张普普通通的脸上。

他不无惊讶地发现她的头发竟然白了许多。他又看了看她身后的镜子。他的头发也白了不少。

"怎么了?"妻子停下手中的毛线针,接过他手中的杯子,准备喝掉。

他像被胡蜂蜇了下，突然尖叫起来，"等等。"

他夺过杯子，转身把这杯凝聚着他三十年心血的水倒入马桶。

"怎么了？"妻子起身问道，眼里有一丝困惑。

"没什么。水里有只飞蚊。"他听见自己的声音，是那样奇怪，又如释重负。

他把妻子抱入怀里。

【一生】

上尉战死沙场后，他的部下，一个浓眉少尉娶了他的妻子。

为了照顾好上尉的妻子，还有他的遗腹子，少尉去医院做了绝育手术。

妻子至死都不知道这点。

他们很恩爱。妻子临终时的遗憾就是未能替他生一个孩子。

他安慰她，拿着在外地负笈求学的继子相片说，"这就是我们的孩子。"

妻子欲言又止，眼里都是泪水。他怎么擦都擦不掉。

他知道命运多舛的妻子要说什么。

在孩子很小的时候，他就知道了孩子的血型，是 A 型；而他，他的妻子与上尉，三个人都是 O 型血。

送走妻子后，少尉来到上尉的墓碑前，喊着口号，在烈日下独自操练：立正，稍息，敬礼。

当年是上尉救了他一条性命，现在他把一生都还给上尉了。

【一千零一夜】

一颗遥远的星球上，有个国王，每天都要娶一个少女，并在翌日清晨处死她。

这可能是因为他的妻子。那个长头发的妇人在国王进行星际探险时，背叛了他，勾搭数名情夫发起一场可怕的宫廷政变，还试图用她的长头发勒死归来不久的国王。

国王便颁布了此道令人费解的诏令。

有人私下揣测，也许是因为国王认为少女与妇人是两种生物，前者是美好的，后者是可恶的。而唯一能让美好得以保存下来的方式，就是在她们堕落前处死。

一个宰相的女儿，为了拯救这些无辜少女的性命，毅然入宫。在四周悬挂着镜子与金色流苏的床榻上，开始为国王讲述故事。每天晚上讲一个，只讲开头与中间，把结尾放在第二天晚上再讲。讲了《阿里巴巴和四十强盗》《阿拉丁神灯》《渔翁的故事》等。

国王一直沉默地听着。

这些故事是如此熟悉，准确说，是曾经从他嘴里说出过的。

在他并不算太长的冒险生涯中，他曾踏足过一颗蔚蓝色的星球。

一个威严的女王统治着它。女王善治国，施政有方，选贤问廉，民众富裕，堪称英主。

唯有一事，女王每日都要从这个星球上的所有男人中，随机挑选一位，唤其入宫，嘱其表演才艺，再在翌日处死。没有人清楚女王为什么要这样做。最早大家还认为是这些被选入宫的男人才艺太差，不能博得女王欢颜，可当几位号称歌神、棋王、诗仙、刀圣的男人，皆被砍掉头颅后，大家缄默了，不再把这视作进身之阶（这真是一个糟糕的幻觉）。

这个星球有数十亿男人，挑中某人毕竟是一件小概率事件。而且，相对于女王的贤明来说，她这一点点的残暴爱好根本不是事。所以就算有倒霉蛋在被挑中后想逃跑，也会立刻被火眼金睛的人民群众扭送有关部门。父亲扭送儿子，弟弟扭送哥哥的事并不稀奇。

国王被选中。一个容貌姝丽的女官将其带入后宫焚香净衣。也许是心有恻隐，也许是盼着这个异乡人能让女王粲然一笑，女官告知了国王即将来临的命运，劝他不必去做些临帖、刻竹、洗砚、鼓琴之类的傻事。国王大惊，百般思忖下，开始给女王讲故事。他讲的第一个故事，即是《国王山努亚和他的一千零一夜》，讲了整整一个晚上，到天亮的时候，故事的结尾还没讲完。就这样，女王为了听到故事的结尾，把杀他的日期一天天延迟下去，一直讲到第一千零一夜，女王死了，被女官杀死的。也就是到了那时，国王才知道女官是女王唯一的女儿。国王乘乱逃出王宫，回到故乡，尽管很快便陷身于妻子的陷阱里，他还是成功地粉碎了妻子的阴谋。这是奇迹。

国王沉默地听着。一直沉默了一千零一个夜晚。

清晨来了，宰相女儿仰起她如星辰一样珍贵和耀眼的脸，讲述起最后一个故事的结尾。

她的声音不再像往常那样清澈动人。

国王在听完这一千零一个故事后，发现自己并非生性残暴，而是因为从未品尝过爱情。曾几何时，他每夜都要换一个新娘，可如今他与一个女人已经同床共眠一千零一个晚上。你说国王还能怎么办？他已经深深地爱上了那个为他讲故事的女人。

宰相女儿凝视着这个与她同床共眠一千零一个晚上的男人。

"这就是故事的结尾？"国王问道。

"是的。"

这个结尾与国王当初讲的不大一样。只有这一点不同。

国王笑起来，起身在宰相女儿光洁的额头亲吻了下，说，"谢谢你给了我这一千零一个迷人的夜晚。但我现在想的是第一千零二个故事。与残暴无关，与仁慈无关。这是结束，也是开始。"

国王朝左右挥了挥手，令刀斧手将可怜的女人推出门外，斩首示众，又陷入了沉思。

没有人知道他想了什么。不过这不重要。

国王起身走出宫殿，宣布废除多年前颁布的那道让人困惑不已的法令，从这天起，他把全部身心都投入治国理政中，把整个星球治理得风调雨顺，路不拾遗。也再未婚娶。

第三部分 ｜ **自我**

1

我所看见的，有些是一望即知的事实。

比如【伴侣】，那块塑料牌上的"刘昌"就是被我姥爷痛斥为竖子的刘昌。

刘昌与王芸的故事前半节就跟小姨与男孩的差不多——这是高中恋情的基本模式。两个正在发育的孩子在荷尔蒙的支配下，发明了种种只有他们俩才心领神会的语言，并且以为他们是相爱的，以为他们的嘴里只有甜。

如果说有什么不同的话，即刘昌是一个贫家子，在县城中学当寄宿生，还经常吃不饱饭；而王芸是县财政局局长的女儿，这里还存在着一个阶层差异。种种狗血剧便自这种差异中诞生，让身陷其中的人悲喜交加，一会儿是花前月下的梁山伯与祝英台，一会儿是生死遗憾的罗密欧与朱丽叶。这也没有什么不好的，诚如【拯救】里那个昔日的富二代、今天的诗人所感受到的，这些狗血剧至少可以让我们得以真实不虚地体验作为人的四种基本情感，喜、怒、哀、惧，并进而感受到惊讶、厌恶、敬畏等诸多复杂的情绪。其中一小撮人甚至有机会目睹另一个在现实之上的广袤且真实的世界，成为引领人类社会进化的人类之子。

如果说刘昌与王芸的故事有什么真正区别于大多数人的，也就是他们多年后相遇时的一个细节。在湖边携手漫步时，他们遇到一只受伤的天鹅幼鸟。在照料了这只被视为纯真与善良化身的鸟类数日后，刘昌在一块塑料牌上用刀刻下"王芸一辈子都爱刘昌；刘昌三辈子都爱王芸"这句话。

这是唯有他们才知道的秘密。

这是唯有他们才能分享的喜悦与爱。在刘昌把塑料牌套上天鹅颈脖上的那一刻，他们都百分之百地确信，身边那个人即是天使。痊愈后的天鹅在水面上冲跑，振翅飞起。他们俩朝着它不停地挥手，再紧紧地拥抱在一起，期盼这一刻就此定格，不再流动。

"哪怕下一秒，是世界末日，我也是心甘情愿啊。"

我听见了王芸当日的细语。他们没能继续在一起。他们都是有家室的人。按他们老家古老的习俗，他们是要被浸猪笼的。现在，如果他们之间的爱情被曝光，那还是人人所不齿的奸情。刘昌要丢掉他的教务室主任的职位，王芸也将沦为破鞋荡妇，成为婚姻的过错方，净身出户，并在一个去探望女儿的寒夜里，被一个喝得醉醺醺的司机撞死。

是王芸先提出终止情人关系。刘昌答应了。他明明知道王芸是对的，还是像拖着尸体一样，拖着自己的身子回去了，半路上，在路边小饭馆里要了一瓶红星二锅头。饭馆里的服务员以为这又是一个要借酒浇愁的屁货，没想到刘昌就跟我大舅一样，也把酒瓶砸在自己额头上。

没砸成脑震荡。

几年过去了。刘昌当上我姥爷的校长，成了我姥爷嘴里的一个不仁不义之辈。刘昌还真不是这样一个人，不仅仅是在王芸这个初恋面前。

我姥爷指责他虚列开支，私揽工程。这事他有没有？有。这是教育局张局长的指示。工程是替张局长的一个朋友揽的。算是相对隐蔽的利益输送。他若不答应，这个校长就没法做了。正因为刘昌把张局长侍候得还算不错，学校这几年才有这样充裕的经费，才有这么多的政策倾斜——这些好处，我姥爷是实实在在享受到的。

刘昌有没有在学校与女老师发生不正当关系？也有。基本上算是周瑜打黄盖。有句谚语，苍蝇不叮无缝蛋。说一个不恰当的比喻，那几个与刘昌发生暧昧关系的女老师多半是急赤白脸想上位的苍蝇，刘昌只是那个有缝的蛋，奉行着"不主动，不拒绝"理论的王八蛋——事毕后，他还是会负责地把嘴揩净，满足这几个女人所提出的合理要求。他的分寸感一向把握得很好，既没有让哪个女老师太过失望，也不至于让哪个心怀幻想。一个女老师的丈夫急病住院，他还主动挑头在学校里搞了一场募捐。

谚语不是真理。苍蝇也是叮无缝蛋的。刘昌对林玄仪动过心思，可没用。

林玄仪根本瞧不起刘昌。在【咖啡馆】里她出现过。这是一个文学女青年，喜欢一个作家的作品，常写信给那个陌生的男人，怀抱着茨威格笔下《一个陌生女人的来信》女主角的心情——她同样很喜欢在这部影片里扮演女主角的徐静蕾，有段时间还想把自己的双眼皮整容成徐静蕾式的单眼皮。林玄仪的死，倒与那个在深蓝咖啡馆里死掉的作家有一点关系。她受过人工急救训练。当时见那个陌生的中年男人发病倒地，跑去做急救。她的闺蜜把她做急救时的照片拍了下来，分享到朋友圈。她一下子就红了，事迹一直报到省里，还成了市里的十大杰出青年。她的谈吐与美貌引起张局长的注意。他把她叫过去，叫进一个隐藏在市郊的私人会所。她清楚迎接自己的是什么，她不想拒绝，也知道自己不能拒绝。她还特意换上从淘宝全球购买来的香奈尔套装，喷上香奈尔五号。玛丽莲·梦露说过，"香奈尔五号，是女人的皮肤。"她想自己或许有机会去征服那个年轻的副厅级干部，那个让刘昌像哈巴狗一样向前侍候的男人，那个据说父亲是大人物的官二代。这种概率确实存在。张局长早已厌倦了那些千娇百媚的姑娘。林玄仪的文学修养、脸上那颗滴泪痣等，都将唤起这个钻石王老五关于初恋的记忆。

　　林玄仪与她同时交往的四个男友疏远了关系，并暗自庆幸自己没有与其中任何一个过于暧昧。她还是一个冰清玉洁的处女。这在婚姻市场上仍然是一个很重的筹码。可她还是没有把握住机会。在搭乘一辆黑车赴约的路上，她被司机强暴了。强暴后还把她扔在路边。这是羞辱，也还是可以咬着牙忍受过去。她又拦下一辆有牌照的出租车赶回市里，想整理一下仪容，洗净衣裳上的污渍，再去赴约。可她在洗手间里撞上闺蜜。闺蜜问她怎么了？她号啕大哭。她千不该万不该暴露自己的脆弱。

　　闺蜜拉着她要去报警。她说算了。就当被疯狗咬了一口。

　　闺蜜愤愤不平地说，"若不报警，那还不知道会有多少姑娘遭那个人渣的毒手。"

闺蜜的话有道理，可一旦报警，她就是一个被男人强奸过的女人。她知道其中利害。她求闺蜜无论如何不要把这事说出去。她是含着眼泪求的。闺蜜答应了。还是食言了。闺蜜对她男友说了，是在枕头上说的。她男友对他哥们说了，是在酒桌上说。没多久，全市人民都知道作为市里十大杰出青年的她被强奸了。张局长也没有再邀请她赴约。

她跑去问闺蜜为什么害她。闺蜜一口咬定自己没对任何人提起过此事。

"可，这事怎么会传出去？只有你知，我知，天知，地知。"她拼命地叫。

她尝到了生而为人的苦。

她本来还可能不会就此凋零。她不是一个愚蠢而又美丽的雌性生物。在看完伊莎贝尔·于佩尔主演的《烈女本色》后，她又重新鼓起生活勇气，把女主角的那句话"羞耻心并没有强大到令我们停止做任何事"设置成电脑屏保，可她父亲在听闻这个传言后，当着她的面再次殴打了她母亲，破口大骂这家里有两个婊子。

还记得【幸福】这个词语吗？

"一个男人殴打了他的妻子。那个鼻青脸肿的女人因此感到了幸福。因为，这是十年来，他第一次碰触到她的身体。虽然，是以这样一种不幸的形式。"

她母亲在婚后不久，被人强奸过。林玄仪是强奸犯的女儿，不是她父亲的亲生女儿。这件事，她父亲心知肚明，她母亲对她父亲也是心知肚明，所以那个不幸的妇人对自己丈夫所给予的一切，皆逆来顺受，不管飞来的是拳头、棍棒、锅碗瓢盆，还是污言秽语。

只要女儿是好好的，做妈的什么都愿意。她母亲一直是这样想的，这是支撑着这个妇人的信念。但信念并不足以克服人性所有的弱点，尤其是那些自幽暗深渊中浮起的怪兽。

她父亲在确认林玄仪被强奸后，不再满足于对她母亲的殴打羞辱，他看女儿的目光里多出了一些异样的东西。她母亲看到了这些东西，她也看到了。

她在淘宝上买了一条女用 T 形不锈钢金属贞操裤，二百八，包邮。

一个夜晚，他摸进她房间。她无声地反抗，奋力反抗，撕，抓，咬，踢。响声越来越大。她母亲被惊动，冲进屋拉亮灯，傻了。

她父亲像没看到她母亲，嘴里只含糊嘟囔了声，"过来帮忙。"她母亲没有动。林玄仪的力气一下就没有了。她父亲却愣住了，盯着那个金属器具就没想明白这是什么东西，半晌，吐出几个字，"果然是婊子，"又朝这个金属器具吐了一口唾沫，从林玄仪身上一点点爬起身，回转身，一个巴掌扇在她母亲脸上，"你生了一个好婊子。"林玄仪跳下床，光着脚像疯了一般奔去厨房摸起菜刀，就要把这个畜生砍了。她母亲死死地抱着她，说，"不行啊，他是你爹。"她不管，不顾，还要劈。她母亲就给她跪下了。

她搬了家，她不想再看到那个禽兽一眼。看一眼，都脏眼睛。

几天后，母亲来看她。她从暖瓶里倒了两杯水，一杯自己喝，一杯给母亲喝。母亲的手抖得厉害。她安慰母亲，让母亲干脆搬来与自己同住，说着说着脑子就迷糊了，晕睡过去了。等到她醒来，她知道已经发生了什么事。

母亲跪在她床头，说，"他说就一遍。就一遍，他就回头做人。"悲伤流出了母亲枯涩的眼。母亲干瘦的手臂上有数个烟头烫伤的痕迹。

她不怪母亲。

她知道：母亲这样做，不仅是出自于对那个男人的惧怕，也是出于对他的爱。

她在看《烈女本色》那部电影时，已经模模糊糊地感受到这种可怕的情感。如果用一个学术词语来描述，或许是斯德哥尔摩综合征。她不能确认。她唯一能确认的是：她爱她母亲，也恨她母亲。她可以不屈服于生理上的强奸，不屈服于父亲的罪孽，不屈服于恶意与流言，可她母亲做的事让她最终还是崩溃了。

她把金属贞操裤扔出窗户，接着把自己也扔下楼。

很遗憾。太多人被无情的命运打倒在地，成为其猎物，被制成一份份关于痛苦与不幸的标本；偶尔有那么几个人，会从这标本中活出来，越活越具有人的光芒。可惜这种"偶尔"是一种小概率事件。不是每个人都有机会像【拯救】里的女骗子与诗人，能够在尘世就得到拯救，得到神的眷顾。

林玄仪的尘世人生结束了。林玄仪灵魂的故事也就开始了。在经过一段艰苦的旅程后，她的魂灵会出现在【小镇】里，位于地球那一端的小镇。她的容貌装束与原来会有较大改变。她的头顶将有一束蒺藜花冠，她的左手要握着一枝玫瑰，她的右手会拿着一块面包。许多人将饱含热泪，颤抖着身体，颤抖着灵魂，匍匐于地，亲吻她的足迹。

在那段艰苦旅程中，发生了许多有意思的事情。如果一一写下来，那将是一部卷帙浩繁的书，是关于一个人在独自游历中，所经过的种种匪夷所思的苦修，所见过的种种不可思议的景观，以及自我的诘难与深思，心灵深处如蒙神启的奇异体验等之和的书，是灵魂之书，救赎之书……也可能是一部傲慢之书，偏见之书。不过这些内容对我的吸引力不大。我觉得更有意思的是，那个元旦新年的晚上，她穿上一身波希米亚服饰，准备自杀前，在【悖论】里出现时，碰到的那个站在深蓝咖啡馆外的流浪汉。

【悖论】里的流浪汉，与【恳求】里那个作为菩萨显形的流浪汉，与【笑声】里的流浪汉会不会是父亲某个人格的投影？

流浪汉在这些词语的故事中出现过三次。

三是一个奇妙的数字。东方有道家的三生万物，西方有基督教的三位一体，佛家有三宝，红黄蓝三原色绘出斑斓世界，身心灵勾勒出人的形象，而作为主宰的时间也是过去、现在与未来三个阶段……是否可以从这些维度来理解流浪汉，比如【笑声】里的是过去，是人在尘世的匍匐；【悖论】里的是现在，人以一个旁观者的姿态对自身的审视；【恳求】里的是未来，人进化成神？又或者说【笑声】里的是僧宝，入世即修行；【悖论】里的是法宝，是类似"观身不净、观受是苦、观心无常、观法无我"的修行法门；【恳求】里的是佛宝，佛的垂手入廛？

当然，这一切都可能是我的过度阐释，并不有助于我打开父亲所建的这座迷宫，还可能是误入歧途。我得好好静心想一想。坦率说，仅在天鹅脖颈上这块塑料牌所引出的故事线里，我能找得出父亲所留下的这些词语的痕迹。有些是发生过的事实；有些是还没有发生的，但必定要发生的；有些是在某个人内心深处盘旋的寓言与隐喻；有些则发生在某个人大脑深处的梦里；还有一些，既是事实，又是潜意识。

举个例子。比如第一个词，【顽童】。

林玄仪的父亲，小时候就干过这种事，不过在"大家也仍然当他是透明的"之后，他便离开了那个村子，跟在一个挑货郎的背后进了城。这是事实。

替我接生的刘海儿与那个长了一对招风耳的英俊男人，会生下一个熊孩子。熊孩子上学第一天就把老师惹哭了。他偷了老师的手机，不知道怎么就打开了屏幕锁，看老师与男友的亲热视频，还召集小朋友过来一起点评。发了财的英俊男人不得不把熊孩子带回老家，熊孩子还是各种闯祸，在"大家也仍然当他是透明的"之时，刘海儿赶过来，抱着孩子哭得稀里哗啦，承认自己错了，不该到处去张贴这种布告。这是即将发生的事实。

这个【顽童】同样是对我姥爷晚年的隐喻。在我离开不久之后，我姥爷执意要为自己开一场追悼会，并手书挽联一副，"灵魂驾鹤去，正气乘风来。"大舅拗不过，只得照办。小姨倒乐，还把她从红米手机里看来的段子改头换面了一番，说什么，"既然敢来到这世界，我就没有打算活着离开！从今起，父亲每多活一天，就净赚了二十四个小时。"姥爷就乐得找不着北了，居然有耐心按着小姨的指点，给小姨发微信红包了。

【顽童】还可以是那个奇妙的亡灵，那个失足落水的小公务员，那个喋喋不休的悲观主义与享乐主义的信徒。本来我还以为他应该是【卡夫卡】里做梦的那个男人，却在惊鸿一瞥间，望见这个把自己的"羞怯、古怪与孱弱，一股脑儿塞进卡夫卡黑呢子大衣里"的男人，五官倒与大舅差不多，下巴上同样有颗古怪的痣。至于面白无须的小公务员，噢，上帝知道在他死后，他都干过了多少让大家啼笑皆非的事，再怎样正经的话题与事，打他面前一过，立刻会变得异常滑稽可笑。可能也正因为此，作为一个体胖虚弱的他，才得以独自霸占水坑的西北角。亡灵同样不喜欢滑稽可笑下面所埋藏着的荒谬感与无意义。

　　林玄仪的父亲、姥爷与林玄仪在生活中有过交集。刘海儿是那个把林玄仪推落深渊的闺蜜的亲表妹。小公务员是林玄仪的大学同学，他们之间还有过发乎于情止乎于礼的一夜。只要把林玄仪这个点锚定，父亲所留下的这些词语便会像海里的浮游生物，围绕着它渐渐显现出各自的大小、形状、属性、肤色，构成一张错综复杂的社群网络，一本没有页码、由无数个超链接组成且随时随刻都在增殖的书。

　　一个陌生人不经意间的某句话、某个动作、某个眼神所导致的蝴蝶效应，都可能扯动这张网，在某个人的现实中引发一场风暴。这是显而易见的。

　　支配了林玄仪命运的，也并非是格兰诺维特强调的各种弱关系所提供信息的广度与多样性，而是几种有力、确定的强关系。这是人际关系的中国特色。这是略加思索，便不难得出结论的。

　　把这个社群网络建构成一个模型，对各个连接点的身份、职业、年龄、性格、购货习惯、阅读偏爱、医疗报告等，进行统计、归类，进行数据分析，便大致能预言其中某一个点，在未来某个时段所可能发生的行为，比如可能爱上谁，买什么东西，进哪家餐厅，去哪里旅游。这是可以想象得到的。

我也还能清晰看见这张社群网络的各种属性，比如邓巴数字与六度空间理论等。如果把这张网换一个文学性的表达方式，即命运。又或者说是宿命。

也许，它即是佛陀证得觉悟前，所睹见的种种因缘生灭与果报无常的总和。

父亲是为了让进迷宫者尝试摆脱作为人的道德与修辞，以及一个人所固有的偏窄视野，去审视这个世界所有的因果，据此开悟，就像佛陀那样？

这就是开玩笑了。大舅拜菩萨，父亲可从来不谈论什么佛法。再怎么样高深的佛法，对他而言也可能只是一颗土豆——完美，但无效。他不好这一口。当我还在妈妈肚子里时，可没少听他对菩萨的各种不敬之语。说什么普贤吃东西时的样子丑暴，还老打嗝；文殊是个迷迷糊糊不靠谱的傻大姐，没事就抠脚丫；观世音经常开小差不干正事；地藏喝多了酒跟谁都闹别扭；还有那个满头乱发的大势至，那个飞扬跋扈啊，说话鼻孔都朝上翘的。父亲可能是想哄妈妈高兴，缓解我妈的产前忧郁症。他这样一说，我妈就更生气了，脸一沉，"你这样乱嚼舌头，菩萨听见了，你准没得好死。"

我妈是对的。我爸确实没得好死。不过我爸的死应该与他乱嚼舌头没有关系。连我都知道我爸是开玩笑的，菩萨们还会不知道？

又或者说，父亲营造此迷宫，所渴望的是进迷宫者能够证伪六度空间，建构起邓巴数字与大脑认知能力之间关系模型，推导出某个具有真理属性、具有普适意义的结论？

"我爱你，是真理。你不爱我，也是真理。真理与真理是要打架的。"父亲对所谓真理总是一副不屑一顾的样子。在父亲看来，如果说这世上有真理，那么唯一的真理就是人们对真理的热情。父亲为什么有这样大的热情来造此迷宫，他是否在对这些热情的"俯瞰与亲历"的过程中又发现了什么？

我猜不透父亲葫芦里卖的啥药，又隐隐约约觉察到一些东西就隐藏其中。我把目光投向球体表面的词语，是静止的，也是流动的；是滔滔不绝的言说，也是漠然的缄默；是纠缠的爱与恨，毁灭与重生，也是空虚与湮灭，梵与涅槃。它们中的哪一个是密钥？它们，它们的变化，它们的渗透、扭曲、吞噬、撕扯又究竟意味着什么？

像一个接一个滚动着的石子。撞得我胸口发疼。

"地球上各种生命之间的巨大差别，归根结底都是 DNA 中四种通常被缩写为 G、A、T 和 C（鸟嘌呤、腺嘌呤、胸腺嘧啶和胞嘧啶）的碱基的不同排列的结果。"

我忘了我是在哪里看到的这段话。

能否把这些词语，视作构成 DNA 的碱基；所谓故事，只是这些词语在某时某刻某处的一次随机排列，一次由概率支配的 DNA 结构的显现，并据此构成芸芸众生？有这种可能。但作为构成生命的基本单元来说，它们的数量未免太多了，并且过于繁复。而如果把这些词语视作细胞本身，它们的数量未免又少了一些——按照常规的组织学分类方法，人体细胞的种类不会少于二百余种。

或者说，这些词语是荣格所提及的原型，是潜藏在我们心灵最深处，由数千万年光阴沉淀下来的，那些与无数逝者灵魂有关的若干个具有某种倾向的密码。它帮助我们理解人这个物种的奥秘，人与他者的关系。一旦密码与人之心灵发生共鸣，如同钥匙与锁，便会出现一系列奇异的情节与形象，即故事。而这些故事也将帮助具体某个人（必定是一个被现代性浪潮裹挟，被自然律所抛弃，内心时常觉得在深渊边缘，灵魂已被各种浮光掠影所侵蚀的人），感受到生命最原始的状态，或者澎湃，或者萧瑟。

父亲有这么大的善意吗？

热情与善是无关的。

要把这些词语及故事，与荣格列举的原型种类对应起来并不困难，只要按照荣格所提供的那套话语逻辑往前走就是了。比如我目光随机望到的词语【馈赠】是一个非典型的阿尼姆斯原型的叙事。【路人甲】是一个英雄原型。【骗子】与【挚爱】是人格面具。若站在阴影原型与自性原型的角度，把【馈赠】【路人甲】【骗子】与【挚爱】重新解读一遍也是有趣的，如果把这四个词语及故事，组装出一个相对独立的故事——原型能够以各种不同的组合方式来相互作用——这就更有趣。不过，也只是有趣罢了。

仅仅就阿尼玛原型来说，我也一望就能在这些词语中找到它四个阶段的不同形象，比如作为男人母亲情结的【归零】，表现为性爱对象的【司汤达综合征】，展示爱恋中神性的【拯救】，以及象征内在创造源泉的【雕塑】。

"人生中有多少典型情境就有多少原型，这些经验由于不断重复而被深深地镂刻在我们的心理结构之中。这种镂刻，不是以充满内容的意象形式，而是最初作为没有内容的形式，它所代表的不过是某种类型的知觉和行为的可能性而已。"

我喜欢荣格描述的这种"镂刻"，用它显然可以解释许多，揭示许多，比如人与神的关系；同时它也可以遮蔽许多，隐藏许多，尤其是对未来的忽视。

人是被未来塑造的。

对未来的想象，才让人此物种，一步步来到今天，而非是对集体无意识的沉溺与品咂。那些"没有内容的形式"，在当下语境里可视之为人的本能，比如中国人不假思索地拿起筷子夹菜吃饭（这对西方人来说，是一个要绞尽脑汁才可能学会的技能），但它们对人的进化不提供澎湃动力，它们只是适应性的体现。

父亲不会真以为荣格就是对的吧？

那他就太蠢了。

再说得刻薄点。哪怕只是在第一个词语【顽童】里，又或者其他任何一个词语，我也能翻捡出荣格所列举的诸原型的蛛丝马迹，读出其意蕴。这不困难。

阐释不难，过度阐释更容易，有大量的话语生产模式可引为工具。耗时亦不会太久，一台智能手机几分钟内可完成。每个词语，犹如水滴，不仅是某场暴风雨里的一部分，也同时携带着这个宇宙自形成以来的所有信息——我这是想多了。所有信息，即"无限"。人的大脑不足以对"无限"进行任何有效的检索思考。要有边界，有限与无限之间有一块界碑。若有逾越，即为荒谬，必然踏足于"可能的楼梯"上，被自身的视觉与经验欺骗，并以为自己所见为真理的闪耀，而这即是最大的谬误。人是有限的集合。荣格的原型时有逾越。就像一个野蛮人，扛着一把斧头，试图闯入上帝的园子，去砍伐木头，方法极是简单粗暴。他可能砍下了园子外面那道篱笆上的几根木桩，也仅限于此。

更重要的是：

所有的"典型情境"并不典型，因为幸存者原理。那些能够繁衍子息的幸存者，无一不是概率（上帝）眷顾的结果，而概率本身是不具有典型性的，只是一个随机滚动的结果。

生命岂是原型两字可以束缚的？

能建构此迷宫，还让我困身其中长达数年的父亲没有这样愚蠢。

我低下头细细思索。

那条古怪的青色小鱼自掌心深处游出，摇头摆尾。有点儿像我出生时遇到的那条鲨鱼，尾鳍像橹一样摆动——眼看就要游出我的手掌。食指与中指下意识地伸出，夹住它的脖颈，犹如夹住一张纸牌。指尖有一点刺痛感。好像被臭虫叮了一口。这是一种极端怪异的感受，好像有种让人欲罢不能的东西在眼前一掠而过。对了，是不是塔罗牌？一道闪电在脑子里画出一道 Z 字。

我差点儿在空中翻出一个跟斗。

能否把每个词语及其故事，视作是一副塔罗牌中的一张？

通常的塔罗牌由 22 张大阿卡那牌和 56 张小阿卡那牌组成。这只是通常。父亲完全可以用 121 个词语及故事，来建构一个从未有人听闻、也不曾被任何人记载下来的塔罗牌阵（【垃圾场】描述了这种可能性）。每张牌包含着各自的思想、情感、记忆、经验。它们互相指认辨析，互为隐喻启示，为使用牌阵的人提供某种预言，甚至是改变未来的途径。每个词语都有正反两种解读。

比如【顽童】。从正面解读，它意味着勇气，渴望自由，打破陈规，不因循守旧；从反面解读，它又意味着被误解，困境与敌意，被爱人放逐。

比如【朱迪思】。从正面解读，它意味着自我的觉醒，道路，爱与心灵的艺术，对命运的坦然接受，向死而生；从反面解读，它意味着噩运，被异性误导，不可拒绝的诱惑，理性的匮乏。

比如【失语症】。从正面解读，它意味着告别过去，重新开始，自我认知的萌芽，事业方面某种意想不到的成功与困惑，拥有爱情；从反面解读，它意味着机遇的失去，意气消沉，在离婚边缘，无法决定，缺乏判断的能力。

……

父亲的玩法我尚不得知，可能是在普通塔罗牌阵的基础上再引入中国的太极两仪三才四象五行六合七星八卦九宫的概念。

太极为 1，两仪为 2，依此类推，这些概念之和为 45。

再加上 78 张塔罗牌，即为 123。父亲的词语及故事少了两个。若把我的故事（进入迷宫者），与父亲的故事（建构迷宫者），补入其中，那就刚巧嵌合。会是这样的吗？如果是，这些词语里的哪个是我的故事，哪个又是父亲的故事？

为什么是 121 张牌？

121 是第一个平方回数，也是第一个大于 100 的平方数；是十进制中的史密夫数、自我数；是人们列队行进时齐声呼喊的口号；是唯一已知可以表达成 $1+p^1+p^2+p^3+p^4$ 的平方数，其中 p 是质数——我不知道这种表达的意义有多少，它有着某种数学之美，不过比起欧拉公式之类的，两者之间的差距，像一个灰头土脸的丫鬟站在一个风华绝代的美人身边。父亲选取它的缘由，应该不是出自于数学上的考虑。

或者说这座迷宫只是一个未完成品，父亲所要建构的是一个如同《一千零一夜》一般的宏大工程，某种突发因素让他不得不中断了所进行的工作。有这种可能性。

还有一种可能，即另外 43 个词语只是为了保证 78 张塔罗牌精确运算的必要冗余。系统需要冗余配置，它提高可靠性。这也同时意味着系统的臃肿与相应的成本增加，"若无必要，勿增实体"，父亲向来就是一个奥卡姆剃刀美学的践行者。

又或者说，这纯粹就是父亲的心血来潮。一念止时，便是 121。

父亲有这么无聊吗？也许他就有这样无聊。就与这座迷宫一样。

不知道过了多久，一种接近于零度的喜悦出现在胸腔处。

我不知道我为什么会有这种喜悦。所以我闭上眼。再慢慢睁开。

那个纯白色的椭球体不见了。四周是海水涌动的声音。一片大海出现在我眼前，是我从未见过的，也从来没有想象过的，其之深，犹如黑色泥土的颜色；其之大，不是文字可以形容，仅目力所及处，就有亿万万只海鸟从海面飞过。

手指间的那条青色小鱼不见了。鲸在我身下喷出鼻息。

我几乎都把它忘了，还在恍惚间以为自己置身于一座移动的岛屿上。

这是哪里？我问它。问这只全宇宙最孤独的鲸。用它所能听得懂的频率。它没吭声，缓慢地前行。应该不是缓慢。瞬间我已来到海鸟中间，来到那个由亿万万只上下翻飞的海鸟所构成的一个让人目眩神迷的奇异空间。

鸟，抽象而又透明，宛然一个完整的生命体，庞大，威严，让人不敢抬头仰望，就好像是上帝的面容，又犹如孕育了上帝的那个不可思议的存在——或者，这就是宇宙深处的奇观，"玻尔兹曼大脑"？

随着我一念生起，鸟发生了变化，不再是一个整体性的奇观，刹那间便化作无数，有了各自的种类、大小、羽翼、颜色、习性，同时包括了世间所有曾经出现过的，以及即将要出现的鸟类。有的鸟飞得快，有的鸟飞得慢。飞得快的鸟一头扎进飞得慢的鸟的体内，也不去管那具下坠的肉身，两只鸟争斗撕咬，极是凶猛。

碎羽飞扬，眨眼间若大雪降落。

我伸出手，抓住了三千一百二十二朵雪花。

它们迅速融化成一体。是那条我以为已经从指缝间溜掉的青色小鱼，摇头摆尾。再定睛去看，青色小鱼再次消失遁去。手心处躺着一个晶亮的词语。

【写作者】

每个汉字都有其象形会意,有一个国族数千年文明史所沉淀的记忆,集体无意识层面的喜怒哀乐忧愁烦恼(八个字里头喜和乐只占两个,所以凡事要想开一点儿)……它们像一只只嗡嗡响跳着八字舞的蜜蜂,在造物主(作者)神秘的意志下,超越了作为一只蜜蜂所拥有的属性,以一种匪夷所思,同时也令人眼花缭乱的方式,开始在屏幕上聚集,渐渐地获得对"作为一个整体"的梦想与相应的行为逻辑——出现在屏幕上的每个汉字会因为对这种整体性的理解,自发地调整自身的重量与速度,这也就是一些作者在修订增删时所感觉到的神秘性。认为在那奇妙的瞬间,是上帝握住自己的笔。

灵感并不是来源于自己的大脑,而是文字在文字中涌现。

涌现,是1+2等于7,同时也等于一只"苹果"——亿万万年前,生命即按照该逻辑在地球上涌现。

重复一次:也只有在这个神秘奇异的时刻,构成这个整体(现在应该称之为一篇文章)的众多个体,才会逐渐呈现出超越自身利益的,只有作为一个整体才能呈现出来的特性,并生成"诗"的语境,使每个词语有了新的可能性。

为什么这个词要搁在这里,而不是那里,是僧敲月下门,而不是僧推月下门?

为什么这个词搁在这里,是这个意思,而不是那个意思?

这是一个在日常生活中被大家熟视无睹的奇观,文章的主旨、结构等,以及美,由于单个词语对整体性的服从,得以显现,犹如一缕缕光从暗中显现。

写作者在街头行走思索。

他发现人流和河流之间的区别与联系。落日的玫瑰从天而降，使街头如同舞台。

他意识到所谓"日常生活的戏剧性"的真正含义，绝不仅仅是事件的起承转合与情节的跌宕起伏。他望着从身边漫漶而过的一张张脸庞，想起那一个个方块字，几乎要号啕大哭。这是一种俯瞰芸芸众生的视角，一种难以想象的悲悯之情开始充溢心胸。

"人是上帝的一部分，所有的人都是。其中一小撮者，因为种种因缘受到神启，成为人类的杰出者，比如我。"

写作者在这样思索时，没有发现他的脚步已经下意识地跟上人流行进的节奏。换个说法，人流已将其裹挟。他路过邮局、深蓝咖啡馆、书店。书店的橱窗里摆放着一本《乌合之众》与一本《群氓的时代》。他皱眉，隐隐约约感觉到某种事情将要发生。他情不自禁地咬了下手指，体验到焦虑与不安。他又路过一间商店。橱窗里搁着的电视机在播放一档海洋生物的纪录片。他不自觉地放缓脚步。

风吹了过来，猛地把地面上的一只塑料袋带上灰色的天空。

他惊呼出声，终于意识到自己是人流中的异质。但大脑已经来不及思考这个问题，他感觉到"震惊"，是的，"震惊"，本雅明反复论述的那个词。他的视线被一种神秘的力量牢牢地与电视机的屏幕连接上了。

屏幕上那片深蓝色的水里，数万万条银白色的鱼，突然用一种难以理解的神秘方式，在一个极短的零点几毫秒的时间段里，迅速形成一个移动的群体，高速向前，眨眼间又一律左转——就没有一条往右转！

倏忽聚散的鱼群让人敬畏，没法不把它视作一个完整的生命体。

只是它的灵魂何在？是同时存在于每条鱼体内吗？是每条鱼都同时做出左转的选择，还是其中一条做出左转的选择后，其他的鱼刹那间便确认了这是最好的选择——它们为什么不需要民主投票？为什么它们中间就没有一望即知的"头鱼"，那种类似君王发号施令的鱼？

写作者紧紧地盯着电视机的屏幕。他想挪开眼睛，但挪不开。人流的速度加快了，像有一个声音在前面呼喊着他。他不得不抓住玻璃上的钢质把手，以免自己被人流冲走。他想起他在某篇文章中看到的一个段落：

父亲在空中打出的那行黑体字是一句神秘的咒语。许多人互相张望着，渐渐开始离开他们原本的行走路线，或者走出家门，三五成群，四六一堆，犹如不断叠合的一个个不同尺度的旋涡。人流很快形成，伊始还只有铅笔画出的细线大小，眨眼就有大拇指头粗细。这是一种具有非常怪异特性的流体。它能掀起拍沉钢铁巨舰的浪头，也会瞬间化作虚无。在人流中，不管一个人多么智慧、强壮、高尚，一旦被其裹挟就必然要跟随它移动的节奏——哪怕眼看着自己脚下有一个被践踏的人，也会身不由己地再踏上去一只脚。它能最大程度地攫夺理性，使一个人沦为一个单向度的畸形物。人流是危险的；当人流被有意引导至某个特定区域就更加危险了；而当一个能激怒他们的事实，再被不假丝毫掩饰地摆在眼前时，受到挑衅的人流，会变成一头比世界上所有恐怖生物加在一起还要可怕的怪兽。

这篇文章叫什么名字？

《阿达》。

几分钟，这个音节从他胸腔深处缓慢浮出，姿势与一条被鱼叉刺伤的座头鲸差不多。

舌底下有一些咸。写作者开始反反复复地思索关于《阿达》的一切。

又是什么让这篇文章有了一种生命力，能使"我"心澎湃，望见星辰大海？

而在这无数个"澎湃"与"望见"出现的时候，人会超越个体的局限性（或者说自私、贪婪等人性的弱点），甘愿为群体（人们通常用国家、民族，以及人民等词语来描述它）抛头颅洒热血，推动它不断变化——这是一个犹如波浪涌动的过程。

变化，不一定意味着前进。一般来说，群体的整体性大致可分成"家族—民族—人族"三个阶段。利他主义便是这个"人作为整体一部分"合乎情理的理性选择。这也是"人民"这个词的蛊惑性的根源所在——为人民牺牲，决不仅仅是因为对崇高的追求，或只根源于它的道德魅力，还有"个人的非理性服从群体的理性"——这不仅带来安全，更带来责任与荣誉。

"没有人是一座孤岛，可以完全地自给自足；每个人都是广袤大地的一部分，是整体的一部分，是其他人内心的风暴与手中的玫瑰。"写作者喃喃低语。他都想不起来，在四百年前，一个叫约翰·多恩的英国诗人说了这句话的前半部分。

他在台阶上坐下，掸掸衣襟上的土与唾沫。他的样子看起来是那样疲惫、憔悴。也不知道过了多久，一枚硬币落在他洗得发白的灰袍上。

他抬起头，吃惊地发现，越来越多的硬币正朝他飞了过来。这些面值不一硬币的投影在地面形成文字。通过改变硬币飞行的轨迹，即可以形成不同的文字，以及句子与段落。这是一个让人痴迷的游戏。很快，写作者忘掉他曾经思索的一切。他站起身，跟随人流，继续向前，就像所有人一样，手掌开始有节奏地拍打胸口，嘴里呼喊出声。

这就是父亲留下的第 122 个词语。

而这个词语里所提到的《阿达》是不是这个牌阵的最后一张，即第 123 个词语？我读过它，在一本不起眼的杂志上。一位叫李蔚超的女士对《阿达》发表过一小段评论：

《阿达》中隐约闪现着父神造人、原始部族神话、福山、科幻等等隐喻的因子，小说刻意营造的悬疑侦探电影的氛围，将这些杂烩的元素包裹得妥帖，指向对现代人类社会 / 中国命运固执而费解的思索。小说显得忧心忪忪，接踵而来的问句是作家对历史、现实和未来问题的焦虑和促迫。然而，焦虑之外是呼之欲出的渴望，"凭什么京都市民不能与京都市以外的人们拥有一样的生活？"希腊正典柏拉图《理想国》在京都被视为"禁书"，"父亲"为改变世界而翻译《理想国》，作者所构想的乌托邦理想国是何种意义上的，便不言自明。

不管是，或者不是，这不重要。

如果把这些海鸟比喻成词语，那么我纵使耗尽一生，也无法穷尽所有，找到那张由这亿万万只海鸟所共同构成的谜底。所有的词语都可以被随时置换，就像这些鸟正在我眼前干的一样。也许唯一的办法，不是去阅读这一个接一个的词语，而是去找到那个把词语当石子一个个丢出来的人。

找到词语的根源。

那个最古老的词语里面既然包括了三界众生各种幻象，那么它也应该同时蕴藏了父亲的来龙去脉，他最初的样子，他那不为人知的隐秘与故事。

手指自鲸受伤的鳍上滑过，像是在水面滑过。不知何时，这只座头鲸背上已多出一把钢叉，血自受伤处汩汩流出。这些钢叉是鸟之尖喙利爪所化。我把掌心的青色小鱼投入鲸背上的伤口。鲸低低叫了声，叫声中有感激，也有祝福。

它开始融化，融化成水面的一圈圈涟漪。水波荡漾。

我望了过去，望见了水波表面各种不同程度的倾斜，望见光在其凹凸不平的表面的折射与衍射，也望见了一个背着双肩包一脸疲倦的男人。

2

一个男人出现在一个裸露出大块红壤的陌生小镇里。很少的房子，几棵怪模怪样的树，一个小旅馆，墙体由片岩堆砌而成——风在片岩间挠着指甲，像是一群群冷血的啮齿动物。

男人四处张望，表情疲惫又不无茫然。男人忘了是什么原因让自己在这个小镇停留下来。可能是一场突发的洪水冲垮了公路，一次心血来潮的独自出游，一个互联网上的无聊约会……总之，男人背着双肩包到了这儿。背包里有一台联想笔记本，几件换洗衣裳。

男人往前缓慢地挪动双腿。

路引导着他。

小镇的夜空群星璀璨。男人看了一眼，就把脖子看扭了。疼，很别扭的疼，整个人都感觉是长在这种"疼"上，变成了一棵歪脖子树。男人拦住一个穿花衣裳的少年，问小镇哪里有药店。少年目光警惕，瞪着他，看到他心里都浮现出一头野兽的时候，才把一只鸡爪般蜷缩的手缓慢地指向树下的旅馆。

是一棵歪脖子的槐树，在昏暗的路灯下，模样极是诡异。

男人在旅馆老板娘手里买到一盒跌打扭伤药膏。不是三无产品，上面有国药准字号。保质期已过了两年整。他拿不准主意。身材瘦削的老板娘穿一件灰格子高领外套，眼里有难以捉摸的光。他问她药膏能否便宜点，一盒五十块钱太贵。她说就这个价，这里只有鬼才会把脖子扭伤。男人苦笑，抱着死马当活马医的心态买下药膏。又问她房间一晚上多少钱。她说三十块。男人吓一跳。有了前车之鉴，就算她说一千块，他也不会吃惊。没想到这么便宜。交完钱，洗过热水澡，贴上药膏，推开窗户，望远山的轮廓，再听松涛阵阵，听到恍恍惚惚的时候，肚子饿了。男人想去找些食物，她敲门进来，问他要不要服务。男人问她都有哪些服务。

她解下外衣，露出一对丰满乳房。

男人问她多少钱。她说，五百。全套。整晚。

她说了六个字。声调与和尚念六字真言差不多。男人动心了，犹豫，怕遇上仙人跳。男人说，等会儿不会有男人拿着斧头闯进来吧。她露齿微笑，说开店是要讲信用的。

她没说做人要讲信用。她说开店要讲信用。

男人的心突突跳了下，点燃一根烟，说其实进来也没关系，别闯，男人都怕这种破门而入的惊吓。先敲下门，最好也不要像谢耳朵那样敲得那样急。

她哈哈大笑，说你真逗。

男人喜欢谢耳朵这个哏。但一个乡间卖春女能理解这个哏吗？

男人笑起来，说是吗？

男人不知道自己是逗，还是不逗。现在有一个词很流行，叫逗比。逗比牺牲自己，娱乐他人。男人没有这么高尚。男人只是陈述事实。事实与现实不一样。

乡间的夜晚，如梦似幻。男人上前抱住她裸露的肩头，去嗅她鬓发间的香味。她刚用过潘婷洗发水。男人喜欢这种香味，比香奈儿、范哲思等香水好闻多了。

她颈脖间挂着一根镶嵌着蓝色珠子的吊坠。肩胛骨处有一串字母与数字组合成的编码 S/NEB 05241560，深蓝色，不是贴纸，是那种深入皮肤的文身。男人问这是什么？她的眉毛一挑，模样有点儿诧异，问他真想知道？男人说是。

很奇怪，在看到这组编码的一刹那，男人的性欲消失了。她说，那你得加钱。男人说加多少。她伸出一根手指。男人说一百？她摇摇头，说一千。男人又吓了一大跳。她看出他眼里的迟疑之色，说，那咱们继续做吧。她撩拨他，用唇齿伺候他。她的技术不错，男人没有反应，丹田处那股热的气流不知上哪儿了，只好双手枕头，身体放平，让各种负面情绪啃咬着脑细胞的效率慢一点。墙壁上有一块污秽的镜子。镜子里有他与她的裸露。她的锁骨很漂亮，美人骨。《续玄怪录》里有一个锁骨菩萨。他不是胡僧。男人揽她入怀，问，"你喜欢与男人做这件事吗？"她说，"是，舒服。"男人不知道说什么好了，捏捏她下巴。

男人喜欢肉贴着肉，一个女人的肉贴着一个男人的肉，暖和，哪怕什么也不做，就这样贴着。她理解了这点，身子蜷入他怀里，是猫科动物的那种蜷曲。肌肤光滑，结实，掌指间有体力劳动的痕迹。她的发丝有那么几根飘入他的鼻腔。男人打了个喷嚏，继续放平身体，什么也不想。

又痒了。

她是故意的。她故意用手抓着几根头发来挠男人的鼻腔。男人抓着她的手，亲了下，说睡吧。

她嫣然一笑，说好啊，扯过一床被褥。被褥结实，厚重，带着被米汤浆洗过的香味与小时候的气息。月光在屋子里涨起来，颇有点儿水波激滟的意思，远远近近有秋虫之鸣。这是一个美好的时刻。男人看着隐没在暗中的她的脸庞，脑子里出现几行唐诗，可还没等他念出来，她说，"你听过食骨蠕虫吗？"男人心头略有不快。她在这个时候提蠕虫实在大煞风景。不管什么样的蠕虫，总能让他自行脑补起一幅蠕虫在肚子里翻滚的画面。幸好他不是蠕虫恐惧症患者。她继续说，"你看《动物世界》吗？"男人当然看过。不仅看过，还特意在互联网上搜索出为《动物世界》配音的赵忠祥与饶颖女士的音频文件，认真学习过。男人握了下她的手说，"睡吧。"

"蠕虫都是雌雄异体，可科学家 2002 年在灰鲸遗骨上第一次发现它时，只找到雌性，没有找到雄性。你知道为什么吗？"她的声音在黑暗中荡漾，如神的灵运行于水面。

是的，"如神的灵运行于水面"。

男人打了个激灵，差点儿从床上翻身坐起。

她不是夏娃，男人也不是亚当。她不是他肋骨的一部分。他是嫖客，她是妓女，而且是纯粹的皮肉生意，没有执手相看泪眼，没有小红低唱我吹箫，没有红缨翠带鸾镜鸳衾棋子灯花。一只飞蛾扑入屋内，在灯光下犹如鬼魂。是鬼脸天蛾。

男人叹口气，"我不是谢耳朵。我是一个孤陋寡闻的人。"

"你说谢耳朵的时候，我想起了蠕虫。"

"为什么？"

男人不大能理解这个逻辑。谢耳朵与蠕虫会有什么关系呢，谢耳朵那个移动数据库级别的大脑被蠕虫病毒侵入过？蠕虫与蠕虫病毒可是两回事。

"每条雌性食骨蠕虫体内有近百条雄性个体，只是它们个头太小，要用显微镜才能发现哦。"她被自己的笑声呛住了，男人赶紧拍她的脊背。

她的脊背光滑冰凉，手指上的触感跟摸笔记本电脑差不多。

男人有点儿恍惚，不明白这有什么好笑的。她的逻辑是在捣糨糊。也许，她从谢耳朵联想到蠕虫，根本就没有动用过逻辑。女人是不需要逻辑也能思维的生物。

"你想想，这是真正的女王大人啊。当女王大人表示自己好寂寞想生小虫子时，她体内的男宠们一起大叫，我来我来……你再想想，当谢耳朵这样喊的时候，这个世界会多么有趣啊。"她柔软的嘴唇贴上男人的胸膛。

男人还是觉得不好笑。当然，如果把这世界比喻成地母，谢耳朵也的确就是一个男宠。

"自然界里女尊男卑的现象很多，只普遍见于靠繁殖力取胜的低智商生物种群；狼、黑猩猩、狮子、虎等高居食物链顶端的，皆是雄性为王。更别说人了。"

她没再吭声。男人疑惑是不是自己干巴巴的语调吓着了她。

或许她说女王的男宠本为催情。哪个男人会不想把女王大人压在身下肆意蹂躏？男女交媾，本来就是一场性别之间的搏斗，所以男人之形，如狼似虎；女人之状，后浪打前浪……如果真是这样，她就不应该只是一个收五百块钱的小镇妓女。她去北京的天上人间坐台，混成头牌日进斗金不是问题。

是秋夜，微凉。

天地有霜意凝结。

男人起身取出钱包，数了一千五百块钱给她。她真是善解人意，马上明白了他的心意。

她重新躺回他怀里。

很奇怪，这一刻的她与上一刻的她似乎是两个人，是两种完全不同的生物，甚至体温也有了细微的改变。一千块钱就有这样大的魔力？男人怔了下，去看她的脸。她脸上有一层蒙蒙月光。他所看见的月光是1.28

秒前的，他所看到的这张人脸是 0.003 纳秒前的。人们都生活在过去，当下无从把握。

男人喟然叹息。她的声音开始滋润着这个百无聊赖的夜晚。男人希望是滋润，希望她的声音会与山泉一样潺潺流动，这样他就可以枕着山泉入睡了。

"我出生在很久以前。有多久呢。如果以年作为时间单位，大约有三十万年。这是一根蜡烛点燃另一根蜡烛的过程。不要问我是新点燃的那根蜡烛，还是旧蜡烛中的哪一根，蜡烛就是蜡烛，不会因为它在时间长河中的不同形状，就不是蜡烛了。所有的蜡烛，已燃尽的，正在燃烧的，即将被点燃的，这三者构成蜡烛的名字，构成我。"

这是她说的第一段话。

男人蒙掉了。她在他额头上亲了下，嘴唇湿润。"还要听吗？"

这是女人的亲吻，不是从《聊斋》里跑出来的女鬼——他也没有这样大的福分。男人想自己是遇到了一个大脑紊乱的精神病人，或者一个小说作者。后者的可能性要大点，精神病人的话语不会这样有逻辑性。男人很勉强地笑，心里颇为自己那一千块钱懊恼，也为一个小说作者兼职妓女这行唏嘘不已。她侧过身，眼睛的虹膜处有雾状的东西漂荡，两只瞳孔的颜色不大一样，不是正常人的那种黑，一只淡黄，另一只偏绿。这只有两种可能，要么他的视觉神经系统出了问题，要么她有暗疾。不过，这也让她的脸容显现出一种异乎寻常的美。男人捏捏她的手，拿不定主意。她咯咯笑，张嘴在他左手食指上轻咬一下，"吓着了？胆小鬼。"

"是吓着了。你应该站在大学课堂上去讲这根蜡烛。"男人嘟囔一声，把脸贴在她胸脯上。柔软的胸脯下有颗心脏在跳动，真实，有力。男人说，"为什么要做这行呢？"

她没直接回答他的问题。

"我忘掉了我的第一个名字，但还记得我那时的样子。我是这个星球上最美的女人，许多男人不远千里跋山涉水送来昆仑山顶开采出的暖玉、大海深处抹香鲸的歌声、由月光孕育的狼、一种能随着星光移动而变幻香味的花冠，还有他们身体里流动的血，那血有橙色的，有绿色的，有金黄色的，最迷人的是一种深蓝的，它是甜的，只要尝上一滴，便宛若置身天堂。"

她又咬了一下男人的手指，是右手的食指，比第一次用力。

牙印里有些许的血。

男人感到了一丝刺痛丹田的热。性欲回到身体内，像一颗种子。她用膝盖顶住。顶住这颗种子。

男人目不转睛地看着她的脸，心里涌现出一股难以抑制的悲伤。

她出现在一座由神话与梦幻建筑的古老城堡前，头戴五色花冠，衣袂飘动。这是每年秋日最为金黄灿烂的时候，亦是只属于她的节日。以她为圆心，数以万计的男人构成了一个圆，脸上无一不洋溢着心迷神醉的表情，就像圣母来到了他们的身边，而他们是她最虔诚的信徒。

她不是圣母。

如果说聚集在城堡前的男人是羊群，她就是放牧他们的牧羊女；如果说这些男人是彼此争斗的狼，她就是图腾与信仰。只要她目光驱使，他们中的任何一个都愿意为她去做任何一件事，包括用刀子阉割自己。那时的她确实过于年轻，滥用了这种力量。当越来越多的男人割断尘根，把尘根送入一座专为供奉此物而修建的凝望塔时，城堡里的国王，那个有着深蓝色血液的男人，不得不放逐她，把所有与她有关的画像、衣饰等事物尽皆焚尽，把那个原本属于她的节日更名为静默节。凝望塔亦被夷为平地。国王要抹掉所有人对她的记忆。这是他必须要做的事。若再任由这种情况继续下去，他的国家就再无繁衍之力，无可战之兵、可学之士、可耕之农。尽管她是他的妻子，还刚分娩了一个婴儿，一个王子。

她也终于明白她的美即是罪。

她心甘情愿地承受了这命运，取下花冠，穿上最粗糙的麻布，手足套上镣铐，被一叶扁舟送到海的中央。她以为她会渴死，被日光晒死，被猛兽咬死……在熬过最初对死的恐惧后，她开始盼望着"死"的早日来临，无论是怎么样的死啊，都好过于等死。

淡蓝色的海水把她带到一座荒芜之岛。当她踏上岛屿的那一刻，奇迹出现了。石缝里流出清泉，树枝上的果实也变得香甜可口。她活了下来。她并不想念她曾经拥有过的生活，但还是没法忘掉自己诞下的那个男孩。

"这个岛屿是一个透明又冰凉的瓶子。"

她哽咽起来。天籁一般的嗓子仍然躲在她喉咙里。她一遍遍地说着。当她这样说的时候，海面掀起波涛，路过岛屿的船只皆会迷失于她美妙的嗓音里，最后触礁沉没。这让众生畏惧，把岛屿附近的百里海面视作禁区，把这座岛屿称为女巫之岛。说岛屿上有一个女巫，白天容貌极美，连被她脚踩过的石头都会变成这世上最稀少珍贵的宝石，男人只要看她一眼，就要心碎而死；到了夜晚，她就会拥有鸟的尖喙、兽的利爪，每根头发变为一条毒蛇，专门以死去之人的魂灵为食。

这一切她一无所知。

她只是越来越习惯站在岛屿最高处，思念着她的孩子，祈祷上苍能允许她再看他一眼，就一眼。也许是因为这种思念，她的容颜没有半分凋零。

但当这一天真的来临，她没有认出那个晕迷在礁石群中、失去记忆的英俊水手即是她二十年未见的儿子。她儿子醒来后也立刻爱上她，像一个男人那样爱上她。他是亚当，她是夏娃，岛屿是伊甸园。她又有了身孕。她难产了，失血过多。死神的镰刀划破她苍白的嘴唇。她儿子挡住镰刀，咬破手指，把深蓝色的血滴入她嘴里。

这无比的甘甜让她再次活了下来。也因为这深蓝色的血液，她惊恐地发现那个可怕的事实。"你还爱我吗？不管我是什么。"她问。

"爱！"她儿子回答道。

她分娩出一团风暴。

风暴笼罩岛屿，让世界倾斜。

海水上涌，岛屿只剩下只供两人站立处。"知道这是为什么吗？"她颤抖着，恐惧在吃着她的内脏。海水喷涌，壁立，如古堡森严之墙。

她跪下来。

一枚贝壳被潮水卷到她脚边，壳是敞开着的，风暴曾把它摔在石头上。里面有一颗拳头大的深蓝色的明珠。她捡起贝壳，在脸上画了一个十字。皮肉翻卷，血流出来。她的容颜被这两道可怖的创口损伤殆尽。她的儿子静静地看着她，没有上前阻止。

"知道。当我来到这座岛屿的第九个夜晚，记忆回到我的脑子里。在你腹部那块月牙状的胎记上，我认出了你，我的妻子，我的母亲。"她的儿子小声说道，"我出生不久，一个阉人歌手来到古堡，他的歌声能穿透一切，包括铁，也包括了尘封已久的记忆。父亲放下利剑，把阉人关入地牢，下令任何人不得靠近。每当夜晚来临的时候，父亲会把耳朵贴在墙壁上，整夜倾听。我不明白这是为什么。父亲脸上有让人心悸、心慌、心闷、心疼、心碎的表情。等我终于找到机会来到阉人面前，这个小眼睛的男人用一种能让人忘了饥渴的声音告诉了我缘故。"

她儿子唱起来，面朝大海。

"她的唇是那样软，好像蚕丝棉；她的乳是那样圆，好像馒头甜；她的腰是那样细，好像蕨菜鲜；她的腿是那样长，好像象牙尖……"

她小声哽咽。

她儿子的声音清亮柔美。

海水没上她的膝盖，冰凉苦涩。

她望向古堡方面。"他还好吗？"

"他死了。"

"他死了？"她茫然，手足无措。

海水掀起的泡沫，如同一群群遮天蔽日的黑羽渡鸦，翻滚、盘旋、俯冲，用略微弯曲的利喙，不断啄着她的伤口。

"我朝着岛屿进发的那天，父亲令士兵朝我放箭。我抓住一根，随手回掷。箭头刺穿他的胸口，他跌下马来。我哀声哭泣，想拨转船头去说一声对不起，海面上掀起风浪，命运就这样把我带到你的面前。"她的儿子用手掌擦去她脸上的血。每擦去一点血迹，他的手掌就要消失一点。而手掌每消失一点，他的身体就要变得透明一分。

"我在痛苦中挣扎了许久，后来想明白了。"

"想明白了什么？"海水淹没至她的胸口。

"阉人说我终有一日要弑父娶母。说完后咧嘴欢笑。我趁笑容还停留在他嘴角时，用利刃割断他的喉咙。他在地牢里待得太久，身体是透明的。死对于他来说是解脱，是恩赐。"她儿子顿了下说，"他是对的。不管你是我的母亲，还是我的妻子，这不重要。重要的是，你即是他用了一生吟唱的那个女人，那份甜，那种完美。我很高兴我能找到你。很高兴在寻找你的旅程中所品尝到的千辛万苦。这些即是我的意义。"她儿子说完最后一句话，笑了笑，吻了下她的脸颊，伸长四肢，像一条透明的鱼，慢慢消失在海水里。他身体里的血都流尽了。她脸上的伤口不见了，还是那样光洁，柔嫩，美。

海水退去。渡鸦啾鸣着，一只只潜入海水深处。不多时，岛屿重新浮出水面，洒落的漫天星光，犹如一条背鳍湿润、曲线完美的大鱼。

她眼里第一次出现泪水。

泪水滚烫。滴到男人的脸颊。男人看着她哀伤的眼神，说，"你哭了。"她伸手擦去说，"是啊。我哭了。"她没有否认这个事实，没有去寻找一些拙劣的借口。

"泪水是有毒素的，人要学习排毒，尤其是女人，这样对身体好。"她莞尔一笑，把头枕在男人臂膀上，舌尖舔着他右手食指上的牙印，"还想继续往下听吗？"

这不是一个俄狄浦斯式的故事，虽然有着同样弑父娶母的情节。这是对美的赞颂，对女性的崇拜。父亲与儿子都是献给女人的祭品——或者说，妇女用品。男人亲了下她脖子上这组深蓝色的编码。异样的触感。微痒，略酥，如同细小的电流。晕暗的灯光下，它是一句神秘的咒语，一只从数字时代爬来的异形生物，也是一座被苦心孤诣设计的迷宫，里面不仅有粗线不一的线条，还有许多指纹状的旋涡。

男人又看见了那座在岁月里漂浮的岛屿。

她在岛屿高处用碎石垒起一个塔，把那颗深蓝色的夜明珠放在塔尖。这成为许多个风暴之夜里水手们航行的灯塔。谁也说不清这座塔到底有多高。风平浪静的日子里，有人赌咒发誓说它不过数米；可等到大海暴怒的时候，更多人亲眼看见它高若星辰。这是凝望塔。是慷慨的神灵在凝视着他的子民。从风暴中幸存下来的水手把这座岛屿称为奇迹之岛。只要靠近它，就有可能得到龙涎香、珍贵的贝类、一种吃了能让人如置身天堂的蕴满水分的奇异果实、各种匪夷所思的馈赠等。但谁也无法真正靠近它。不知从何时起，岛屿四周多出了一些古怪的旋涡。它们是一群让人啼笑皆非的动物，会悄无声息地出现在那些鲁莽冲动的船只下面，露出顽皮的笑容，把船又送回原处。不管是多么富有经验的水手，也不管是多么大、多么坚固的船，结果一样。

旋涡日复一日，终于掏空岛屿的底部。

一个清晨，风和日丽。岛屿飞上空中，事先无半点儿征兆。

附近海域三艘船上的旅客有幸目睹这个奇观。一艘挂有一面印有黑色骷髅头"海盗旗"的军舰，一艘载有三千五百二十一名旅客的豪华邮轮，一艘准备赴远洋打捞的渔船。

军舰上掌管雷达的通信兵最早发现这座飞起的岛屿。歪戴水兵帽的小伙子，提醒他的指挥官，这可能是某个国家研发的战略性秘密武器，也可能是外星飞船。神色冷峻的指挥官没有理会士兵的僭言妄语，用望远镜观察着这个沐浴在阳光下、通体金黄的庞然大物。"没有哪种飞船的外壳是悬崖峭壁，这不吻合空气动力学。外星人的飞船也要讲科学。"指挥官的目光落在岛屿下方那块有数平方公里大的阴影里。

他在胸口画了一个十字，垂头低声说道，"赞美主。就是此刻。"

邮轮甲板上的旅客并不多。一对来度蜜月的年轻夫妇在船头上演"泰坦尼克式"拥抱。当岛屿浮起的那刻，男人松开手，刚成为新娘不久的女人立刻跌入水里。没人听见女人的惨叫，包括那个身体像自慰器一样不断震颤的丈夫。旅人们从舱房里奔出，仰头观望这个完全颠覆了他们认知经验的事实。越来越多的人全身发抖、呼吸困难。一个教授模样的老者用手使劲拍打自己的脸，嘴里含混不清地嘟囔，"这是集体癔症。我一定是在梦游……噢，不对，我是谁，我在哪里？我要往哪里去？"一个少女率先掏出手机，以这座飞起的岛屿为背景迅速自拍，还不忘比画了一个剪刀手。少女第一时间把这幅照片分享到她的推特账户，加了一个小标题，"世界就要灭亡了，我还是这般美丽冻人"。（少女没写美丽动人。这是她个人的话语习惯，也是语言的自我进化。动是对的，合乎字典规范的对，也是陈词滥调；冻之一字多好啊，冻雷惊笋的冻，山冻不流云的冻，日月冻有棱的冻，柳枝解冻的冻，万里黄云冻的冻。这个字让美丽有了闪电一样的力量，让少女迅速增加了百万粉丝，一跃为网络红人，出书，上镜，拥有了爱情——这是闲话，后话，是她叙述的片段）。

少女的自拍行为让感觉窒息的游客如梦惊醒，纷纷掏出手机与相机，要记录下这个动人的历史时刻。

渔船上有一个赤足少年，他也在仰头望着这座浮在天上的岛屿，目不转睛地望着，嘴里喃喃说道，"要是我能捞到这样大的一条鱼就好了。"

岛屿岿然不动，静静浮着，既不向上，也不朝下，不往前后左右，也不去东西南北。但，它在膨胀变大，每时，每刻，每分，每秒。这是一个加速度。在它变大的同时，孕育它的母体星球在以相同的速率变小。急速赶来的科学家们很快便发现这个奇异的负相关变化，也急忙劝慰大家不必对此过分焦虑，这必将是一个持续数千年的漫长过程。

"它再能吃，也不可能一口就把胎盘吞掉的。它不是黑洞，只是一种我们目前尚无法理解的存在罢了。等到它把我们脚下的星球吃了一半时，想必我们也已经找出它的秘密，那时，或许我们已经可以移民银河系的任何一个角落。"

科学家们信誓旦旦。

岛成了全球旅游的新景观。有关于它的历史也以各种媒介方式重新进入公众视野。人们修建各种大小的凝望塔，在塔前竖起无数根阴茎状的石柱，还用自己的美学逻辑，在塔里为她建造各种材质的塑像。在甲地，她金发碧眼，肤白胜雪；在乙地，她黑发棕眼，肌若绸缎；在丙地，她螓首蛾眉，肤如凝脂；在丁地，她妖娆性感，肌似墨玉……她有了亿万种关于美的姿态与容貌，让亿万人顶礼膜拜的姿态与容貌。

这一切她仍然是一无所知。

她不清楚岛屿为什么会来到天上，也不想去弄明白。时间过去了这样久，她已经忘掉自己的名字，也忘掉了是谁在岛屿高处修建了那座奇异的塔。当月亮升起的时候，塔尖会挂住一缕形若有质的清辉。取下它，用手来回细捋十三个昼夜，清辉会凝结成一根深蓝色的丝线。攒出一筐，编织成衣裳，穿上，起舞。沾在衣裳上的月光就会滚落，掉入岛屿下方的海水里，化成一个个淡蓝色的圆。很难用言语与词语形容这个神奇的圆，它存在而又不存在，超越了"圆"本身固有的属性与字面意义，好像隐藏着这个宇宙最深的奥秘。最早，人们用它来装饰女性的颈脖与手指，后来不知是谁发现，把这样一个圆吞咽入腹，再在凝望塔前，对自己所爱上的那个人说"我爱你"，那么，不管是霸道总裁，还是傲娇萝莉，也不管他们曾经有过多么轰轰烈烈或静水流深的爱情，这个人一定会抛掉过往，抛弃所有，全身心爱上自己，没有丝毫保留，目光再也无法离开自己半刻。

这种不可思议的功能颠倒了众生。

谁不渴望爱呢。尤其是当爱能够被这种确定的因果关系清晰呈现时，人们对这个圆的追逐几至疯狂。你是否爱我，不重要，重要的是我能否拥有这个"圆"。

她不知道岛屿下方那个星球上发生着的事。

她只是活着，偶尔跳舞，看露珠倾泻。更多的时间她看从星球上飞来的各种航空器。这些奇形怪状的航空器，不管如何努力试图靠近，都被岛屿外一个透明的屏障阻挡在外。有两位从航空器里走出的宇航员还拉出横幅，说他们是秉承着全世界的爱而来，请允许他们登陆。她哧哧笑出声。如果她清楚怎么做能让他们登上岛屿，她早就这么做了。

她抱歉地笑，看着他们快快而归。更多时候，她只是看，不假思索，看这些航空器在空中画出的各种曲线——它们是一道关于求解这个世界最终奥秘的方程式。她推演几步，感觉异常熟悉。她想她应该在哪里求解过它。某个黄昏，她信手用树枝写出答案，然后把自己吓了一跳，赶紧伸脚擦去。她还是喜欢现在这样的日子，浑浑噩噩。

又过去了一些年，星球上的科学家不无绝望地承认了这样一个事实：岛屿的质量已逾临界点，要不了多久，岛屿会像一个饕餮之兽，对星球产生致命的威胁。

这让活在星球上的大多数人的不安与日俱增。他们提议要设法改变岛屿与星球之间的距离，最好是给这座岛屿套上一条绳索，使之偏转出那条危险的轨道，不再吸吮星球质量，同时又能孕育露珠；而随着临界点的日益临近，他们不约而同忘掉了这种奇怪而又美丽的露珠，决意动用核弹来毁灭这座邪恶之岛。是的，邪恶之岛。越来越多人忧心忡忡地打量着天空，用这四个字谈论着这个诡异的存在。但那层透明的屏障完全超出他们的认知。一艘艘航空器发射出的各种武器，像发了疯一样的褐色鸟群撞击过来，在屏障上化作一朵朵灿烂的烟花。她津津有味地看着，看烟花生灭，看这些聒噪的鸟群终归于虚无。

这样的日子是美好的。她对自己说。

终于有一天，她看见那个星球上到处都是血，到处都是因为恐惧而互相杀戮的人。

现在星球只有原来的一半大了。在塌陷。

一个塌陷的波函数。

她对自己说，一种深深的疲倦从心底涌出。她来到凝望塔前，叹了一口气，下意识地说，"走吧。"塔尖的明珠漫上一层更深的蓝，光线朝顶部集中，变幻，凝聚成一束。她的身影消失在光中。紧接着，岛屿与星球原本恒定的距离改变了。

瞬间，弹指，刹那。

岛屿离星球的距离已有数十万公里。这个超越光速的移动中，岛屿上的山势地貌迅速改变。山峦崩摧，峡谷隆起，万木折断。这是一系列宛若神迹的变化，深藏于岛屿深处的某个物体按照某种神秘的规律，拼装组合，不多时，一个圆形飞船便抖落数万年覆盖在身上的石块与尘埃，出现在茫茫太空。它是如此复杂、精巧、美妙、庞大。

那个歪戴着水兵帽的小伙子说对了。

这座岛屿是一艘来自异世界的飞船。她站在船舱中央，站在寂静深处，若有所思。光照耀她的脸容。她脸容上有这个宇宙所有的光。一个半凹的机械装置，悄无声息地浮现于手边。她突然就明白了，只要把手中握着的这颗深蓝色的明珠搁于此处，她就能获得失去的记忆，不只是数千年前她在那个星球上的记忆，而是自数万年前在她还没有跨越宇宙进行河系飞行前以来的所有记忆。

"就是这颗珠子吗？"男人摸过她颈脖上的吊坠。上面所镶嵌着的，是一颗蓝色的水晶珠子，不是六方结构的蓝钻，不是产于黑蝶贝体内的蓝珍珠，而且肯定不会在夜晚发亮。在男人生活了二十年的那个城市，这种水晶珠子吊坠的零售价不会超过两百块钱。她的手臂缠绕上男人的颈脖，目光迷离，"是，也不是。"

男人有些困意。她说的故事，与他在许多二三流的科幻电影里看到过的，没有太大区别，更与她肩胛骨上的这组编码没有关系。如果她是高考学生，他是改卷老师，他会在她讲的这个故事上批改上六个字，"离题万里，零分。"男人想他的耐心快要耗尽。这组编码也许没有任何意义，只是刺青本身。这个世界上有太多没有意义的人与事。男人控制着自己的情绪，把蓝色的水晶珠子放回她胸口，说，"开头在岛屿外面不让人接近的旋涡，后来那个笼罩着岛屿外的透明屏障，就是飞船的能量罩吧。"

"是的。"她又吻了一下男人的额头，"你真是一个好情人。"

男人啼笑皆非。说自己是一个好听众还差不多。睡意沉沉袭来，男人打了个哈欠，说，"后来她怎样了。你拣要紧的说，说梗概。"

"后来，她还是取回了一部分记忆。这是一艘来自异世界的流放船。她是指挥官，奉命把异世界里一批最为穷凶极恶的罪犯流放至这个宇宙，都是男人，雄性。她喜欢上其中一个罪犯。在漫长的押解途中，这个长着谢耳朵一般清秀脸庞的罪犯，总能弄出各种各样的笑哏。有谁会不喜欢一个笑话呢，尤其是一个女性，尤其是当她寂寞的时候。

在很多时候，喜欢与爱是难以区别的。

她帮着这个长着谢耳朵一般清秀脸庞的罪犯，以及其他囚犯在这个原本到处流淌火焰与岩浆的荒芜星球上生存下来。这违背了她的使命。更糟糕的是，为夺得飞船的控制权，她喜欢的男人杀死了她，还用她的细胞克隆出无数个子体，S/NEB 05241560 即是其中一个。"

她的声音异常悲伤。

男人打断她的话，"克隆体也能拥有母体的记忆？还有，其他克隆体都上哪里去了？"

夜色里她的瞳孔深处有一点湛蓝的微芒。

"他培育克隆体的目的，是为了获取劳力与食物。从性价比来说，克隆体确实再合算不过，一份培养基再加一点光能量就行了。可这个长着谢耳朵一般清秀脸庞的罪犯，万万没有想到，一个有着深蓝色血液的罪犯会爱上那个在他看来只是工具与食物的 S/NEB 05241560，他们还诞下一个孩子，是男孩。自视为父神的他决意为这桩可怕的意外画上一个彻底的休止符。而更多罪犯不无惊讶地发现原来克隆体不仅能充当劳力与食物，还能繁衍生命，并且享受到一种模糊又动人的情感……姑且叫爱吧。他们联合起来反抗父神。父神逐一杀死他们，包括原本分发给他们的克隆体。这是一场异端残酷的漫长杀戮。血流满整个星球。尸体所形成的腐殖层也使原本的焦土渐成沃土。当星球上只剩 S/NEB 05241560 最后一个克隆体时，那个有着深蓝色血液的罪犯找到重新开启飞船的法子，拿出威力强大的武器，率领剩下来的人反扑，把父神打得节节败退。父神在这个时候显现出三个可怕的形象，一个高，一个胖，一个瘦。高的那个眼里喷出红色火焰，被这种火焰烫伤了的人，会马上变得傲慢愚蠢；胖的那个眼里喷出黄色火焰，被这种火焰烫伤了的人，会立刻变得贪婪自私；瘦的那个眼里喷出绿色火焰，被这种火焰烫伤了的人，会变得懦弱无能。死了许多人。到处都是被父神撕裂烧焦的尸体。不过那个有着深蓝色血液的罪犯还是成功地抵御住了这三种火焰的侵蚀。最后在父神老巢里，两个男人展开生死决战……"她叹口气，目光在天花板上移动。

"谁赢了？"

男人撑起一条胳膊。

"他赢了。最后走出来的男人，是那个有着深蓝色血液的男人。"她慢慢说道。

男人"哦"了一声。这个故事还是这样庸俗不堪。

她的声音蓦然尖厉起来。

"可 S/NEB 05241560 知道，那个最后走出来的男人，是父神。那个有着深蓝色血液的罪犯死了，死之前还被父神改变了容貌，变得跟父神一样。S/NEB 05241560 知道他死了，她就是知道，虽然最后走出来的那个男人与他一模一样，就像她终于明白了什么是喜欢什么是爱一样。可一切覆水难收。S/NEB 05241560 知道眼前这个男人就是父神。但她什么也不能说，还不得不跟着所有的人一起欢呼胜利。如果她不欢呼，她就会被吊死，甚至还会有人在她死后的身体上用油漆喷罐喷上一个彩色单词，'婊子'。S/NEB 05241560 知道。她不清楚自己为什么知道。她是那么恐惧，害怕，每天还得努力在父神面前扮演一个妻子的角色，她是这样恨他，可又有什么办法呢。父神的伪装真好啊，比那个有着深蓝色血液的罪犯生前对她还要好。谁都看不出来。可 S/NEB 05241560 就是知道。只有她才知道父神在熟睡时的真正的样子，就跟地狱里的三头犬一样，有三个可怕的头颅，浑身毛发都会变成毒蛇。她怕。她恨。她也知道父神对她的怕与恨心知肚明。可 S/NEB 05241560 没办法……"

她放声痛哭。

男人不知道说什么好了。月光下，她肩胛骨上的 S/NEB 05241560 这行编码，像一只活了过来的蜈蚣，心里有点儿发毛，毛茸茸的毛。

男人咳嗽一声，低头看了看右手食指渗血上的牙印，小声说道，"从那以后，在无尽的轮回里，S/NEB 05241560 就到处寻找那个有着深蓝色血液的男人，对吗？"

她抬头凝视男人。男人擦掉她脸上的泪水。她的泪水真多啊，一层一层，涌出眼眶。

"你明白了。你终于明白了。亲爱的，我找得你好苦啊。"

她哽咽着，双手捧住男人的脸。

"亲爱的，不管你这辈子叫什么名字，我找了你三十万年。我的情人。我的爱人。我的骨，我的血肉，我的魂灵，请你不要再离开我。不要。"她歇斯底里地叫，用拳头敲打男人胸脯，还用力咬男人的手指，咬出血，再泪眼迷离地说道，"你看，血是不会骗人的。你体内深蓝色的血。"

她错了。男人的血是红色的，暗红。她是色盲。一种先天性色觉障碍疾病。男人抱住她剧烈颤抖的身子，试图说些什么，可话在嘴边又不见了。鼻子有点儿发酸。男人在想她的现实生活，在想她所曾经遇到过的男人。她所说的与一场梦境无异。可惜他不是弗洛伊德，没法解析。

也不知道过了多久，她平静下来，重新在男人身边躺下，没再说话，只是紧紧地抱着他，好像只要一撒手，他就会从这个简陋的房间里消失。男人在她怀里蜷曲着，像一个婴儿那样蜷曲着，嘴唇紧贴她那对丰满的乳房。

麻酥酥的。

男人在等待天亮。

天真的亮起来时，男人睡着了。

等男人揉醒睡眼，已经是日上三竿。

房间里没有女人留下的痕迹。没有散落在枕间的长发、被泪水打湿的枕巾……床头柜上有一沓人民币。十五张。整整齐齐。男人暗自皱眉，洗漱完，提着行囊下楼来到旅店柜台前。她在俯身记账，手中拿着一支钢笔。钢笔可能有点儿问题，她不时拿钢笔蘸一下柜台上那瓶敞开的墨水。她还是穿着昨天那件灰格子的高领外套。胸前那根镶嵌着蓝色珠子的吊坠在来回摇晃。物的单调运动容易将人催眠。男人冲她笑。她也报以礼貌的笑容。男人说，"麻烦退房。"她说，"稍候。我去查下房。"过不多时，她回来了，手中举着那沓人民币，眼里不无疑惑，"这是您的钱吧？"

男人苦笑，接过钱，低头又看见自己的心理阴影面在迅速扩大，"是的。年纪大了，记性越来越不好了。"她没接话，手脚麻利地替他办好退房手续，埋头继续工作。她所做的，所说的，与他见过的任何一个旅馆老板娘并无二致。男人叹口气。昨夜应该是一枕黄粱，只是这梦境太过真实。男人背起包，转身准备出店，突然听到一阵歌声。

她的唇是那样软，好像蚕丝棉；

她的乳是那样圆，好像馒头甜；

她的腰是那样细，好像蕨菜鲜；

她的腿是那样长，好像象牙尖……

是她在唱。这些汉字因为她的嗓子，是这般动人。

是的，千真万确，是男人昨天晚上听到的那首。

男人如受雷殛，回头看她。上午的阳光照进柜台里，热辣辣的。她的脸庞在阳光映耀下闪闪发亮。男人的眼泪不知为何就涌了出来。她感觉到什么，抬头，目光惊讶。

"先生，您没什么事吧？"

男人很勉强地挤出笑容，说，"没事。只是想起了一个人。她的样子很像你。"

她的嘴角露出鄙夷与不屑。女人应该是见多了这种老套乏味的搭讪。她又低下头，没再理他。男人在她唇上读到一个句子，没再犹豫，又回到柜台前，嘴唇哆嗦。

"如果我没有记错的话，你的左肩胛骨处有一块文青，是一串字母与数字组合成的编码，S/NEB 05241560。"男人盯着她的眼睛，缓慢地说道，"如果它确实存在于你的左肩胛骨上，你有兴趣听一听它的故事吗？"

药膏的效果并不大好，脖子还是扭的，男人的样子与屋外那棵歪脖子的槐树差不多。

很可笑。

男人在等着她的回答。

穿花衣裳的少年冲进屋，不知道是什么事让他如此激动，口里有风声，模样跟一头受伤的野兽一样。少年一把推开他。男人攀住柜台，没倒下。在步出房间时，男人忘记拉上双肩包的拉链。联想笔记本电脑掉出来，摔在柜台，咣当一声响，打翻了柜台上的墨水。男人眯起眼。阳光照着笔记本后盖上那行电脑主机序列号：S/NEB 05241560。

"既然我们自己的大脑能认知现实世界，那么肯定存在某种粗粒度的描述方法。如果现实世界是不可归纳的，那么这样的描述方法就不会存在。"

换句话说，既然人脑能够认知现实，那么电脑就更没有道理不能认知现实世界。除非真的是有灵魂这么一种古怪的东西存在，能让人脑跟所谓的外部客观世界发生一种不可归纳、难以描述的共振。而要承认灵魂，就要承认上帝，承认造物，承认人是某种绝对意志的设计。但人脑又创造出电脑，创造出了一个看上去似乎可以超越人脑的存在——假如人真是上帝的作品，那么上帝就不会允许这种事发生，哪怕只是"似乎"。

这好像是一个悖论。

这是一个悖论。

男人盯着笔记本后盖上那行电脑主机序列号。他蓦然想起一段话——不是想起，这段话是在他脑海里涌现的，是"涌现"。

他思索了一小会儿，开始笑。

越笑，声音越大；越笑，样子就越开心。

整个世界都在他的笑声中摇晃起来了。晃动的幅度越来越大。咯吱一声，碎了。

3

我想我是明白了。

"地是空虚混沌。渊面黑暗。神的灵运行于水面。神说，要有光，就有了光。"

光自破碎处涌出。

我想我是明白了一切的因，一切的果。

123 张纸牌在我手指间滚动。这是一个最原始的数字黑洞，是任意一个数字串，根据某种算法，反复迭代计算后的最终结果。也是对一个"正在进行时"的描述，包括此时此处的我，也无法从它的计算中逃逸。

我能轻而易举地把这 123 个词语编织成一个包含了世情、悬疑、科幻等元素的小说，或者十个，一百个。这只是一个排列组合的问题，甚至只是一个掷动骰子的问题——骰子有 123 面。我也能用它们回答马尾辫的不幸，被蹂躏致死的女记者生命最后一刻的困惑，姥爷的失心疯，妈妈为何会死，那三个与爸爸在一起的男人到底是谁，丙戌子与猴面老者的纠结什么时候结束，那三千一百二十二个亡灵自身存在的根源与未来……这些问题我都知道了答案。答案不是唯一的。我们想要一个什么样的答案，取决于我们生活在一个什么样的世界。

不。

不仅仅如此。

我叫元庆。我是一个生而知之的人。是有限与无限之间那块模糊的灰色地带。

我是顽童肩上扛着的那把锄头，是《在荷罗孚尼帐篷的朱迪思》这幅油画上的一粒尘垢，是从高僧嘴边溜出的一串句子，是少女皮肤上的一个真皮细胞，是大魔术师影子里的一部分，是女骗子脸上的一滴泪，是男孩手中挥起的木棒，是妇人手臂上的牛皮癣，是孤女体内的白骨，是路人甲在轮回深处初见妻子时的样子，是女人的那张脸，是漂亮姑娘觉察到的真正的痛苦，是少女绘在唇上的口红，是被女孩戴在手指上的钻戒，是艺术家身上的花瓣，是潜匿于女人体内的某种人格，是飞来的子弹，是织有月光的锦缎，是泼在妇人身上的秽物，是被少年疯狂拍打的键盘，是工宣队头头身上流出的血，是那个临终者施舍给自己的鬼脸，是底下埋着尸体的石头，是河对岸，是被木偶师遗弃的孩子，是那本百万畅销书作者的失望，是影碟与被砸碎的裸女雕塑，是画布与苔藓，是被倒入马桶的胶质物与孩子结出的手势，是有着饕餮云纹的陶罐与赌徒手中的硬币，是冰雹与新年礼物，是海鸟褐黄色的瞳仁与男人的肾上腺激素，是一种疼痛与一次阉割手术，是旅馆的门与山上的庙，是周伯星与一条贵宾犬，是流浪汉嘴里的一颗牙齿与一只水鸟，是鱼与男孩的祷告，是一场婚礼与一把跳动的刀子，是一件白领衬衫与一根吊死男孩的绳索，是灰烬与斐波那契螺旋线，是孩子的脸庞与脑子里的黑洞，是眼角的鱼尾纹与餐桌，是那句脏话与黑呢子大衣，是匕首与食人鱼，是手背上的伤口与牙齿上沾着的血，是一辆失控的出租车与那个孩子，是男记者心中的困惑与商场里的玫瑰，是公园的长椅与病床，是缠满刺的鞭子与少女怒气冲冲的脚，是滚烫的咖啡与老板的皮夹子，是古董花瓶与油漆，是一张包豪斯风格的钢椅与哥德尔不完备定理，是乌托邦与那幅波普风格的招贴画，是盐与白蝶贝，是一个悖论与一次馈赠，是老头儿的眉毛与哥哥身边的青灯，是一些很拙劣的办法与那个婴儿的哭泣，是足够杀死数头大象的毒与一碗鲜嫩美味的蒸蛋，是镜子与笑声，是男人舌头上打着的结与潺潺溪流，是一种不幸的形式与囚笼，是菩提树上的叶子与湿润的嘴唇，是链条与天鹅，是手枪与深蓝色的宜家布艺沙发，是干细胞与影子，是一句唐诗与一辆火车，是一份 DNA 检测报告与病房里的一张床，是一个千锤百炼的套路与一个春风荡漾的夜晚，是一块小白板与一次结结巴巴的解释，是惊恐的凝视与像探照灯一样强烈的光芒，是一本杂志与一只壁虎，是茉莉花与一个恰如其分的称呼，是一颗白色药丸与一张相片，是一颗蔚蓝色的星球与一种难以理解的神秘方式，也是一串字母与数字组合成的编码，S/NEB 05241560。

我是概率的产物。因果是概率分布的一部分。

我朝前跳出一步，踏出迷宫。

我回到了我本来的世界。

夜的黑泼进屋子，点点星光夹杂其间。像有许多条肚腹银白的死鱼被扔进屋内，滚落一地。一种让人很不舒服的难闻气味弥漫开来。墙壁上有一面镶咖啡边框的古铜色的钟。这是一个三根指针重叠一处的时刻，神秘，荒谬。我不能确定它是否融化过。

我深深地吸了一口气，再缓缓吐出。我不是庄生。庄生晓梦迷蝴蝶。我没梦见自己变成蝴蝶。窗户开着，城市上空笼罩着一层深蓝色的薄薄雾霾。远远近近，是机器轰鸣的声音。这是一个工业化大生产的时代，沉闷，嗡嗡响着。不是蜜蜂的嗡嗡响。与生命无关的一种噪音。有某种东西像打桩机一样在不停撞击窗外的地球——撞击着那个让人惊疑不定又无比乏味滞重的现实。

窗户下方有张茶几，一把藤椅。

茶几上搁着三个银灰闪亮的锡人。一个高，一个胖，一个瘦。是从云南丽江买的工艺品，做工谈不上精细逼真、栩栩如生，只能说勉强有个人样。肯定不是纯锡，锡价最近上扬了许多，里面混合了铅。锡人旁边躺着一个塑料娃娃，是一个头发卷曲、皮肤黝黑的厚唇女婴。藤椅上扔着一份都市晚报，上面有几条新闻：一个精神病人在医院放了一把火，烧死了七十三个人；一个国家解体了；一份民国革命遗书被发现了……这是灵感之起源，亦为诅咒与祝祭。

我把床头柜上的那只青色小鱼握于手心。是玉，大地舍利子，触手滑腻润泽，可以驱邪静心。是睡在我身边的女人买的。说是要替肚子里的孩子祈福。这是一个很奇怪的逻辑。玉有五德，与祈福没有多少关系。可她既然这样说了，这个逻辑在我们之间也就成立了。她叫赵小乙。是我的女人。前年，我邂逅她，在一个春风荡漾的晚上，公园的一张长椅边；去年，我娶了她，她在婚礼上说"执子之手，与子偕老，子若不肯，将子拖走"，满堂哄笑。

她为什么不叫赵小甲？她又没有一个哥哥或姐姐叫赵小甲。她还有一个豆蔻年华的妹妹叫赵小丙。真不明白岳父大人是怎么想的。她还有一个追求她多年的男人，外号叫"大舅"，真名赵守正，事业很成功，当书商掘得第一桶金后，迅速转身做起国企整合的生意，没多久便住别墅、开宝马，还在几家上市公司拥有股权，至今仍深得岳父欢心，不时让我引以为榜样。在我与赵小乙结为百年好合后，这家伙仍然不时来找岳父喝酒聊天瞎侃。我讨厌赵守正。同姓不婚，这是汉族传统的婚姻禁忌。这家伙真是太匮乏国学教育了，许多事不是有钱就行的。不过若我有钱的话，一定要请于丹老师给他好好上上国学课。还是赵小丙好啊，若非这个漂亮小姨子在其间种种穿针引线，我还真拿赵小乙没办法。

　　现在赵小乙睡着了，鼻息轻柔温暖。

　　她脸上有着难以言喻的光。我不能确定那是否就叫作幸福，但可以肯定，这是一种只属于人类才会有的表情。

　　"我们的研究发现，表情过程中面部肌肉的动作并不是一次性完成，而是有先后顺序的。这表明情绪是一个以生理过程为基础，逐步专门化和社会化的多层次系统。"

　　我注视着她脸部肌肉每一次微小的变化。

　　我喜欢这种变化。

　　这种变化越来越大。

　　她醒了。

　　"你又做噩梦了？"睡在我身边的女人半撑起身子，歪着头打量我，就好像她温柔的眼光能把我的噩梦赶走。我情不自禁地笑了起来。她枕边有一面♀形梳妆镜，巴掌大小，把手是深黄色的铜。光在镜里，是一种让人很不舒服的深蓝。这个世界不太真实。我把梳妆镜与青色小鱼搁回床头柜，俯身在她脸上亲了下。我抓着她的手，贴近鼻尖，再把脸贴住她凸起的小腹，那里正孕育着一个我与她的孩子。

"不是噩梦。只是梦见了我们孩子的名字。"

"叫啥？"小乙重新闭上了眼，一脸睡意。

"元庆。"

小乙肚子里的孩子真淘气，这么晚也不肯睡，把他母亲的肚皮撑起一个个硬凸。我用手按住这个，又去按另外一个。这是一个让人沉溺陶醉、浑不知时间流逝的游戏。医生说了，这是一个非常健康的正常男孩。不是怪物。不是哪吒那样的肉球，也不是一盒方便面——有一次，小乙做梦梦见自己生下了一盒方便面，还是康师傅红烧牛肉面。她一边抽抽咽咽地说她的梦，我一边没心没肺地放声大笑。

笑意爬上嘴角。亲爱的孩子呀，即使你是怪物与方便面，我也爱你。

"真好。你早点儿睡吧。明天还要起早开会呢。陈丙戌这个人不喜欢别人迟到。你穿那件深蓝色的衬衫，记得要配那条斜格灰色领带。"小乙打了个哈欠，重新躺下，侧过身。

我从她身后抱住她，轻轻环抱着她腹部那个奇妙的圆。

"今天刘昌在微信里发来一个段子。禅师体。青年问禅师：大师，我很爱我的女朋友，她也有很多优点，但是总有几个缺点让我非常讨厌，有什么方法能让她改变？禅师答：方法很简单，不过若想我教你，你需先下山为我找一张只有正面没有背面的纸回来。青年略一沉吟，掏出一个莫比乌斯环。"

小乙喃喃说着，词语在她唇上跳动，是鱼在水面的跳动。

她已进入了半睡半醒间。

她的枕边还有本书，是萨曼·鲁西迪的《午夜之子》，青色封面。我还没阅读，看过介绍。一本关于"午夜之子的特权以及对他们的诅咒"的书。我喜欢这个作者。我不喜欢这个译名。这个英籍印度人在中国还有一个更广为人知的称呼，萨尔曼·拉什迪。我理解出版社为什么要这样做，这是策略。

"禅师其实是对的。一个莫比乌斯环，不管它有多薄多么曲径通幽，构建这个环的纸，在某个具体位置而言，仍然具有两面性，正面与背面。这个环是起了一个障眼手法。它让我们把目光从这张纸的本质属性上移开，转移到这张纸可以搭建出一个什么样的东西，并因为后者之魅，而试图重新定义这张纸的本质。也可以用光的波粒二象性来理解这个问题。莫比乌斯环是波；而构成它的每个位置，是粒子。有正面也有背面。"

我小声说着。小乙鼻翼间已传来细微的鼾声。若细心分辨，不难发现这声响中有巴赫《赋格的艺术》里的某些旋律，亦有其他。

也许睡在我身边的这个女人，与梦中分娩了那个生而知之婴儿的"妈妈"，那个肩胛上有着一行 S/NEB 05241560 编码的乡间女子也是三位一体，是构建此宇宙的弦的三重奏，是小提琴的优美绚丽，大提琴的热烈丰富，中提琴的神秘幽远——这有点近似"我""父亲""迷宫"三者所搭建起来的圣子、圣父、圣灵的结构。

许多个也许。

我在黑暗中闭上眼睛。

一股异样的气流自头顶百会穴，缓缓涌入三百六十骨节，八万四千毫窍。

我住在成贤街 107 号。不是大杂院，是一套电梯直接入户的高级公寓。

"我叫元贞。我也叫元庆。我是我于午夜时刻，在梦境深处建构的一个人格，一次奇遇，一堆碎片；是一个生命及已被其所遗忘的所有细枝末节，是这些细枝末节在内心所激起的复杂神秘的回响，是这个回响从那个生命体大脑内的逃脱；是意义与形式，怪圈与缠绕的结构，晦涩不明的图案与夺人眼目的装饰花纹；是巴赫某支未完成的对位乐曲，是哥德尔的自指命题与悖论，是埃舍尔笔下那两只绘出彼此的手；是所有事物在无尽时空里简明清晰或含糊紊乱的所有联系……"脑子里有一个细小的声音，在不轻不慢地说着。

声音有点儿苦，有点儿涩，与没熟的杏仁味道差不多。

当睡意再次袭来之际，我的手离开了身边那具温暖而柔软的胴体，朝着虚空缓缓伸出。

所有的现实，一触即碎。

我又看见了那 123 个词语。

（完）

后记　几句闲话

　　写完此书，心中颇有萧瑟之意。万千林木，万千流云，万千星辰，也不过是在这萧瑟寒意笼罩下，自肺部涌出的一缕气流。

　　五十年后，我或许会被人谈论；又或许被彻底遗忘。这是可以预见到的，只需要把足够的信息输入《银河系漫游指南》里的那台超级计算机里就行。

　　这种决定论所带来的强烈宿命感真是让人不舒服。一个可以完全预见的世界，只会是一个"全无喜悦的世界"。幸好，只有上帝才能收集到"足够多的信息"。上帝掷下骰子。骰子在一个光滑的时空表面上滚动。我喜欢概率，喜欢奇迹，不可测的变数，意外与惊喜。与这种偶然性相对应的，便是"此时，此处，此身"。

　　《众生：迷宫》最早的构思，是在 78 张塔罗牌的基础上，再引入中国的太极两仪三才四象五行六合七星八卦九宫的概念，把东西方的神秘学整合在一个文本里，通过 123 个词语及其可能蕴含的故事，绘出诸多花色不一的牌面，构建起"123"这个数。

123，是一个数字黑洞，也是一个从小就在脑子里盘旋着的场景：

当几个人或更多人，共同去做某件事时，就有一个人通过喊"123"的号子，来协调大家的动作，齐心协力把事办妥。

看过一篇文章，忘记叫啥名字，大意是说：现代人类的祖先智人，之所以能干掉肌肉更发达、脑容量更大的尼安德特人等，关键在于智人有一套独特的语言系统，在更清晰地描述外部世界的同时，能为大伙虚构出一个共同的愿景，使合作与分工不仅成为现实，且富有效率，从而促使人类社会一步步形成今天这个匪夷所思的景观。

我想描述这个"语言系统"，故拣选若干词语以为切口，用个体的命运，人的情感，审视尘世的目光，牌阵，以及寓言与隐喻，科幻（可能发生的）与历史（已经发生的），正在进行的现实，灌注于这些词语内部。而这些的和，即为梦境，或者说子宫与矩阵。

子宫乃自然分娩之所，有婴儿，亦有羊水胎衣；矩阵为人所建构的系统，有计算与控制，亦有冗余与废弃代码。

我一直犹豫是否要标出 123 个词语各自的属性与牌阵的相对应关系。后来还是放弃。我不想把读者放进我思维的牢笼里。由读者随机翻动书页，从中抽取几个词语，比如三个，再赋予其一个相对完整的故事形态及含义，应该是一件更有意思的事，或者说游戏。这种由概率支配的随机行为若能再添加一些仪式感，会更有趣一点，就像使用塔罗牌占卜时，那些煞有介事的注意事项一样。

我不知道这个小说的完成度有多少。一方面直觉不错，另一方面又没有多少信心。评价自身是困难的。

《众生：迷宫》比上一部《众生：设计师》多了不少字，近十六万。弋舟说《众生：设计师》写得好，说"黄孝阳在这样一个有限的篇幅里，竟然真的写出了某种物理性的、浩瀚的美……他要以跟得上时代的经验与知识储备，从形式上拓宽我们的写作路径。"这句听了心里很舒服，又觉得承担不起。我一向信赖弋舟的写作技艺与眼力，可我们是朋友啊，朋友之间有通财之谊，更何况说几句溢美之词。结果弋舟为此与我急了眼，说我这是对他人品的挑衅。赶紧道歉。

又有一些人说好。

比如刊发《众生：设计师》的《钟山》主编贾梦玮先生，与担任此书责编的李宏伟先生，等等。

上月去上海，碰到程德培先生。自我介绍：黄孝阳。德公伸来一只大手，"我知道你，我在《钟山》上看过你这篇小说。看完后，我就到处问人，这个黄孝阳是谁。"

心里欢喜。也有狐疑。德公是在提携晚辈吧。一杯酒落肚，还是不能把感激的话说出来。

我是如此拙于表达内心的感情。但身体里的每个细胞都在说着谢谢两字。

我说过我不渴望掌声。这话发自于肺腑，又不无矫情。

我清楚读者是虚妄的，我也清楚人都活在他人的目光下。"我"与他者，才构成完整。一个完整的人，才能不被内心那只鬼一口吃掉，才可能瞥见这个广袤世界的众多旮旯角落。所谓"不渴望"，许多时候不过是"得不到掌声"后，在午夜面壁枯坐时的自我安慰，又或者是在广场里行走时，基于一个自我防御心理摆出来的高冷姿势。

能够多听到几下掌声，心里的感受确实是会好一点儿。掌声是神奇的，能让一个人的内心产生某种奇妙的化学反应，继而"突变"——这是物种进化的推动力。对此我多少也算是有点儿经验。近二十年的写作生涯，总有一些人，一些尊敬的师长，一些不同年龄的写作者，一些素昧平生的读者，在我最需要掌声的时候，毫无吝惜。

谢谢你们。

我不能叫出你们所有人的名字。你们在我心底，犹如火山岩石下汩汩流出的温泉。你们让我在自以为看见"读者"虚妄一面的时刻，又真真切切地感受到这个词语所富有的惊人热量。

一个读者说，"黄孝阳写了一本从 CCTV-1 到了 CCTV-10 的脑洞小说。"

一个读者说，"汉语在他笔下如魔术迷人，这可能是我今年读到最舍不得放下的小说，我想我将在以后很长时间里学习他。"

一个读者说，"发现黄孝阳，就像鱼发现了水。这是一位先驱，在中国文学的未来之路上留下了一串明亮的脚印。"

等等。

这是我在豆瓣、微博上看到的一些评论。谢谢这些陌生人的鼓励。这种感觉就好像一个又冷又饿的旅客，在荒原上看到一堆篝火。篝火旁坐着的那个看不清面目的人，朝自己扔来一件毛毯与一条烤得喷香的兔腿。

也看到一些批评话语。谢谢。批评会刺疼心脏，但它与鼓励形成奇妙的同构现象，是碳原子的不同排列，很多时候就是同一个事物的两个表面。

我会不断咀嚼这些让自己"不大舒服"的话语，吮吸其汁液，吮吸里面的糖与砒霜。

有些时候，我会有一种幻觉，觉得自己看见了上帝。

看见那一片广袤巨大让人无法言语，无法呼吸，停止心跳的存在——如此深情，又冷漠；如此美丽，又荒谬——看见它死去的骸骨与逐渐消散的脑电波，也看见它留下的森严律令与清晰法则。

看见人子的卑微，看见人子的光荣。

看见每个人体内璀璨的星辰。

亲爱的人啊，这星辰照耀你我。

2016 年 11 月 11 日　草稿

2017 年 1 月 14 日　修订

图书在版编目(CIP)数据

众生：迷宫／黄孝阳著．— 北京：北京十月文艺出
版社，2017.11
ISBN 978-7-5302-1708-5

Ⅰ．①众… Ⅱ．①黄… Ⅲ．①长篇小说—中国—当代
Ⅳ．①I247.5

中国版本图书馆 CIP 数据核字 (2017) 第 194521 号

北京市优秀长篇小说创作出版扶持项目

众生：迷宫
ZHONGSHENG：MIGONG

黄孝阳　著

出　　版　北京出版集团公司
　　　　　北京十月文艺出版社
地　　址　北京北三环中路6号
邮　　编　100120
网　　址　www.bph.com.cn
发　　行　新经典发行有限公司
　　　　　电话 (010) 68423599
经　　销　新华书店
印　　刷　三河市宏图印务有限公司
版　　次　2017 年 11 月第 1 版
　　　　　2017 年 11 月第 1 次印刷
开　　本　880 毫米 ×1230 毫米　1/32
印　　张　10
字　　数　225 千字
书　　号　ISBN 978-7-5302-1708-5
定　　价　39.80 元
质量监督电话　010-58572393
如有印装质量问题，由本社负责调换。